西尾維新
NISIOISIN
Illustration
take

絞首浪漫派

人間失格・零崎人識

目次

登場人物簡介

我（旁白）——男主角。
零崎人識（ZEROZAKI HITOSHIKI）——殺人鬼。

貴宮無伊實（ATEMIYA MUIMI）——同學。
宇佐美秋春（USAMI AKIHARU）——同學。
江本智惠（EMOTO TOMOE）——同學。
葵井巫女子（AOII MIKOKO）——同學。

淺野美衣子（ASANO MIIKO）——鄰居。
鈴無音音（SUZUNASHI NEON）——淺野美衣子的好友。

佐佐沙咲（SASA SASAKI）——刑警。
斑鳩數一（IKARUGA KAZUHITO）——刑警。

玖渚友（KUNAGISA TOMO）——？？？？
哀川潤（AIKAWA JYUN）——人類最強的承包人。

我（旁白）

男主角

沒有被愛過，就等於沒有活過——

——安德烈亞斯・薩樂美
Lou Andreas-Salomé

「夢想沒那麼容易實現的。」
「那當然了，就連咱們都沒辦法與現實為敵吶。」
「你的意思是，希望都是難以實現的嗎？」
「不過啊，難以實現的，並非都是希望哦。」

——這是我跟零崎的一個片段。
某次對話的零星部分。

倘若不是我這種戲言玩家，而是對這世界本身抱持疑問的人，或多或少都會有過類似的經驗吧？並非那種廉價的感同身受、卑鄙的贊同意識，或者猶如奇蹟般隨處可見的同步性，而是「事情本是如此」這種意味與概念前身的問題鏡面領域。

現實感根本是虛無，必然性根本是失落，理論式根本是零碎，淨化根本是滑稽，整合根本是水泡，伏筆根本無單字，解決根本是幻想，說服力根本是涓滴，常識根本是空洞，關連根本無形無影，世界規則根本沒有一條，最重要的是——浪漫根本就不存在。

話雖如此，並非「一切皆無」實在可喜可賀。堪稱是教人悲哀、令人憐憫、讓人銘心刻骨的喜劇。

原以為是不可碰觸的異常。一思索「水面彼端」的零崎時，只能如是想。要是不這麼認為，將那個「人間失格」轉換語言的行為終究毫無意義；然而，無論轉換的結果是什麼，對零崎來說有意義嗎？正如我這個戲言玩家全然不具任何意義，局外人想對那個殺人鬼抱持任何想法，就思考統合而言，既已是標準的錯誤答案。基本上，那種感覺又該如何說明呢？彷彿跟自己面對面，彷彿跟自己相互交談，那種非常奇妙、過於正統的重點故事。

對。

所以，原本應是不可能發生的邂逅。

那大概就是原初體驗。

初次聽見的詞彙。

堪稱為起源的紀錄。

應喻為追憶的過去。

與本源同位置、同方向的向量。

宛如日常的前身。

宛如鏡子的反射。

總之，我認為很相似。

我和他就像無須證明的全等圖形。而我們對此亦有所自覺。就主觀的角度來看，跟他說話的時候，我當然是我、零崎當然是零崎。除此之外、除此之上什麼都不是，我們對此亦有相當認知；然而，我們卻共同擁有某種超越語言界限的矛盾，不但將對方視為一體，同時將自己與對方同化。

因此那就是映照在水面的彼端。

這裡讓一個天真的少女登場吧。

假設她——

假設她現在是出生後第一次照鏡子。她絕對不會認為鏡子裡的自己只是光線反射。她勢必會猜測，肯定會幻想，一面之隔的對面有一個永無止境的世界。在自己的內心創造出一個跟「此處」相同，但年湮代遠之前便存在於遙遠彼岸，孕育出極端矛盾的某個世界。

允許這種矛盾的免罪金牌絕對不是無知。誰是真實，誰是虛幻在這時不過是芝麻小事。因為只要某一方為真，則另一方為假；但倘若真才是假，則兩方皆有相同價值，卻又同樣不具價值。

我如此認為。

零崎亦如此認為。

就單純的感覺而言，我跟零崎的關係是如此接近。體認到雙方如出一轍，但又明瞭對方是截然不同的存在。

「我搞不好也會變成你那樣，所以才對你有好感吧。」

「我可是絕對不可能變成你那樣的哦，所以才對你有好感。」

這也是對話的片段之一。

終究只是戲言。

結局就是如此。

我們大概都很討厭自己，因此那是同族厭惡，亦是同種憎惡。正因為我們過於討厭自己、過於憎恨自己、過於詛咒自己，才能夠諷刺地認同不是自己的對方。

認為對方很特殊。

那當然很特殊。

我是旁觀者，零崎是殺人鬼。因為那正是隔著鏡面的正反兩極。

然而。

愛做夢的少女，伸出那雙婀娜玉手，輕輕觸碰鏡面的那一刻，感到的大概是空虛。虛無、零散的感覺。自己容許的存在，不被某個人容許。更進一步地說，對於某個人而言，自己容許的存在根本就可有可無。

少女終於明白。

那一瞬間，並非誇大其辭。

對少女而言，一個世界就此瓦解。

因此，這是一個世界解體的故事。

甚至無須「青蒼的學者」與「真紅的人類最強」插手，只因「那裡本來就是如此」的無謂理由而崩塌的世界。當孕育出正當矛盾的錯誤答案，同時降臨於「人間失格」與「不良製品」時，一切都將回歸於零。

是故——

第一章　剝落斑殘之鏡——（紫之鏡）

零崎人識
ZEROZAKI HITOSHIKI
殺人鬼。

0 我的世界最棒惹。1

位於京都市北區衣笠的私立鹿鳴館大學內，共有三間餐廳。其中最受歡迎的乃是存神館地下餐廳（被愛好者暱稱為『存家』）。超人氣的理由是菜單種類豐富，以及旁邊有一間學生書局。

我那天第二堂沒有課，於是在第一堂課結束後，獨自來到存神館地下餐廳。一方面是因為那天不小心睡過頭一小時，來不及吃早餐，所以決定提早吃午餐。

「這種時間果然很空……戰戰兢兢。」

我一邊嘟囔，一邊拿起托盤。「戰戰兢兢」是否是這種場合使用的成語？我側頭質疑自己的言論，同時向前行進。

那麼，該吃什麼東西呢？

我基本上不是美食家，對大部分的食物都沒有好惡。不論是甜的、辣的，通通來者不拒；話雖如此，最近事情略有不同。約莫一個月以前，曾經度過三餐皆是美食饗宴的一週生活，受到那個駭人記憶的後遺症影響，至今嘴巴依舊相當挑。

換言之，近一個月來我幾乎無緣享受「喔，這個真好吃！」的感覺。每次吃東西的時候，總是有一種少了什麼、缺了某種重要元素的感覺。

雖然不是什麼值得不驚小怪的問題，可是我對那種感覺也有些厭倦了。在這裡解決那個問題也是一個選擇。幸運的是，我已經想出了兩個方法。

其中一個非常簡單，就是單純享用美味的食物。

「……不過，我可不指望大學餐廳裡有什麼佳餚。」

除非再次漂流到那座跟巴諾拉馬島（註1）一樣異樣、異常的孤島，否則這個方案絕對不可能執行。儘管不至於寧死不屈，但還是希望可以「謝謝再聯絡」。

「所以這項提案駁回。」

我附和自己說的話大點其頭。

既然如此就剩另一個方法，這也是相當荒誕不經的提案。簡言之，「不聽話的小孩就該好好教訓」。換句話說，大部分的問題都能靠給予或掠奪來解決。

我移動至蓋飯專區，向店員說：「對不起，請給我大碗泡菜蓋飯，不要白飯。」歐巴桑店員滿臉疑竇地抱怨：「那就只有泡菜喔。」但還是按我的要求製作。明明是毫無製作價值，真是了不起的敬業精神。

裝了滿滿一碗的泡菜小山。這世界上不可能有舌頭頑強到吃完這一碗還能維持原

1 出自日本推理本格派代表人物江戶川亂步的小說《巴諾拉馬島奇談》。

本的味覺。我滿意地點點頭，將碗公置於托盤，結了帳。

餐廳空曠到讓人不知該坐哪才好。再過一個小時，這裡就將坐滿第二堂中途蹺課的學生。我不喜歡人多的地方，暗忖必須在那以前離開，便選了靠出口的位置。

「趕快吃吧。」

我低語完，先吃一口。

「……」

這個——

頗難下嚥。

我必須吃掉一整碗這種玩意嗎……這難道不是世俗所說的自殺行為嗎？我為什麼非得做這種事情不可？我究竟造了什麼孽？

「……總之，就是因果報應嗎？」

也可稱為自作自受。

我接著就開始默默吃著。要是一直自言自語，可能會被別人當成怪胎。縱使不會，用餐中說話也稱不上是禮貌的行為。

「……」

然後。

差不多到了極限嗎？別說是舌尖，就連腦袋都開始麻痺，我到底是在幹什麼？話說回來，我究竟是誰？「誰」又是什麼意思？基本上，「意思」又是什麼？就在我連那種事情都已經搞不清楚的時候。

「嗨！」

有人出聲招呼。

她在我對面的椅子坐下。

「你的托盤推過去一點。」

她邊說邊自顧自地將我的托盤推過來，在騰出的空間放下自己的托盤。托盤上擺著義式培根蛋麵、鮪魚海帶沙拉，還有飯後甜點的水果，共計三個盤子。

喔喔，物欲追求者！

「嗯？」

我左顧右盼。餐廳依舊人煙稀少，甚至可說是空空盪盪。既然如此，她為何選擇在我對面吃義式培根蛋麵？是某種懲罰遊戲嗎？

「——哇哇！那是什麼？根本只有泡菜嘛！」她看見我的中餐後，詫異地說：「好厲害！吃一整碗泡菜耶！」

她杏眼圓睜，雙手高舉。那也許是高呼萬歲的意思，也許是拱手投降的意思，說不定她是伊斯蘭教的信徒。不論何者都與我無關，而且假使真是如此，我也只會感到驚訝吧。

摻雜一點紅色的及肩短髮。既像是學生頭，又像是娃娃頭。服裝方面很正常。很有鹿鳴館大學生的風格，極為普通的打扮。一坐下就頓時矮了許多，大概是穿了長筒靴。

五官顯得很稚氣，因此看不出是學姊或學妹。模樣比較像是學妹，不過既然我是一年級，那她自然不可能是學妹。

「……喂，你不出聲的話，很寂寞耶。」

靈動的雙眸窺探著我。

「妳……」我終於開口：「妳是哪位？」

我肯定是第一次見到她。這一個月以來，我發現這間大學的空間裡不知為何存在許多直爽的人。明明是第一次見面，卻像交往十多年的老友般主動攀談，因此對缺乏人物記憶力的我而言，是頗為傷腦筋之事。她想必也是這一類型。擔心她是想勸我加入某某社團或某某宗教，才會有此一問。

「哎喲！」結果她竟擺出大吃一驚的姿態大嚷：「討厭，你忘了？忘記了？真的忘掉了？伊君，你好冷淡！」

咦？

從這種反應看來，我們好像不是第一次見面。

「嗚哇，嚇死人了。真拿你沒辦法耶。嗯，也不能怪你，畢竟伊君的記憶力不好嘛。好，就來重新自我介紹嗎？」

她說完，將雙手掌心伸向我，露出一臉燦爛的笑容。

「葵井巫女子，4649（註2），請多指教！」

「……」

招惹到麻煩人物了。

姑且不管我們是不是初次見面，這是我對葵井巫女子的第一印象。

2

聽完她的說明，原來事情非常單純。

巫女子是我的同班同學。除了基礎專題以外，就連語言學也跟我同班。我們經常見面，不但在黃金週（註3）以前的班級露營時同一組，就連英文課都曾經兩人一組練習。

「喔……如果光聽妳的說明，我不記得妳反而很奇怪啊。」

「是很奇怪呀，嘻嘻嘻。」

巫女子一陣輕笑。自己的存在被人遺忘，尚能發出如此開朗的笑容，看來她的神經頗為健壯；我想巫女子大概是個好女孩。

「唔，被別人忘記的話，當然也會害怕。不，肯定要大發脾氣。可是伊君就是這種

2 「4649」是日文「請多指教」的諧音。
3 日本每年四月底至五月初有一週左右的假期。

人嘛。該怎麼說才好呢?雖然不會忘記絕對不能忘記的事，但是不太可能忘記的事卻一下子就忘了。」

「呃，這倒沒辦法反駁。」

或者該說，正如她所言?

有一次甚而忘記自己是右撇子還是左撇子，用餐時愣在當場。關於這件事再多嘴補充一下，其實我是左右開弓的。

「所以，妳找我有什麼事?不用上課嗎?」

「上課?這個嘛……」

巫女子不知為何看起來分外開心。不，我想她的內定值就是這般興致高昂的女生。我不記得她，因此也不曉得事實為何。但不論如何，看著笑意盈盈地說話的巫女子，當然不是什麼煩悶之事。

「嘿嘿嘿，蹺課囉。」

「……大一還是乖乖出席比較好。」

「哎，因為很無聊嘛，一點都不好玩。是什麼課呢?好像是經濟學，通通都是專業用語，又是數學。巫女子是文科的!而且伊君自己還不是蹺課了?」

「我是沒課。」

「真的嗎?」

「嗯，星期五只有第一堂跟第五堂有課。」

「嗚哇！」巫女子又舉起雙手。

「那樣不累嗎？有六小時的無聊時間耶。」

「我本來就不討厭無聊。」

「喔，我討厭的時間就是無聊。嗯～原來還有這麼多不同的想法。」

她邊說邊用叉子捲起義大利麵。可是一直沒辦法將麵條好好放在湯匙上，頻頻失敗。我邊看邊想可能還要一點時間才能送進口裡，她卻放下叉子，改用筷子；真是超級容易放棄的丫頭。

「喂……」

「嗯？什麼事？」

「還有很多空位。」

「對呀，不過我想馬上就會坐滿了。」

「現在很空吧？」

「對呀，所以呢？」

「我想一個人吃，妳換個位子吧。」

我原本想這樣告訴她；然而一看見那種幾近不設防，壓根沒想過會被對方拒絕的笑容，就連我也不禁洩氣。

「……不，沒什麼。」

「嗯？伊君真怪。」

巫女子嘟起嘴脣。

「啊，不過如果不怪的話，就不像伊君了。奇怪就是伊君的人格特徵嘛。」

隱隱有一種被人羞辱的感覺。話雖如此，比起被認識近一個月的人遺忘，這點羞辱倒也不算什麼，於是我假裝沒聽見將注意力轉回泡菜。

「伊君喜歡吃泡菜嗎？」

「不，沒有特別喜歡。」

「可是好大一碗耶。韓國人也沒有吃那麼多的泡菜喔。」

「這是有原因的……」

我說著將泡菜送進嘴裡。碗公裡還剩一半以上的泡菜。「哎，很無聊的原因。」

「原因？是什麼？」

「妳先試著自己想想看。」

「咦？那個……嗯，說得也是……」

巫女子雙手抱胸，陷入沉思；可是必須吃掉一大碗泡菜的「原因」，當然沒那麼容易猜到，她維持那個姿勢一會兒，最後鬆開雙手說：「哎，算了。」果然是個容易放棄的丫頭。

「啊！話說回來，我有件事一直很想問伊君。反正機會難得現在可以問吧？」

「無所謂……」

所謂的「機會難得」，不是在那個機會是偶然的情況下的慣用句嗎？就我所知，巫女子剛才是主動走到我對面的位子。

……或者，她有什麼重要的事？

巫女子仍然笑容滿面地問：「伊君四月初的時候不是沒來上學？是什麼原因呢？」

「……哎呀。」

我停下手中的筷子，夾在筷子間的泡菜也因此掉回碗公裡。

「呃……那是因為——」

我的表情肯定非常為難，巫女子突然倉皇失措地揮手，連珠炮般地解釋說：「啊，假如有難以啟口的原因就別講了。我只是隨便想想，就像是『巫女子的十萬個為什麼』之類的。」

「嗯，不過，倒也不是什麼難以啟口的原因。事情很單純，我那時剛好去旅行了。大約一個星期。」

「旅行？」

巫女子宛如小動物似的用力眨眼。因為她的情緒表現很明顯，我也很容易說話；巫女子似乎是傾聽高手類型的女生。

「旅行？去哪裡？」

「到日本海的無人島逛了一圈。」

「逛了一圈？」

「嗯，至少不是深度旅行。也因為那次旅行，才淪落到必須吃泡菜。」

聽了我的臺詞，巫女子脖子一歪。那也是正常的。不過，我基本上是怕麻煩的人，也不打算仔細說明。更重要的是，那種事教我如何說明才好？

「總而言之，只是去旅行，沒什麼複雜的原因。」

「喔——原來是這樣……」

「妳以為是什麼原因？」

「啊，不……」巫女子的雙頰飄起兩朵紅雲。「那個……呃……我以為是受了什麼傷而長期住院。」

真不知她是如何創造出那種想像？不過剛入學就請一個星期的長假，或許也只能想到那種原因。至少比「我去旅行一陣子」更有現實感。

「原來如此，總之就是像遲了一點的畢業旅行囉？」

「對！就是那種感覺。因為來不及預約，延到四月才出發。」

我聳肩說道，但事實截然不同。說到畢業旅行，我從小學迄今都沒有「從學校畢業」的經驗；但若要說明這件事，話題不免變得又臭又長，而我也不想對別人多加解釋，因此姑且同意她的說法。

「喔————」巫女子的表情很微妙，不知是否接受我的說法。「那是一個人旅行嗎？」

「嗯。」

「原來如此。」

困惑霎時變為晴天般的爽朗笑容。她就像沒有表裡之分的女生，可以坦率表達感情到令人羨慕的程度。

到令人羨慕的程度？

不，我並沒有感到羨慕。

「所以……妳究竟有什麼事？」

「咦？」

「妳是有事找我吧？是什麼？明明空位那麼多，妳卻故意坐在我的對面。」

「嗯。」巫女子輕輕瞇眼，看著我的胸口附近。「沒事的話，就不能一起吃飯喔？」

「咦？」

這次換我脖子一歪。

巫女子看見以後，又繼續追問：

「喔——很困擾嗎？我在外面閒逛時看見伊君在這裡，才想說可以一起吃個飯的。」

「啊啊，原來如此。」

換言之，就是想找吃飯聊天的對象？對於吃飯這種私事，我比較喜歡獨自解決，但有許多人把用餐時間視為聊天時間。巫女子大概就是那種類型的人。因為蹺課而找不到一起吃飯的朋友，才會主動向偶然發現的同學攀談。

「如果是這樣，倒也無所謂。」

「哈哈哈，謝謝，終於放心了。要是伊君說不行的話，真不知道該怎麼辦呢。」

「妳會怎麼辦？」

「咦？嗯，反正就先這樣。」

巫女子說完，假裝握住自己的餐盤兩側，然後咻的一聲將藕臂往我的方向一轉。

「大概是這樣吧？」

「喔……」

只不過被拒絕就這樣，儘管知道她在開玩笑，我也感到有些放心。或者該說，若是巫女子確實很可能會這麼做。徹底表現欣喜之情的她，生氣時不這麼反應也很奇怪。

「嗯，反正我也沒事。如果只是聊天，陪妳也無所謂。」

「嗯，謝謝。」

「那麼，要聊什麼？」

「啊，呃……」

在我的催促之下，巫女子開始不知所措地磨擦筷子。大概是在思考應該聊什麼話題。

雖然我自己並不記得，可是既然我們認識近一個月，巫女子對「我」這個人格的表層應該也有一定理解。對於我這種不懂世故、欠缺常識，以為足球就是腳上棒球的人，巫女子究竟會說什麼話題？我也不禁大感有趣。

這時，巫女子忽然想到什麼似的擊掌說道：「最近社會真亂呢。」

「咦？什麼？」

「……啊，呃……就是那個呀，鬧得沸沸揚揚的隨機殺人魔。就算是伊君也該聽過吧？」

就算是伊君。

巫女子的那種說法實在太、太、太過分了，或許非常值得發怒；然而，這也只有聽過「隨機殺人魔事件」的人才有生氣的權利。

「別把我當白痴！我當然聽過那件事！」

——這還算正常的生氣方式。

「囉嗦！不知道啦！白痴！」

——這只能說是惱羞成怒。

「唔？怎麼了？伊君。」

「沒事。那個……隨機殺人魔是什麼？」

這時想當然不是在尋求「猝然對路人施加危害之人」這種標準答案。

「咦？」巫女子一臉錯愕。「騙人的吧？伊君是想被吐槽？還是在搞笑？電視上不是一直在播？住在京都怎麼可能不知道這件事？」

「因為我家沒有電視……也沒有訂報紙。」

「網路呢？」

「啊……我沒有電腦，在學校也很少上網。」

「嗚哇，伊君是山頂洞人耶！」巫女子欽佩不已地說：「是有什麼主張嗎？所以才決定這樣。」

「嗯，也稱不上什麼主張。該怎麼說呢？我就是討厭擁有東西。」

「喔，劃時代！伊君好像古代的哲學家！喔耶——」

巫女子興高采烈地拍手，假如她知道是「因為房間太小」這種現實、窮困的理由，難保還會有相同的反應。

報紙這種東西的累積速度很快。

「……既然妳說『住在京都怎麼可能不知道』，那個『隨機殺人魔』就是發生在京都的事件囉？」

「嗯，對呀。因為鬧得很凶。古都古都大混亂。很多學校還中止畢業旅行呢。」

「喔……真可憐。」

「已經有六個人被殺了耶！而且還是現在進行式！犯人行蹤不明！」巫女子略顯興奮，口氣熾熱。「被刀子刺殺，內臟那些都被攪得亂七八糟的！好可怕呢！」

「……」

姑且不管目前正在用餐。畢竟她會提起這種話題，我也不是沒有責任；話雖如此，滔滔不絕地講述殺人事件的巫女子，又是何等人物？

無論如何，置身事外是很可怕的。

「六個人……那算很多嗎？」

「當然多呀！是非常非常多的喲！」自己又不是犯人，巫女子卻說得有些洋洋得意。「在國外或許不算多，可是日本的連續殺人事件很少呀！非常駭人聽聞哩。」

「喔……是嗎？難怪這陣子附近的巡邏警車特別多。」

「對呀，新京極附近還有機動隊的隊員呢。不過機動隊的人在那種地方出沒，不禁教人想像到祇園祭。」

不知有什麼好笑，只見巫女子一個人嗤嗤輕笑。

「喔……原來如此。發生了那種事件……我一點也不知道……」

我點頭回應巫女子，內心不禁暗想「玖渚那丫頭大概會很喜歡這個話題」。玖渚的全名是玖渚友，是我少數的朋友之一，或者該說是唯一的朋友，是喜歡收集這類事件的十九歲女生。電子工學與機械工學的工程師，藍色頭髮的奇異自閉丫頭。她跟我不同，別說是對資訊不生疏，根本就是蒐集情報的專家。不用我告訴她，她肯定早就知道這起殺人魔事件了。不，何止如此，她大概正在進行某種對策。

「……那是什麼時候開始的？」

「五月開始之後吧？應該不會錯。怎麼了？」

「不，只不過隨口問問……」

我吃下最後一片泡菜。別說是舌頭，整個口腔都已完全失去知覺。明天開始肯定不會再說出「這頓飯不好吃」的任性言論了。不過仔細一想，一碗泡菜就可以改變自己的主張，我的味覺或許非常貧乏。哎，反正這種東西也只是心情問題。

「……我吃飽了。那麼，下次再見。」

我放下筷子，從位子上站起。

「啊！等一下！等一下、等一下！你要去哪？」巫女子慌張地拉住我。「等一下嘛！伊君！」

「要去哪……既然吃完了，想說去書店逛逛。」

「我還沒吃完呀！」

回頭一看，巫女子的餐盤上確實還殘留一半以上的料理。

「可是我吃完了。」

「別說得那麼無情，等我吃完再走嘛。」

「我為什麼要做那麼浪費時間的事？」

我的人格沒有強烈到可以說出這種話。

我是非常容易隨波逐流的人。

「……好啦，反正我也沒事。」反正我也沒有非做不可的事，也不是吃不下任何東西。既然如此，就來吃個飯食之類的吧。「那妳等一下，我再去點個東西。」

我反向穿越收銀臺（違反規則），目光望向牆壁上的菜單，心想這次叫個牛肉蓋飯。哎呀呀，怎麼比吉野家貴？既然如此，就點其他的吧……正當我兀自迷惑時，櫃臺後面的歐巴桑開朗地笑道：「又是泡菜嗎？」

「對。」

啊！

我竟然點頭了。

「馬後炮。」

不，這種情況應該說「後悔莫及」嗎？

然後在數十秒之後，我一手拿著一碗高高隆起的泡菜（歐巴桑特別贈送），回到巫女子對面的位子。

「那是什麼？莫非是故意讓我吐槽？」

「不用在意……我們剛才在講什麼？」

「咦？是什麼呢？忘記了。」

「啊，對了，那來談談功課吧。」

「死也不要。」巫女子猛力搖頭。

「為什麼？今天第一堂課有些地方不太懂，我們來討論一下吧。那是一年級的必修課，巫女子也有修吧？我個人認為那是因為教授的解說不夠清楚，妳覺得呢？」

「什麼妳覺得呢？又還沒考試，哪有男生會跟女生聊這種話題的？」

我只不過是開開玩笑，但巫女子似乎真的很討厭這類話題。

「原來如此。巫女子不喜歡唸書嗎？」

「又不是只有我，大家都不喜歡唸書呀……」

「喔，這可能有贊成跟否定的兩種意見……可是巫女子，既然不喜歡唸書，又何必上大學？」

「嗚哇，那是禁忌的話題喲。說了一切就結束了，嗚……因為，可是大家都是那樣的吧……」

我似乎在不知不覺間好像抓到某種核心，巫女子顯得有些悲傷。話說回來，好像有人說過「日本大學不是想唸書的人該去的地方」？另外還有「大學是進入社會前的準備期間」云云。她又若無其事地說：「日本的義務教育是到大學為止嘛。」換言之，「大學生的頭腦等於小學生」嗎？

「嗯，不過，意思就是日本人在小學階段就具有大學生的知識囉。所以，雖然日本社會是由這群盲目讀大學的年輕人承擔，卻還能成就經濟大國。這麼一想，日本真是厲害。」

「妳要這麼解釋也可以——」

「伊君喜歡唸書嗎？」

我聳聳肩。

當然不是那樣。

反而非常討厭。

「不過用來打發時間還不錯，或者該說是逃避現實的手段？」

「一般來說，唸書這種事情才是現實吧……」

巫女子長長地嘆了一口氣。

她之後大概決定專心用餐，暫時安靜地享用沙拉。

嗯，話說回來，一盤義大利麵、一大碗沙拉再加上甜點，以一個未滿二十歲的女生食量來看，究竟是否適當？我周圍沒有可以當作基準的女生（只有極度偏食者、大胃王或者罕見的絕食者），因此無從判斷；可是，巫女子的體型既非過度瘦削，亦非過度肥胖，至少對當事人來說，那是適當的份量吧。

「……那個，你一直盯著我，我會吃不下。」

「啊，抱歉。」

「不，沒什麼，沒關係。」

於是巫女子繼續用餐。

吃得差不多的時候，巫女子向我投以窺伺的眼神。不，那只是現在陡然變得很露骨，其實從一開始坐下以後，巫女子偶爾就會以窺探的目光瞄我。宛如有什麼話想對我說的那種目光。

所以，我才會認為她找我有事……那個推測看來並沒有錯。

巫女子終於下定決定，沒吃甜點就放下筷子。接著臉上浮起略顯惡作劇似的笑意。最後探出上半身，把臉貼近我。

「那個……伊君。」

「……什麼？」

「其實呀，巫女子好像有事想拜託伊君。」

「不可能。」

「就是有！」巫女子縮回上半身，重新坐正。「伊君明天有空嗎？」
「如果沒有任何預定就叫有空的話，我也不能不說是有空。」
「真是拐彎抹角耶。」
「那就是我的風格。」我一邊咀嚼泡菜，一邊應道：「簡而言之，非常有空。」
「是嗎？有空嗎？太好了！」
欣喜若狂的巫女子將雙手置於胸前合十。嗯，在下星期六沒有任何預定這檔事，竟能給予他人這般美妙的歡欣和滋潤，身為閒人可真是三生有幸。
話不能這麼說。
……這下子不妙了。
彷彿將被沖走的預感。
「……我有空對巫女子來說是好事啊？嗯嗯，螳螂捕蟬，黃雀在後，挾彈者，又在其後。也可稱為食物鏈，真是了不起的循環。」
「嗯，那個呀，既然明天有空，可不可以陪我一下？」
巫女子並未聽我說話。合十的雙手如此宛如「肯求」般地略微左傾，再加上附贈酒窩的笑臉。那是徹底犯規的懇求姿勢。倘若對方使出這種招術，十之八九的雄性生命體必定慘遭攻陷。何止如此，根本就是期盼被對方攻陷。
「我不要。」
即使如此仍舊狠心拒絕的自己真是一點也不可愛。

「咦？為什麼？」巫女子嬌嗔：「不是有空嗎？伊君，不是沒事嗎？」

「確實是有空，可是我並不討厭無所事事。妳也曾經想要輕輕鬆鬆地發一整天呆吧？任何人都這麼想過。想要逃離人世喧囂，從惱人的人際關係中解放，任何人都這麼想過。任何人都有思考自我人生的權利與時間，而我的比例又比其他人更多。」

「可是、可是、可是！可是沒有聽過詳情就拒絕他人，伊君太亂來了啦！就好像『國二學生組樂團，可是成員都是貝斯手』！」

真是精闢入微的比喻。

仔細一看，巫女子現在也是一副泫然欲泣的神情。不，何止是泫然欲泣，巫女子的大眼睛一角，既已開始累積即將滴落的水分。這實在不是我所樂見的情況。

我環顧四周。存神館地下餐廳差不多要進入擁擠的時段，學生人數逐漸開始增加。如此一來，必須避免陷入過於引人側目的狀況（例如讓比較可愛的女生哭泣的狀況……等等）。真是的！只不過稍微拒絕一下，又何必哭哭啼啼？

「哎，妳冷靜一下嘛，我聽妳講就是了。啊，妳先吃個泡菜。」

「嗯……」

巫女子按照我的吩咐，將泡菜送至口裡。接著輕輕發出「嗚哇！」一聲慘叫，開始嚶嚶啜泣。巫女子對刺激性食物的抵抗力似乎很弱（雖然那正是我的目標）。

「哎喲，好辣喔……」

「嗯，因為是泡菜嘛……不辣的泡菜就不是泡菜了。」

據說也有糖漬泡菜這種東西，幸運的是我至今未曾親睹。希望這種東西今後也繼續待在跟我沒有關係的地方。

「嗚嗚……好過分……伊君好壞喲……對了，我們剛才在說什麼？」

「隨機殺人魔吧？」

「不對！是明天的事啦！」

巫女子「砰」地一聲拍桌，好像真的有點轉換成生氣模式。大概有點欺負過頭了，我也稍稍反省了一下。

「……呃，你認識江本同學吧？」

「姑且不管認不認識，總之不記得。」

「……專題跟我們同班呀。這種髮型的女生。」

巫女子咻的一聲將拳頭放在耳朵旁邊。可是，我根本沒辦法從那個姿態想像出「江本同學」是什麼髮型。

「是相當顯眼的女生喔，老愛穿亮晶晶的衣服。」

「喔——因為我不太注意別人……全名是？」

「江本智惠，睿智的智，恩惠的惠。」

猶如將要倒立奔出的名字（註4）。假使問我有無印象，我也覺得曾經聽過，不過不是很確定。「啊啊，那個女生呀？我知道、我知道，我想起來了。就是那個戴隱形眼

4　江本智惠（EMOTO TOMOE）姓氏跟名字的日文發音剛好倒反。

鏡的女生嘛?」倘若這樣胡亂回應……

「騙你的喲!沒有這個人!哇哈哈——你中計啦!嘻、嘻嘻!」

萬一被對方整回來,那真是無臉見人了。不,巫女子應該不至於做出這種事。

「她的綽號叫小智。」

「沒辦法接受那種結果哪。」

「咦?為什麼?」

「沒什麼,我在自言自語。」如此說完,我緩緩搖頭。「抱歉,完全不記得。」

「我想也是。」巫女子莫可奈何地笑了。「不過你也不可能不記得我,卻記得小智嘛。萬一記得的話,巫女子可就震驚了喔。」

不知這是什麼邏輯,總之能夠避免讓巫女子震驚,我的記憶力倒也不是一無可取;儘管覺得這個理論有些奇怪。

「那麼,對了,貴宮同學呢?貴宮無伊實?我都叫她小實。」

「她也是同學?」

「嗯。」巫女子頷首。

「還有宇佐美秋春。因為秋春君是男生,你應該記得吧?」

「我的記憶力是男女平等的。」

「可是鐵定不是女權主義者……」

巫女子裝模作樣地長長嘆一口氣,不過當事人應該沒有裝模作樣的打算。總覺得自己好像做了什麼虧心事，可是不對的是我的記憶力，絕對不是我本人。

「總之啊，小智、小實跟秋春君，再加上巫女子，合計四個人。我們四個人明天晚上想要舉行派對。」

「喔，有什麼原因嗎？」

「是小智的生日呀！」巫女子不知為何顯得意氣揚揚。雙手扠腰，竭力挺胸的模樣倒也挺可愛的。「五月十四日！二十歲生日快樂！」

既然是同學，應該跟我一樣是大一，所以智惠是重考一年才考上鹿鳴館的嗎？不，或許跟我一樣是從國外回來的。無論何者都無所謂。

「順道一提，我是四月二十日生的十九歲喲。」

「喔。」

我也沒什麼興趣。

巫女子接著又說：

「呃……反正明天是小智的生日，我們四個人決定輕輕鬆鬆辦個生日派對。」

「喔，可是難得過生日，參加者還真是少數精銳哪。」

「嗯——對呀，因為我們雖然喜歡熱鬧，不過都是討厭人多嘴雜的麻煩分子。」

「是嗎？既然如此，四個人就剛剛好了。」

「咦？」

巫女子訝然抬頭。

「五個人的話，可能會破壞那個平衡。」

「咦？啊？」

「既然如此，幫我跟他們打聲招呼，Happy birthday to you!」

「不是我生日啦！啊，這不重要！別若無其事地站起來！我才說到一半！」

「因為別人的意見只能聽一半……」

「這句話不是那個意思吧？」

我正準備離去時，巫女子一把抓住我的袖子，硬生生地將我壓回椅子上。就算她才說到一半，聽到這裡大概也可以猜到結果了。

「所以，就是要我一起去……參加那個生日派對。」

「哇！嚇死人了，賓果！」

巫女子驚訝地高舉雙手，不過這次看起來真的很假。巫女子或許並非沒有表裡之分，只是單純不擅演戲。

「好厲害——伊君簡直就像超能力者耶。」

「別跟我說超能力者的話題……我不想聽。」我輕輕嘆息，然後問她：「為什麼要我參加？我應該沒見過智惠、無伊實跟秋春君才對。」

「應該有見過才對呀，畢竟是同班同學。」

說得也是。

嗯——莫非我有健忘症？從以前就不善於記人，最近尤其嚴重。別說是那三個人，即使是這間鹿鳴館大學的相關人員，我也不記得任何一個。

那很可能是，對他人的漠不關心所致。

儘管跟腦部結構沒有關係。

簡言之，那並不是缺陷。

也不是缺乏什麼。

我從一開始就損壞了。

「難道只是我不記得，其實我跟那三個人是好朋友？無論如何，我還不至於忘記朋友才對。」

「不是那樣的。」巫女子略顯哀傷地回答我的問題。「我想應該很少交談吧？你看，伊君總是這樣扳著臉孔，一副看破紅塵似的揚著下巴、瞇著眼睛，簡直就像輕蔑似的看著世事。現在也是。該怎麼說呢？讓別人不知該怎麼跟你搭訕。就好像這附近築了一道牆，又好像ＡＴ力場（註５）全開。而且還大剌剌地坐鎮在教室正中央，而不是躲在角落。」

極度希望她別再招惹我。基本上，既然她這麼認為，我甚至想叫她「那就別跟我搭訕」；但我當然不可能這麼說。

我吃完泡菜。兩碗公的量畢竟有些過頭，有一種噁心的飽足感。這陣子鐵定是不

5　源自日本卡通《新世紀福音戰士》，ＡＴ力場乃是分割自身與註他自我（ego）、客觀世界的一堵牆（心之壁），也是寂寞與痛苦的原因。

會再碰泡菜了。

「可是伊君跟我不是感情很好？」

「我們感情很好嗎？」

「感情很好！」

巫女子砰咚一聲雙掌同時拍打桌面。巫女子一旦情緒激動，好像就有毆打附近物體的習慣。至少想要激怒她的時候，萬萬不可靠近那雙細腕的觸及範圍。總而言之，保持一定距離，再進行挑釁才是上策。換句話說，打電話時是最佳時機。

不對，我為何要籌謀激怒巫女子的計畫？

「所以呀，我當然會跟他們提到伊君囉。」

「或許吧。」

「然後，聽過的人也覺得你雖然看起來凶巴巴的，但或許是很有趣的人。」

「嗯，倒也不無道理。」

「既然知道是很有趣的人，即使對方是怪人也想認識認識，不是很正常的想法嗎？」

「也對，每個人都有中邪的時候。」

「所以，就是這麼一回事。」

「怎麼一回事？」

「就是這麼一回事呀。」

巫女子充滿期待的雙眸直勾勾地注視我。我假裝喝茶，避開她的視線。不用想也知道，一杯茶也無法治癒口腔的麻痺狀態。

「嗯……我懂了。」

「你終於懂了嗎？」

「機會難得，明天回老家住吧。」

「別硬是安插計畫呀！明明你連黃金週都沒有回老家！」

巫女子再度拍打桌面。雖然有些在意巫女子是如何得知我在黃金週的行動，大概只是我自己忘了以前跟她提過吧。

「可是那個……對了！母親節快到了嘛。」

「母親節是上星期啦！而且伊君才不可能這麼孝順！」

相當過分的指責。但假使一如巫女子所言，不可能那麼孝順的十九歲，又豈會對同學流露善意？巫女子越說越激動，或許早日不知道自己在說什麼了。

「拜託嘛，我已經告訴他們會帶你去了，就當替我做個面子。」

「妳好像有所誤會，我訂正一下……我不是有趣的聊天對象。大家都說我是性格陰沉混濁的十九歲。」

「唔——就好像『有兩個作家的蛋，可是一個未受精，另一個有硫磺味』。」巫女子不勝悲傷地緊咬下脣。「喏，伊君，就當做好事陪我去嘛。這當然是我的任性，我會替你付酒錢的。」

「不好意思，我不太能喝酒——」

這是真的。

「為什麼？」

「以前曾經一口氣喝光一瓶伏特加。」

我並沒有告訴她事後的情況，不過，總之我從此就將攝取酒精這件事從人生中排除了。我並非絕頂聰明之人，但也沒有愚蠢到不會從經驗中學習。

「嗚哇——就連俄羅斯人都不會做那種事耶！」巫女子真的很驚訝。「啊啊，是嗎……不能喝酒啊……那就傷腦筋了……」

再度陷入沉思的巫女子。不能喝酒的人參加派對是什麼結果，巫女子似乎瞭然於心。莫非她雖然並非不會喝酒，卻也不是海量之人？

話雖如此——

我亦沒有冷血到看著巫女子在眼前苦思惡想，仍然一無感慨的程度。

哎呀呀……我真的是很容易隨波逐流。若是容易受人情感動，倒還可以端個架子，但倘若只是容易隨情況改變，根本就是缺乏個性。

「好……我知道了，如果可以扳著面孔占據房間正中央的話。」

「嗯……說得也是……畢竟太麻煩伊君了……可是……真的可以嗎？」

巫女子颼的一聲探出上半身。儘管比喻不是很恰當，但她的反應就小狗發現前面擺著食物。貓咪在這種時候可能會露出「莫非是陷阱？」的警戒心，巫女子卻是一副喜不自勝的模樣；儘管外表像貓，不過她的動物屬性大概是狗。

「可以嗎？伊君，真的願意陪我去嗎？」

「可以……嗯，反正我也沒事。」

連我自己都覺得這種說法太過無情，暗咒自己為何不能說得更漂亮一點。話雖如此，巫女子還是興奮大叫：「哇——」然後浮起天真爛漫的笑容說：「謝謝！」

「不客氣。」我一口喝完茶水。目光一轉，巫女子的甜點也吃完了，我於是重新站起。

「啊，等一下。伊君，你的手機幾號？我再跟你聯絡。」

「咦？嗯……」我從口袋取出手機。「啊啊，呃……我忘了。」

「我想也是……呃……那你撥給我，號碼是——」

我按下巫女子說的號碼，她的小包包裡傳來手機鈴聲，是大衛鮑伊的歌。若說人不可貌相也有點過分，不過巫女子的喜歡的音樂相當有品味。

「嗯，這樣就沒問題了……哎呀？伊君沒用手機吊飾呢。」

「嗯啊，我不太喜歡那種娘娘腔的東西。」

「手機吊飾很娘娘腔嗎？」

「妳那麼認真問，我也不知該怎麼回答，但至少不是男子氣慨的東西吧？」

「嗯，或許是吧。」巫女子勉為其難地應道。

「那就說定了。」我拿起托盤離開位子。「明天見，巫女子。」

「嗯！不可以再忘記巫女子喲！」

巫女子用力揮手說。我輕輕揮手回應，離開了餐廳。歸還托盤跟餐具後，直接走到旁邊的學生書局。既然是校園書局，當然大部分都是學術相關書籍，比較缺乏娛樂性；但是可以打九折，再加上這間書店的雜誌不知為何（為什麼呢？）異樣充實，因此顧客熙來攘往。

我走到講談社小說的專櫃，拿起一本書。

冷不防。

想起來。

「……咦？巫女子剛才好像叫我伊君……」

重新一想，那倒是挺新鮮的叫法。因為巫女子叫得太過自然，我才沒發現，但實在很難想像我以前容忍她使用如此親暱的綽號。

我試圖回想，卻也搞不清楚。當然不可能有被她如此呼喚的記憶，但話說回來，亦沒有不曾被如此呼喚的記憶。不過，既然對巫女子本人的記憶都如此淡薄，自然不可能記得這種芝麻小事。

「……嗯，算了。」

這種事，怎麼樣都無所謂。

我如此告訴自己，開始在書店裡閱讀小說。

對。

這種事，不是什麼大問題。
這種事，不可能造成別人死亡。
天下一片太平。
縱使天上沒有任何人存在，結果還是一樣。

3

人生的致命傷究竟是什麼？
慘遭斬首。
那當然是無庸置疑。
剜下心臟。
這亦是理所當然。
破壞腦部。
即所謂勢所必然。
讓人窒息。
亦是萬無一失的方法。
然而，我所說的「致命傷」，並不是指這類微不足道、不值一哂之事。所謂人生的致命傷，乃是讓人類陷入明明是人，卻亦非人；生而為人，卻無人生；明明活著，卻如行屍走肉等，陷入此種駭人情況的打擊。是指正因具有理性，故而陷入相對的矛盾，整個人慘遭吞噬、擊潰的情況。

那就是我所說的致命傷。

簡言之，就是「失敗」。

這部分非常重要的是，即便失敗依然在**繼續**下去。

我們的世界極度缺乏緊張與刺激。

過於溫柔，才顯得殘酷；因為是惡魔，所以是極樂。

老實說，縱使犯了什麼天大錯誤，人類也不會死亡。

或者應該說是死不了？

對，不會死的。

只會痛苦。

只會單純地心急如焚。

然後不斷繼續。不論到何時、何處都繼續下去。

只不過毫無意義地繼續下去。

人生之所以不是遊戲，並非因為不能「重新啟動」，而是因為人生沒有「遊戲結束」之時。明明很久以前就已「結束」，明天依舊到來。黑夜過後就是天明。冬季結束就是春季。人生真是太美好了。

明明是致命傷，卻無法讓人死亡，這是絕對矛盾。這就好比詢問：「人類在超越光速的狀態下回頭時，視覺能夠捕捉到什麼？」這種不合常理的問題。

自己是自己的可能性既已斷絕，卻仍然可以繼續。不論多少次都可以重來。人生永遠可以重新開始。

然而，那就像是不斷重複品質低劣的複製行為，每次重來的時候，自己這個存在都不斷劣化。

很久以前，
就已經墮落成
不同的東西？

不久之後，
自己真的是自己嗎？抑或者……

是否業已退化？

正如同主觀者終究無法成為第三者，自己亦無法成為自己的旁觀者。

所謂的致命性正是指這件事。

「……總之，就是精神論啊……」

口裡嘟囔，內心想著這些無謂之事，同時吃著麥當勞新推出的漢堡。

超值全餐，五百二十二圓日幣。

或許是上午的泡菜作戰成功，舌頭終於恢復正常的味覺，十分美味可口。嗯，既然身為日本人，倘若不能體會麥當勞的美味，那就萬事休矣。

時間是晚上七點半。

地點是四條通與河原町通交叉口附近的新京極通。

第五堂課結束後，我想要一睹巫女子所說的機動隊，為了打發時間才來到這裡。

放置漢堡的托盤旁有一本雜誌。俗稱的八卦週刊。是在大學的學生書局買的，書皮上寫著——《封面特集：開膛手傑克現身魔都！》

「品味真差。」

購買這本雜誌的第二個理由正是這種毀滅性的品味。不用說，第一個理由當然是因為它大篇幅介紹了巫女子所說的那個「隨機殺人魔事件」。

將兩根薯條一起放進嘴裡，咬著吸管喝可樂。我無意識地翻開內頁。第一頁的背景是血淋淋的屍體照片，以大大的粗體字寫著：**《目前，震撼京都的殺人鬼！》**

極度不祥之感。

「……刊登這種照片不違法嗎……」

一邊呢喃，一邊翻閱內頁。我已經看了那篇報導好幾次。因此對這個事件，即使稱不上透徹，也擁有一定程度的知識。

傳媒稱該事件是「京都連續隨機殺人魔事件」。直截了當、毫無新意的稱呼，但這種地方亦無須過分講究。然而，略去此點不談，這個事件確實不太適合使用「隨機殺人魔」一詞。「隨機殺人魔」的定義是「猝然對路人施加危害之人」；但這個事件的犯人，卻是將被害人帶到人煙稀少之處，再以銳利的刀械加以殺害，事後還解剖屍體。與其說是隨機殺人，更像是變態殺人。開膛手傑克的比喻，倒也甚為貼切。

「而且殺了六個人啊……真厲害。」

我將雜誌收進包包，一面低語。

對，六個人。正如巫女子所言，不到兩週就達到這個數量，老實說真的太誇張了。很可能是史無前例吧。頭兩件也就算了，接下來四件，警察也在各處展開搜索，甚至還派遣機動隊，對方卻譏諷似的不斷殺人。

被害人之間沒有關聯。男女老幼都不放過。根據警察的看法（不過任何人的看法都是這樣吧），犯人似乎是隨機殺人。

是故，不可能六個人就結束。

還會繼續下去。只要那個殺人魔尚未厭倦，或者忽然決定主動停止殺人活動，這個事件仍將繼續。說不定就在今夜，又或者此刻正在進行。

「終究只是戲言啊……」

我在麥當勞的門口眺望新京極通。

那是與平日毫無二致的景象。

這個時段儘管觀光客不多，卻也相當擁塞。取代畢業旅行的學生和觀光客，染髮的年輕人大舉入侵。這或許也算是一種生態共存吧。

任何人都有可能。

在這條路上行走的任何人都不會認為自己有可能成為下一個被害人吧。他們當然亦有所警覺。看見道路四周駐守的機動隊員，他們也感到些許不安，至少會覺得治安很亂吧。說不定會比平常更早回家。

可是，大家都深信自己回得了家。

事實就是如此。現實中體認到自己可能被殺的人，基本上並不多，那個可能性甚至低到可以忽略的地步。

「……被殺的人是運氣不好嗎？」

雖然殘酷，但也只能這麼說。

言歸正傳。

那麼，我也混入那群毫無警覺的人群裡吧？

我邊想邊準備起身時，褲子右側口袋裡的手機突然震動。一看來電號碼，沒有印象。話雖如此，也不能置之不理，於是按下通話鍵。

「哈囉！我是巫女子！」

興高采烈的聲音冷不防響起。腦海中浮現在電話那頭豎起大拇指的巫女子身影。呃，再怎麼說，她應該沒有做那種動作才對。

可是，尚未確認對方身分就這麼大聲嚷嚷，萬一撥錯號碼，巫女子究竟打算如何應付？這不禁勾起我的一點點好奇心。

「咦？我是巫女子喔！怎麼了？」

「……」

「……那個，你是……伊君吧？」

「……」

「……喂——你是伊君嗎？」

「…………」

「打錯了？咦？我，打錯了？」

「…………」

「嗚哇！就好像『廣播體操第二節，可是因為時間不夠就跳鬍子舞』（註6）！對不起，我打錯了！」

「不，沒打錯，什麼事？」

「嗚哇！」

我一出聲，巫女子就發出愕然的哀號。接著不知所措地支吾道：「咦？咦？咦？」最後聽見長長的一聲嘆息，似乎終於放心了。既然如此，那股放心轉為憤怒應該不用多少時間，我於是嚴陣以待。

「啊啊，真是的！講電話就要出聲啊。否則不是很恐慌？伊君真是性格惡劣耶！好陰險喔！邪魔歪道！殺人魔！」

6　日本綜藝節目「八點全員集合」裡的舞蹈。兩個人穿著燕尾服，黏上假鬍子，像企鵝一樣雙臂下垂、手背翻起，膝蓋大幅彎曲，一邊走路跳舞，同時挑戰各種表演。

也不至於要批評到這種程度吧。

「抱歉、抱歉，我只是跟妳開個玩笑——」

原本沒有打算沉默那麼久，沒想到她的反應這般有趣，忍不住就再沉默了一下。

「真是的……算了，反正是伊君。」

巫女子「嗚嗚嗚」的喃喃自語。

聽起來有點可憐。

「呃……」巫女子心情恢復後說道：「業務聯絡！明天的事情！」

「不用叫那麼大聲我也聽得見……這裡很安靜。」

「唔？伊君在哪？」

「啊，呃……在家，我租的公寓。」

「喔，我還在學校。有事情跟猪川老師講，剛才還在研究室喔。研究室好厲害耶！到處都是書！」

猪川是負責基礎專題的老師。性格有些古怪的助理教授，除了非常重視守時（如果鐘聲響起前沒有入坐，即使人在教室也算遲到，響到一半也不行，響完的話就算缺席之類的）以外，是相當受學生歡迎的老師。

「呃……所以呀，那個……關於明天嘛。伊君明天會待在家嗎？」

「嗯，在是在，我們在哪集合？」

「嗯嗯，在外面集合的話，萬一錯過就糟糕了，是吧？所以，我去伊君家接你。我買了小噗噗，所以想兜兜風。對了，四點左右。四點左右去伊君的公寓，可以嗎？」

「可以是可以……可是妳知道我的公寓在哪裡嗎？」

「咦？啊……不……那個……放心啦。」巫女子不知為何狼狽不堪地結巴起來。「對了，就那個嘛，我們班開學時不是做過通訊錄？所以我才知道。」

「看住址就找得到嗎？」

「巫女子對京都很熟的，沒問題哩。在千本通跟中立賣通交叉口那兒嘛？」

「嗯……」

巫女子的言行有些詭異，但既然當事人都說知道了，應該沒問題吧？我於是回答：「既然如此，我也無所謂。」

「嗯，那就這麼決定了。呃……機會難得，我也很想多聊聊，但我現在要去學開車了。因為是事先預約好的，不快點去的話就要遲到了。」

「喔……原來妳有在學開車啊。」

「對呀，伊君呢？伊君有駕照嗎？」

「有是有，不過是自排車。」

如果可以不用駕照，我什麼交通工具都可以開，不過這當然是祕密。

「原來如此。」巫女子點點頭。「我現在的目標是手排車。差不多到了想要四輪車的年紀。考上駕照的話，爸爸就要幫我買車。嗯，那明天見囉，掰、掰——」

巫女子嘻嘻哈哈地掛上電話。我盯著手機一會兒，最後收進褲子口袋。

嗯……對了。這麼說來，明天好像跟她有約。儘管沒有完全忘記，不過還真的快忘了有這麼一回事。這樣下去，明天很可能會完全遺忘。既然如此，或許該像記憶力不好的小學生，在手心寫上「明天跟巫女子有約」提醒自己。

啊，不過，既然她要來接我，記不記得都無所謂吧？想到這裡，我將包包裡拿出來的鉛筆盒收了回去。

於是，我這次真的離開麥當勞。到了街上，時間差不多八點，商店街的店家們開始準備關店。這時我忽然想到一件事。

「啊……對了，是生日啊……」

既然如此，還是買一個禮物比較妥當嗎？這才是正常人應有的禮數，雖然我並不覺得自己是正常人。而且還是在半推半就的情況下被迫參加，做人也不用好到那種程度。儘管內心糾葛，我還是望向附近的土產店。

江本智惠。

話說回來，她是怎樣的人呢？完全沒有記憶。見面之後或許會想起來，但即使像現在這樣認真思考，依然想不起任何片段，可見智惠並不是特別古怪的人。比較乖巧，上課前不會打手機，而是待在座位上看書的那種女生。咦……可是，巫女子好像說過她老愛穿亮晶晶的衣服，是相當顯眼的女生？唉，果然是不記得。就連一點印象都想不起來。

另外兩個人……貴宮無伊實跟宇佐美秋春嗎？我也試圖回想他們倆，但結論還是一樣。

「……嗯，既然是巫女子的朋友，也不可能是什麼怪人吧？」

把你的朋友介紹給我，我就能猜出你的人格——這是塞萬提斯（註7）的名言，反過來說也可以成立。應該不用太過擔心。

我邊想邊拿起堆放在店門口的OTABE禮盒。折成三角形的生八橋裡包有紅豆餡，是傳統型的OTABE。三十個裝，一千兩百圓日幣。

「嗯——」

說到京都，就聯想到八橋；說到八橋，就聯想到京都。倘若沒有八橋，京都就不能稱為京都，換言之，有八橋才有京都。跟京都甜點八橋相比，清水寺、五山送火（註8）、三大祭典（註9）根本不值一哂。神社佛寺根本沒什麼了不起。在京都不吃八橋，等於沒見過京都的八成。

「……好。」

如此這般，智惠的生日禮物就決定送OTABE。要是選擇會殘留形體的禮物，萬一造成對方的困擾也不好，OTABE還可以當成下酒小菜。啊，不，甜食不能當下酒小

7 西班牙文藝復興時期最傑出的小說家，註表作是《唐吉訶德傳》。

8 每年八月十六日晚上八點，在京都周圍的五座山依序點火，形成「大」、「妙法」的字樣以及「船」與「島居」圖樣，替亡者靈魂送行。

9 三大祭典乃是：葵祭、祇園祭、時代祭。五山送火與三大祭典稱為京都四大儀事。

菜嗎？我不喝酒也不知道，不過，哎，倒也不是不能下嚥吧。

——忽然。

就在此時。

我的背後，

驀然感到，

一陣戰慄。

液體氮灌進脊髓的感覺。全身降至絕對零度，身體彷若即將被體外的熱氣灼傷。只有腦髓感覺依然正常。就快被冷熱兩極的壓力碾碎的感覺。假使沒有保持正常意識，大概剎那間就被壓壞了。

「……」

可是我並未回頭。

只是盡量佯裝鎮定，將八橋禮盒遞給店員。染金髮、穿耳環、紮馬尾的店員露出完全不像營業用的真摯笑容。

「謝謝您！」

我接過包好的八橋禮盒，將算得剛剛好的金額交給對方。店員用力哈腰，朗聲說道：「謝謝光臨！」那種活力十足的待客方式，正是擄獲觀光客心靈的關鍵吧，我一邊胡思亂想，同時離開店門口，朝四條通的方向前進。

這時，我有所感應。一旦察覺就再也無法漠視，甚而無須意識的強烈視線。不，稱之為視線或許並不恰當。

這是——殺意。

完全沒有摻雜惡意、敵意或害意等的多餘雜質，純度百分百，猶如即將熊熊燃燒的絕對殺意。緊密黏著般纏繞全身的討厭氣息。已然不是不舒服或不愉快的那種程度。

向前走。

氣息亦緊跟而至。

向前走。

氣息仍緊跟而至。

「總之，就是被盯上了嗎……」

究竟是從何時？何處？

一頭霧水。

露骨到甚至無須回頭。

露骨到甚至無須感覺。

換言之，對方亦察覺出我已經發現；然而，仍舊不停止尾隨，因此才稱為露骨。

「……傷腦筋哪。」

我一面流暢地穿越人潮，一面嘆息。莫名其妙。麻煩事明明全部留在海洋對岸了。在這個國家，而且是這個都市，沒有理由被任何人尾隨，更何況是被謀殺。這件事早就請玖渚確認過了。

既然如此。

既然如此，就是隨機嗎？

腦海掠過包包裡的雜誌封面特集。

隨機殺人魔。

「……不可能吧，喂……」

我究竟是造了什麼孽？如果以巫女子風格舉例，這時應該說「就好像組成小貓俱樂部（註10）二軍，但所有成員都是伴舞」嗎？不，不知所云。不熟悉的事情果然不該輕易嘗試，我顯然已經陷入混亂。

可是……

不管在我後方兩百公尺的**那傢伙**就是近來鬧得沸沸揚揚的隨機殺人魔，或者只是隨處可見的殺人狂，又或者只是基於私人恩怨狙擊我。

總覺得不太自然。

總覺得不太合理。

毫無邏輯地不可思議。

感覺極不安穩。對，這種感覺就像發現自己被鏡中的自己「注視」時，那種絕對錯誤的標準答案。理當位於前方的那條紅線，如今卻發現它在後方。

10　一九八五年，日本富士電台的綜藝節目所組成的少女團體。

「……戲言嗎？」

這當然是錯覺。

而今重要的是，我被人尾隨了。

這是無庸置疑。

還有我將會被對方殺害。

這亦是不容懷疑。此刻集合了兩項幾近絕對的事實，沒有餘力去考慮其他感覺。從結果來看，只有兩條路可走。

要給予？

還是掠奪？

「接下來……事情開始無聊了……」

穿過新京極通，來到四條通。計程車車陣後方是大排長龍的汽車。這個時間的四條通非常擁擠，走路甚至比坐車還快。隨處可見十字路口的京都，紅錄燈比想像中更多，最有效率的交通手段肯定是腳踏車。順道一提，第二名是徒步。第三名大概是滑板車吧。

我是坐巴士從大學到這裡，因此現在只能使用第二種手段。一時不知該走哪個方向，最後決定向東走。

在十字路口等了一會兒紅綠燈，穿越河原町通。繼續向東走的話，就可以抵達八坂神社。從那裡往南走，就是清水寺。這是京都佛寺觀光之旅的標準路徑。可是我並非觀光客，因為並不打算走到八坂神社。

異常嚴厲。極端猛烈。

不斷迫近的視線壓力。事及至此，就等於是單純的暴力了。

「……啊——真難受……」

儘管已是五月，卻像即將冒冷汗。我多久沒感受過緊張這種情緒？記憶必須回溯到那座古怪的小島。不過，我同時亦感到跟那時截然不同的情緒。

雖然緊張，卻也感到放心。

體悟到此刻緊張的自己，絕對不可能發生失敗。

「呸……」

接著，抵達鴨川。我沒有從上方的四條大橋渡河，走下橋旁的樓梯，來到鴨川沿岸。太陽尚未西落之前，鴨川沿岸是年輕情侶的天下。雙雙對對的男女們隔著相等間距在河岸並排的那番景致，我個人認為堪稱京都三景之一。到了月亮高掛之時，河岸則變為醉鬼們酒宴後的休息站。在木屋町通通宵暢飲的人們，就在這裡吹風醒酒。這個時段的年齡層從大學生到上班族都有。

情侶也好，醉鬼也罷，兩者都是向他人散布自我幸福的麻煩製造者，但我現在也沒有對此發表哲學觀點的打算。不論情侶是何物，醉鬼又如何，總之**在兩者空檔的這個時段**，鴨川河岸完全**杳無人煙**。情侶們既已歸去，醉鬼們此刻正在充電。換句話說這裡是絕佳地點。

而且還是橋下，豈不正中下懷？

我一抵達沿岸，立刻鑽入橋的影子裡。頭頂傳來車輛呼嘯而過的聲音，渡橋行人的喧囂。非常吵雜、刺耳、喧鬧。

然而，那種程度的聲音，無法抹消那個尾隨者的腳步聲。

窸窸窣窣。

磨擦砂石的聲音。

「——　　　　　　　　　　。……」

我喃喃低語後，回頭一看。

那傢伙斷言似地說完，與我對峙。

「　　　　　　　　　　　　　　　　。」

那個感情，大概只是單純的迷惑。

平凡，只是那種程度的迷惑。

那裡有一面鏡子。

我當時是這麼想的。

身高不到一百五，身材纖細，手長腳長的小個子。老虎斑紋的短褲，粗獷的馬靴一看就知道是安全鞋。上半身穿著紅色長袖連帽夾克，外面罩著一件黑色軍用背心。雙手戴著手套。並非擔心指紋那種娘娘腔的理由，而是半指手套。讓人感受到那只是「為了防止刀子因汗水鬆脫」這種原始而且明確的目的。

那傢伙就像舞者，將兩側剃高的長髮綁向後腦勺。右耳穿了三個耳洞，左耳戴了兩個類似耳機吊飾的東西。因為戴著時髦的太陽眼鏡，無法解讀臉上表情，不過右臉頰上肯定不是彩繪的不祥刺青，更加突顯他的異樣。

全身上下跟我**大相徑庭**。

若要說有什麼相同點，大概也只有年齡和性別。

話雖如此，卻有一種攬鏡自照的錯覺。

正因為如此，我感到迷惑。

對方也感到迷惑。

先出手的是對方。

右手才剛伸進背心口袋，下一瞬間就已揮下一把刀刃五公分左右的小刀。動作全無滯礙，堪稱是人類生物的極限。

聲音歪斜，光線扭曲。

臻於完美的殺人舉動。若以第三者的角度觀看眼前情況，儘管理解這是殺人，我仍會將之評為藝術。

完全沒有躲避的方法。

絕對沒有擋駕的手段。

然而，我的上半身向後一翻，閃過了那一刀。那原是不可能之事。我的運動神經縱然不是平均水準之下，卻也沒有足以看穿人類臂力極速躍動時的動態視力與肌力。

可是——

例如時速兩百公里的卡車迎面開來，若能在五公里以前察覺，任何人皆能輕易避開。

對方的這個斬擊，對我而言彷彿早在五年前事就先預知般地瞭若指掌。

我猛力抓住自己的包包，利用離心力甩向對方的臉孔。那傢伙彷彿十年前就已得知我的行動，頸部一扭輕鬆避開。由於躲避對方攻擊時後仰過猛，我整個人向後頹倒。話雖如此，我也不會笨到採取守勢。倘若因此浪費一隻手臂，對方的刀子鐵定會立刻襲來。不出所料，對方抽回一擊揮空的刀子，反手揮向我的頸動脈。大勢不妙。現在這個姿勢無法閃避。不，拚命滾動身體的話，大概可以閃避「這一擊」。然而下一招、或者下下一招的瞬間，不管再如何掙扎，第三招的那一瞬間，刀子必然深深戳入脊髓中心。我彷彿可以預知那個觸目驚心的未來，清楚捕捉到那個影像。

若然，閃避與否都毫無意義。既然如此，不如坦然承受。我抬起右肘，迎向刀刃。

就在此時。

對方一轉手腕，刀子偏離原先的軌道。我的手肘當然揮空。結果，沒錯——正面身體完全敞開，包括心臟與肺臟，所有內臟都暴露在對方的攻擊範圍內。

太陽眼鏡後方的瞳孔輕笑。

手腕再度翻轉，刀刃垂直地劃向我的心臟。

只有停止一瞬間。

接著戰術刀以雙倍速揮下。眼睛亦無法捕捉，遠遠超越人類感覺器官極限的殺人意志。

甚至沒有時間吸氣。對，照理說應該沒有吸氣的時間。

然而，就連這個狀況，**我也在出生前就知道了**——

「——！」「——！」

刀刃刺穿一層衣服後驟然停止。而我的左手食指與中指，也在撥開太陽眼鏡的那一刻停頓。

膠著狀態。

對方瞄準心臟，我瞄準雙眼。假使擺在天秤上比較，熟輕熟重顯而易見，可是這並非能夠以天秤權衡得失的問題。刺肉穿骨、粉碎心臟這些，對那傢伙來說甚而比捏碎幼兒小手簡單；然而，儘管其間空檔極其短暫，卻已足以容我破壞那雙眼眸。

反之亦然。

我可以犧牲心臟，瞬間破壞眼球，

他可以捨棄眼球，剎那毀滅心臟。

正因如此，才稱為膠著狀態。

雙方維持這個姿勢五小時，或者五剎那左右後。

「——真是傑作啊。」

對方扔下刀子。

「——是戲言吧？」

我縮回手指。

對方從我上方退開。我抬起上半身站起。揮去身上的灰塵，接著緩緩伸展背脊。

這根本就是一場預定和諧的鬧劇。早知是這樣的結果，因此只剩趕完暑假作業時的那種無力感支配我的身體。

「——我叫零崎。」重新扶正歪掉的太陽眼鏡，對方——零崎說道：「零崎人識。你又是誰？酷似我的先生。」

那是。

宛如。

向他人確認自己的名字般，

令人感到錯愕的質詢。

這是。

這正是旁觀者與殺人鬼的第一次接觸。

而這天竟是十三號星期五。

淺野美衣子
ASANO MIIKO

鄰居

第二章

遊夜之宴——（友夜之緣）

0

不吉與不幸皆是大材小用。
給我更多絕望、更多暗黑、
全心全意的墜落。

1

話說回來，據說十三號是一個月當中遇到星期五的機率最高的一天。每年至少都有一次十三號星期五，平均每年會有三、四次。仔細一想，對於既不是基督教徒，甚至無法區別新教徒跟天主教徒的我，十三號星期五的意義也只有隔天十四號是星期六。

如此這般。

翌日，五月十四日，星期六。我在位於千本通跟中立賣通交叉口附近的公寓裡醒轉。一看鬧鐘，是下午三點五十分。

「……真的假的？」

有一點，不對，是非常，不！是超級震驚。對我來說，這是前所未有的睡過頭。

下午才醒來，究竟是事隔多少年之事？況且還不是普通的下午，下午幾乎已經過了三分之一。這恐怕將成為我人生裡決定性的汙點，永遠都無法遺忘。

「……不過，早上九點才睡，現在起床也是正常的。」

昏昏沉沉的頭腦終於恢復功能。

接下來……

我抬起上半身。

兩坪大的和室、榻榻米、無燈罩電燈。充滿老舊氣氛的絕妙古典空間，甚而讓人懷疑從京都還是首都的時代就已存在。租金自然便宜得要死。不用說，這裡死的是房東而不是我，因此也無所謂。

疊好被褥，收進壁櫥。儘管沒有廁所跟浴室，至少還有洗手臺，就在那裡洗臉。接著換好衣服。我的衣服少到沒得選擇，因此到這裡費時不到五分鐘。

打開窗戶，讓室外空氣流入室內。京都是非常了不得的地方，黃金週結束後就進入可以稱為夏季的時期。彷彿現在仍使用舊曆，秋春兩季都不存在似的。

就在此時，敲門聲響起。這棟公寓裡並沒有對講機這種文明利器。

時間剛好四點。唔，巫女子看來是很守時的女生。我略感讚佩。諸如豬川老師那般嚴苛之人，別說是難以應付，根本就是找麻煩，但既然以人類自居，還是必須遵守類比時鐘程度的時間。就這個意味而言，巫女子算是及格的人類。

「喔，來了。」

我卸下門栓（徹底發揮這棟公寓的復古氣氛），打開房門。但出乎預料的是，站在門外的卻不是巫女子。

「叨擾。」

是隔壁的鄰居，淺野美衣子小姐。比我年長的二十二歲，自由業。獨鍾日式風格的大姊姊，現在也穿著「甚平」（註11）。順道一提，那件黑色甚平的背面寫著白色的「修羅」字樣。

日本武士般的馬尾獨具特徵，乍看下難以相處，但交談後其實人很好。雖然是略帶神祕性格的人物，包括此點特徵，我對她頗有好感。

「原來是……美衣子小姐？早安。」

「嗯，你在睡覺啊？」

「嗯啊，稍微睡過頭。」

「現在這種時間已經不是稍微了。」

美衣子小姐輕叱。木訥的神情教人猜不出她究竟想法如何。雖然並非面無表情，但美衣子小姐的內定值是撲克臉，再加上過度欠缺變化，整體感覺跟面無表情相去無幾。

「啊，請進。雖然還是空無一物。」

嘴上說著一點也不誇張的客套話，我挪開身體讓出一條路。美衣子小姐卻緩緩搖

11　男性夏天穿著的室內短和服，短袖、短褲，前襟附有打結用的繩子。

頭，「不用，我只是來給你這個。」遞給我一個扁平的盒子。盒子外的包裝紙上大大地寫著「OTABE」。

「……」

「這是叫做八橋的京都名產。」

「我知道……」

「給你。很好吃。告辭了……我要去打工。」

美衣子小姐滴溜溜地轉身，「修羅」的字樣對著我。

為什麼是八橋？又為什麼要送我？沒有任何解譯是習以為常之事。念及從沉默寡言的美衣子小姐口中問出來龍去脈的勞力，將意味不明當成理所當然比較輕鬆。是故，我只對著她的背影說道：「謝謝，我收下了。」

結果。

美衣子小姐停下腳步，頭也不回地問道：

「你今好像天早上才回來，情況如何？」

「……」

牆壁單薄的公寓真討厭啊。

哎，倒也並非全是討厭的事。

「不，只是跟朋友徹夜聊天。沒有不可告人的事，也沒有任何色情。」

「朋友……你朋友的話，就是二月左右來過的那個異於常人的藍髮女生？」

「那丫頭是強迫性的自閉……這次不是玖渚，是男生。」

「喔。」美衣子小姐點頭，一副興致索然的口吻。假使告訴她「我跟最近鬧得沸沸揚揚的殺人鬼在四條大橋下徹夜聊天」，是否會勾起她的些許興趣？不，畢竟是美衣子小姐，即便知道我並非開玩笑，說不定也只會「嗯——」的一聲帶過。

美衣子小姐信服似的嗯了幾聲，就逕自從木板走廊離去。大概是要去打工的地方吧。以前第一次發現她除了居家以外，外出時亦穿著那種甚平，就連我也忍不出驚愕出聲。

我關上門，返回房間。

嗯——可是，為什麼是八橋？話說回來，這個八橋跟我昨天買給智惠的生日禮物是一樣的。可怕的偶然，看來大大失算了。

「嗯，也罷……」

我將兩盒點心疊放在房間一端。

一看時鐘，剛過四點不久。

接著三十分後，時間過了四點三十分。

「想也知道。」

我喃喃自語，躺了下來。

咳，巫女子不是四點要來接我嗎？這肯定不會錯。我雖然會忘記事情，但不會記錯事情。既然如此，巫女子要不是在途中遭遇事故，要不就是迷路，或者她根本就是遲到大王，情況只有這幾種，不論她是哪種，現在的我都無技可施。

「……來玩八皇后（註12）嗎？」

這個房間裡當然不可能有西洋棋盤，因此遊戲是在我的腦海中進行。八皇后的規則非常單純明確。在棋盤上擺放八個皇后，同時每個女皇都不能被其他女皇攻擊。換言之就是一種頭腦體操。我迄今曾經多次玩過這個遊戲，當然知道正確答案；但是我的記憶力不佳，重複玩也很有趣。不，老實說不是很有趣，但至少可以消磨時間。

一開始情況還不錯，不過第四個女皇之後越來越棘手。漸漸開始發生衝突。皇后跟皇后終究個性不合，有道是一山不容二虎。再加上思考一旦太過集中於此，就會忘掉先前的棋子放在何處。如此一來，就得從頭來過。這種必須分割腦部的緊張感真教人難以忍受。說來也很像在平衡木上行走的感覺，而棋子的數目越多，越接近正確解答時難度越高的特點，確實充滿了遊戲元素，娛樂度頗高。此外，失敗時的生氣對象也只有自己，這種悖理條件更加增添它的趣味性。

正當我在猶豫第七個皇后該放置於何處時……

「伊君！」

敲門聲響起。

棋盤被翻倒。

12　在八乘八的空白棋盤上放置八個皇后，同時讓彼此互不攻擊的遊戲，共有九十二種配置法。

皇后散落一地。

那一瞬間別說思考，就連心臟都停止了。

確認時鐘，四點四十分。

「……」

我走向房門，打開門扉。這次總算是巫女子本人。粉紅色細肩帶背心、紅色迷你裙，裸露度雖高，可是十分健康、清爽的打扮。巫女子舉起一隻手說：「嗨！」

然後露出燦爛的笑容。

「伊君，古～～摸～～寧～～～」

「……………」

「……。……」

「………………」

「摸～～寧……摸寧……寧……就好像都卜勒效應（註13）。」巫女子的笑容也不禁有些僵硬。視線強作鎮靜地閃避我，微微側頭問道：「……呃……我只是問問看，畢竟這種態度不太像伊君的風格……你是在氣我、恨我、怨我、咒我嗎？啊，不過詛咒好像很符合伊君。」

「…………」

13　遠方急駛而來的火車鳴笛聲變得尖細，而逐漸遠去的火車鳴笛聲變得低沉，即是都卜勒效應。

「我們溝通一下嘛？喂！別悶不吭聲的呀！伊君一不說話，好像會做出什麼可怕的事，巫女子不喜歡！」

「手掌。」

「咦？」

「把妳的手掌，這樣伸到臉前面。」

「……嗯。」

巫女子乖乖伸手。

我啪的一聲拍下去。

「嗚嗯！」巫女子發出不像女生的悲鳴。我暫且感到滿足，轉身回房拿包包。呃，八橋放到哪去了……

「嗚哇，好過分喲——」巫女子不知為何邊說邊走進房間。「只不過遲到一下子，竟然暴力相向，好殘忍耶。就好像『將陪審團制導入日本司法體系，可是所有陪審團員都是小警察君』（註14）！」

對巫女子而言，四十分鐘的遲到似乎是「一下子」。

我還沒出聲邀請，巫女子就自作主張地坐在房間正中央。砰咚！然後好奇地環顧室內，「啊——」一邊逸出欽佩莫名的聲音。

「嗚哇……什麼都沒有嘛……好厲害耶！」

14　山上達彥的搞笑漫畫《人小鬼大》裡的主角，以日本首位少年警察自居。

「這種事被人佩服、讚美，也不會高興的……」

「真的沒有電視耶。好像以前的貧困學生。用螢火蟲的光芒苦讀似的！喂，這棟公寓裡還有什麼人？」

「呃……一個自由業的劍術家大姊、一個拋棄塵世的老爺爺、一對離家出走的十五歲與十三歲的兄妹，再加上我，四間房間五個人。前一陣子還住了一個想當歌手的人，後來成功出道，到東京去了。」

「喔——挺熱鬧的嘛，有點意外。啊！那現在這裡有空房間囉？嗯——這種別有一番風味的房間也不錯，我也乾脆搬過來吧？」

不曉得她究竟看中這棟公寓的什麼？這間房間的哪裡？她居然冒出那種想法。「我勸妳放棄比較好。」我提出由衷之見。

「那麼，差不多該出發了吧？」

「啊，不行喲，現在太早了。」巫女子慌慌張張地說。

「可是，不出發的話會來不及吧？我們已經比預定時間晚四十分了。」

「不對，六點到就好了。小智的公寓也沒有那麼遠，所以五點半出發也不會遲到的。」

「啊，是嗎？」

「對呀。」

巫女子豎起食指說。裝模作樣的動作也不能說不可愛，但也沒有特別誇獎的必要，因此我並未出聲。誇她兩句，萬一她得意起來就麻煩了。

「既然如此，為什麼要四點集合？」

「咦？啊，那是因為……哎，原因很多……呃，因為巫女子常常遲到嘛，只是以防萬一、以防萬一。」

「換句話說，最壞的情況可能遲到一個半小時嗎……」

光想像也是非常可怕的事。

「嗯？」巫女子露出窺伺的神情，然後開朗地問：「怎麼了？」

「……不，沒什麼，什麼都沒想。完全不覺得妳應該替等待者想想、也不認為妳至少該遵守自己指定的時間、更不認為遲到時應該打電話通知對方，還有應該尊重一下西洋棋盤。」

「西洋棋盤？」巫女子脖子一歪。

她當然不可能知道我在說什麼。

我發現放在房間角落的八橋，打開其中一盒。將整個盒子遞給巫女子。

「可以吃嗎？」

「沒關係。」

我起身走向流理臺。原本打算泡杯茶，但沒有茶壺。想用鍋子代替，不過我也沒有瓦斯爐。最後只好用水龍頭倒了一杯水，放到巫女子面前。

「……」

巫女子百思不解地看著眼前的液體，最後決定視而不見，沒有拿起杯子的意思。她喀啦喀啦地咀嚼八橋，「嗯——」同時擺出思考的姿態。

「問這種事也很那個，莫非伊君很窮？」

「不，沒有特別缺錢。」

住在這種公寓裡，或許一點說服力也沒有，但是這並非虛榮心作祟，是真的。至少我的存款還足夠支付未來四年的大學生活，不必進行任何打工。那些錢雖然不是我賺的，不過目前是歸我所有。

「那伊君就是節儉成性囉。啊，是哲學家嗎？」

「我不太擅長花錢……是購物狂的相反。」

我邊說邊將八橋送入口中。「喔——」巫女子也不知到底懂不懂，總之點了頭。

「……」

我從上而下仔細審視跪坐在榻榻米上的巫女子。嗯，倒也沒什麼不對，話雖如此，這個房間多了個巫女子，總覺得看起來有些不自然。該說是不太相稱？或者危機四伏？總之有種極度危險的感覺。

我站起身。

「咦？你要去哪？還有四十分喔。」

「四十分不是『一下子』？」

「嗚哇！伊君，那是討厭鬼的臺詞耶！」巫女子故作誇張地向後一縮。「何必記恨成這樣？」

「開玩笑的。我們去吃一點東西吧？在這種什麼娛樂都沒有的房間大眼瞪小眼，一定很無聊吧？」

我將包包掛在肩頭，朝房門走去。

「唔，才不會呢。」巫女子略微不滿地唧咕，還是跟著我走了。

2

智惠住在西大路通與丸太町通交叉口附近的學生套房公寓。單憑鋼鐵水泥的公寓外觀，就能猜出跟我那棟公寓的房租差距。五倍，說不定有十倍。

巫女子大概已經來過好幾次，大模大樣地進入玄關大廳，按下房間號碼。

「哈囉！巫女子是也。」

「喲——上來吧。」

對講機剛傳來懶洋洋的聲音，緊閉的玻璃門就唰的一聲朝兩側滑開。自動鎖的警備系統。不，倒也不是那麼誇張的東西。對於有意入侵的人來說，這種鎖有跟沒有都一樣。

「來，快點。快快快快。」巫女子穿過大門，催促似的招手。「在六樓喔，六樓！不快點不行！」

「六樓又不會逃走——」

「可是六樓也不會下來呀！」

「嗯，話是沒錯……」

我乖乖跟在巫女子後面。

「小智住的六樓是頂樓喔，而且是邊間，景色真的很棒。」

「喔……景色很棒啊。」

景色這種東西不是我那棟公寓所能苛求的。不過只要打開窗戶，我家前面也可以看見樹木。

電梯下來之後，兩人走進其中。

「秋春君大概來了吧？小實肯定已經到了……」

巫女子似乎非常開心。看著她那種奔放的情緒表現，忍不住讓人覺得「有朋友真好」。姑且不管我的情況，對巫女子而言，朋友想必是很棒的。

在六樓走出電梯。巫女子快步跑過走廊，在最後一扇門前停步。然後向我招手大喊：「這裡、這裡！這裡喲！」我忽然想問問她是不是完全不在乎旁人眼光的人。

叮咚！巫女子按下電鈴，沒多久房門開啟，一個女生從室內探出。

「歡迎光臨……」

嘴裡叼著香菸，無精打采地打招呼的這個女生就是智惠？總覺得跟我的想像全然不同。

「喲……巫女子。真難得哪，這麼準時。」

長長的細捲褐髮、牛仔褲、薄夾克的男性化打扮。身高可能比我略高。就算她說她明天會死，也讓人信以為真的病態體型（總之就是瘦），跟那種略帶狂妄的神情很搭。

「哈囉，小實！」巫女子向她敬禮說：「嗨——」

看來她並不是智惠，而是無伊實。「喔。」無伊實發現我的存在。先是興致勃勃、大剌剌地觀察我的全身上下，接著不懷好意地笑道：「跟你這樣面對面說話還是頭一遭啊，『伊君』？」

「啊。」我意興闌珊地應了一聲。「妳好。」

她似乎很中意那種**意興闌珊的態度**，「哈哈哈」地放聲大笑。不太像女生的豪邁笑法。

「原來如此，你確實是很有趣的傢伙……我們應該很合。」

「是嗎？」光憑那一聲分不清是臺詞或嘆息的「啊」就得出這種結論，我也很傷腦筋。「我倒不認為。」

「哎，這種事不重要。那麼，你們進來吧……秋春那個呆子還沒到。剛才打電話給他，居然還在家裡。」

「嗚哇，秋春君還是老樣子哩。上次遲到也是說什麼『有時差問題』。遲到大王、遲到大王。」

巫女子完全忘記自己也是遲到天后。令人不敢領教的脫線性格。我一時也懶得吐槽，便默默脫鞋。

走過兩側分別是廚房跟浴室的短廊，後面有一扇門。是清楚區分生活空間的套房公寓。走在前面的無伊實打開那扇門。後面是四、五坪大小的木板地房間。床鋪靠著窗戶，房間正中央的小茶几上散亂地擺著一些蛋糕、零食跟空玻璃杯。今天的派對大概是以喝酒為主。

那張茶几旁邊，有一個孤零零跪坐在地的女生。

這鐵定是智惠了吧。她比巫女子更嬌小，穿著草莓圖案的洋裝。綁著兩個馬尾，朝我們舉起一隻手說：「嘿！」

一如猜測是乖巧型的女生。不過，彷彿有某種怪脾氣。該說是難以相處的息氣？或者外表簡單，但無法看透內心的感覺？猶如被他人質問所有正整數相加總合是多少的感覺。

「不……」

這是戲言。不論是誰，跟初次見面的人對峙時都是這種印象。我跟智惠雖然不是初次見面，可是因為沒有記憶，不免產生這種想法。

嗯，話說回來，我好像在基礎專題的課堂上見過她。我隔著茶几，在智惠的對面坐下。

「嗨。」

我試著輕聲招呼。智惠微微側頭，然後彬彬有禮地一鞠躬。

「今天謝謝你來。不好意思，強邀你參加。請多指教。」透明而冷靜的聲音，而且非常潤澤，毫無乾澀感。「以前就一直想跟你說說話。如果今天你也玩得盡興，那就太好了。」

謙虛有禮的態度，讓我有一點感動。最近（特別是這兩天）跟禮儀禮節這種東西都沒什麼緣分。

「哇哈哈，大家這麼快就打成一片了呀。」

巫女子說著擠到我旁邊坐下。無伊實在她旁邊坐下。這麼一來，秋春君就是坐在我跟智惠的中間了。

「啊。」無伊實用手指捻熄香菸，扔進菸灰缸。

「怎麼辦？新客人也來了，先開始嗎？為了那種王八蛋浪費時間也很蠢吧？」

「咦？不能這樣啦。」巫女子對無伊實的提案表示抗議。「這種活動還是要大家到齊才能開始，對吧，小智？」

「嗯，對呀。巫女子說得沒錯。」智惠點點頭。「既然知道他快到了，無伊實也有點耐性，好嗎？」

「我是無所謂啦……」無伊實偷看我一眼。「伊君覺得如何？」

「無所謂，我很習慣等待。」

這絕對不是「我很習慣別人遲到」的意思，可是為了這種事情爭執也很無聊，我於是這樣告訴她。「是嗎？」無伊實側頭。

「嗯，那就無所謂了。」

她說著又拿出一根菸。「嗯？」忽然瞄了我一眼問：「你不抽菸？」

「我沒有抽，不過妳想抽就抽吧。」

「啊啊，不，沒關係。」無伊實把還沒點燃的香菸折成兩半，扔進菸灰缸。「有不抽菸的人在場時，我是不抽菸的。」

「喔——」

換句話說，巫女子跟智惠會抽菸？既然只問我，就是這個意思吧。喔……有一點意外。

「討厭！小實。妳那樣子講，好像我也抽菸耶！不要那樣說啦！」

巫女子慌亂地大聲抗議。不知所措地看著我跟無伊實。雖然不知道為什麼，她好像非常不想被我發現她是抽菸者。

「妳本來就有抽。」

「沒有！那只是陪妳抽而已！」

「啊啊……是是是，我知道啦，抱歉抱歉。」

無伊實揮手打發像小朋友一樣耍脾氣的巫女子。智惠則是興致盎然地看著她們倆。

嗯，立刻看出她們三人的角色關係。

總而言之，就是「好孩子、壞孩子、普通孩子」。

既然如此，我很好奇秋春君扮演的角色。

那個秋春君最後在六點三十分出現，換言之慢了三十分。

「抱歉抱歉，我以為趕得上，結果電車大爆滿。」

秋春君吊兒郎當地登場。

「嗯嗯，別在意。」

笑盈盈地迎接那個秋春君的智惠——好孩子。

「電車就算爆滿，也不會誤點呀！而且從秋春君住的地方到這裡，根本不用搭電車！」

就連這種客套話都要吐槽的巫女子——普通孩子。

「道個歉就想混過去？哼，給我先乾三杯。」

將啤酒瓶遞給秋春君的無伊實——壞孩子。

「瞭了瞭了，唉，貴宮妳別那麼急嘛。今天可是生日耶，Birthday！可不是Mayday（註15）喔。嗯，我很會說話吧，喔？」

這時秋春君發現我，突然露出壞小孩的笑容說：「嘿嘿嘿，葵井，妳真的帶他來啦？」

接著在我旁邊坐下，輕輕點頭說：「嗯，幸會。」

我也學他點點頭。

15　飛機、船舶發出的無線電求救信號。

看起來非常輕佻的淡褐色的頭髮，街頭流行風。從大學生的觀點來看，是很常見的打扮，但是以鹿鳴館的學生而言，是很罕見的類型。看他的體格，大概有運動的習慣，不過是從事何種運動，就不得而知了。

「呃……什麼？嗯？咱們也可以叫你伊君嗎？」

「無所謂。」

「是嗎是嗎？嗯嗯嗯，你這傢伙不錯，是吧，葵井？」

秋春意有所指地看著巫女子。被指名的巫女子一臉為難地說：「咦？喔，嗯。」從她的反應看來，巫女子並不認為我是個好傢伙。不過，先前被我那樣戲弄，任誰都會這麼想的。

「那麼……可以開始了嗎？」無伊實說。

她大概是這四人的領袖，專門負責發號施令。無伊實指著我說：「呃……你不喝酒嘛？」

我點點頭。

「喲？開什麼玩笑，不可以挑食啦，伊君。男人的交際豈能沒有酒精？對吧？對吧？」

「秋春！不許把你的個人嗜好強推給別人！小心我殺了你！」

無伊實瞪了秋春君一眼。

適才那種懶洋洋的平穩氣氛早已蕩然無存，無伊實以利刀般的口吻續道：

「咦？你忘記我上次說的話了？咦？」

「……」秋春君一陣畏縮，臉上浮現恐懼之色。「啊啊，呃——」

「什麼『啊啊，呃——』？」

「……那個，對不起。」

「什麼『那個，對不起』？你啊，跟我道歉有什麼屁用？」

秋春君猶如缺氧的金魚般張口結舌，然後看著我說：「對不起。」無伊實滿意地點頭說：「很好。」

「喲，抱歉了，伊君。這小子沒有惡意……你就原諒他吧。」無伊實恢復先前的態度，對我投以一笑。「你沒生氣吧？」

「……啊，沒什麼，我無所謂。」

貴宮無伊實。的確是前不良少女。不，甚至不是「前」。我才想現在哪有人留那種細捲褐髮……

就尊稱她一聲大姊頭吧。

那陣混亂間，巫女子已將發泡酒倒進杯子裡，在大家前面排好。只有我面前放的是烏龍茶。

「好，誰來帶頭？壽星小智嗎？」

「嗯，說得也是。」無伊實催促智惠。「智惠，拜託了。」

「那麼，請大家舉杯。」智惠有些害羞地拿起杯子。

「慶祝我的二十歲生日，以及新朋友光臨——」

乾杯。

我將玻璃杯微微傾斜。

3

「朋友這玩意兒，該怎麼說？嘿，總覺得很那個啊？」

零崎哂笑道。

占滿右臉頰的刺青醜陋地扭曲。

「是什麼東西啊？」

「搞了半天是問題喔？」我傻眼道：「我還以為你要發表什麼高論。」

「咦？別傻了。想知道自己的意見，當然要問別人了，是吧？所以，怎麼樣？你覺得呢？朋友是什麼？」

「也不用想得那麼複雜。一起玩樂、一起吃飯、一起傻笑。在一起就很輕鬆，就是這樣吧？」

「對！就是這樣，沒錯。這樣想的話，事情就簡單了。朋友這玩意兒很單純吧？一起玩樂、一起吃飯、一起傻笑、在一起就很輕鬆，正是因為是朋友啊。然後，相互幫忙的話就是知己，接吻的話就是情侶。喔，友情真是人生的寶物！」零崎嗤笑道：「那麼，問題就來了，就是那個！這種友情會**持續到何時**？一年後？五年後？十年後？或者是永遠？或者只到明天？」

「意思就是友情也有結束的一天嗎？」

「意思就是任何事都有結束的一天。」

「那當然了。沒有結束，哪來開始。這是最基本的必要條件吧？若想追求什麼，就必須有損失其中三分之一的覺悟；若想得到回報，就必須承擔某種程度的風險。辦不到的話，就不該有任何期待。」

「哈哈哈，你就是沒有任何期待的類型嘛。」

倘若終要失去，一開始就不需要。

假使終要結束，根本就不用開始。

伴隨痛苦的快樂是多餘的。

「笑什麼？你難道不是？」

倘若可以不用悲傷，沒有快樂也無所謂。

假使能夠不必失敗，沒有成功亦無妨。

必須承擔風險的進化是多餘的。

「嗯，可是這種東西，其實『無關期待與否』。」

「沒錯。」

零崎笑了。

我沒有笑。

如此這般。

派對開始到現在過了三小時。

關於那三小時，沒什麼值得一提之事。畢竟沒有人希望自己喝醉的樣子被別人看見，更不可能希望被他人到處宣揚。當下盡興的時候也就罷了，事後那個事實定然讓人羞愧。被酒精支配的時間以及其他正常的時間，儘管很難判斷何者才是當事人真正面目，唯一可以確定的是，非理性的發酒瘋絕不是值得描寫的對象。誠如浦島太郎所言「甚至無法以圖畫表現」。

然而，如果硬要試驗性地描述其中一小部分，就是以下這種感覺。

「氧氣跟氮氣合成的石頭，是什麼？」

「石英！哇哈哈哈哈！」

「就好像『水冷式重機關槍兩百連發，可是是暗殺部隊』！」

「混帳！你們都不熱嗎？五月為什麼這樣熱？地球暖化？溫室化現象？」

「啥？咗！對夏天的炎熱有任何意見的話，本姑娘絕對奉陪！滾來這裡！」

「《麥田捕手》（註16），捕到的就是你吧？」
「熱帶夜喲，熱帶夜！」
「那麼，本大爺是熱帶魚！」
如此這般，三小時之後。
巫女子、秋春君和智惠三人此刻正在玩電動——ＰＳ２。好像是賽車遊戲。寫實風格的四輪車在螢幕上的環狀跑道蜂擁馳騁。
嗯，儘管稱不上風雅，不過從後方眺望那種自得其樂的人們，倒也是別有一番風趣。
宛如可以從中分得一點幸福，
其實只是平添寂寥。
「嗯，這種事也——」
肩膀忽然被人拍了一下。
原來是無伊實。無伊實大概是酒國女英雄，從旁觀者的角度看，她應該也喝了不少酒，但仍舊面不改色。大姊頭可不是叫假的。雖然不是假的，她倒也沒有自稱啦。
「要不要出去一下？」無伊實指著玄關。「咱們去便利商店吧？」
「——巫女子他們呢？」

16　傑羅姆‧大衛‧沙林傑（J. D. Salinger）的小說，一九五一年出版。描述一名出生於美國中產階級的少年內心的徬徨與苦悶。

「別管他們……現在他們根本聽不見別人說話。」

正如她所言。「說得也是。」我點點頭，跟無伊實一起離開房間。搭電梯到一樓，出了公寓。

「便利商店很近嗎？」

「啊啊，要走一小段路。無妨，走一下吧……順便醒醒酒。」

「妳看起來不像喝醉了。」

「外表也許看不出來……其實相當醉了。好像腦漿翻攪，大腦跟小腦位置對調的感覺。現在也很想踹飛那邊的招牌。」

「可別踹我喔。」

「我盡量……」

無伊實輕笑道。她猛力甩頭，然後抬頭看著天空。

「不太像生日派對呢。不曉得智惠開不開心？現在醉了還無所謂，事後就寂寞了哪。」

「是啊……可是至少好過一開始就寂寞……對了！嗯，一定很開心的……反正生日只是玩樂的藉口嘛。啊……唉……」

「妳好像很累？」

「是啊……跟他們在一起當然累了。」

同感。巫女子平常就是人來瘋，黃湯下肚後，吵鬧程度暴增四倍。秋春君更不用提了，就連智惠都性格銳變。

「這麼一想，酒量好也不知是好是壞……因為很難融入氣氛裡。」

「就是這麼一回事。不過，開心就好了——」

「把三個醉鬼留在房裡，沒問題嗎？」

「又不是小孩子，沒問題啦。現在這樣……半夜在外面徘徊反倒比較危險。」無伊實說。

對了。

京都隨機殺人魔事件。

現在正如火如荼地進行。

原來如此，無伊實特別找我一起來，是這個原因嗎？儘管外表看起來有些瘦弱、不太牢靠，不過畢竟我還是個男生。

「可是……社會真亂哪……肢解人類又有什麼樂趣——」

「嗯，每個人的想法不同。」

我隨口應道。要是深入討論下去，有可能會說溜嘴。零崎倒也沒有不許我說，但那終究不是值得宣揚之事。

「我就完全無法理解。」無伊實說：「當然畢竟活了近二十個年頭，也不是從來沒有『殺死』某人的念頭。或者該說，我經常有這種想法。就算現在也經常覺得，這種人死了比較好吧？這樣對這個社會比較好吧？之類的。」

「……」

「可是，隨機殺人也太過分了。殺人本身很爽快的那種感覺，我實在無法理解……」

「以一般論而言，驅動那種隨機殺人魔的力量是『憎恨』。總之，就跟妳想『殺死』某人的理由是一樣的。」

「是嗎？那樣的話，就不可能是隨機吧？」

「倒也不盡然。對**他們**來說，擦身而過也可以產生憎恨……換言之，**他們**怨恨的是世界本身，怨恨著宛如空氣般曖昧、漠然，卻永遠包圍自己的世界。因此看起來就像隨機。」

「喔……」

無伊實頷首，可是這些只是我的推測。他們究竟為何致力於殺人行為？我也無法瞭解。我們昨晚只有瞎扯跟閒聊，並未涉及這類話題。

那大概就像小孩子想把最重要的東西留到最後的心情。

「戲言而已。」我說。

「嘖！」無伊實的脖子一歪。

閒談之際，我們抵達便利商店。無伊實當先走進店內，快步走向冷飲櫃。

「買酒嗎？」

「不，酒精已經夠了。買寶礦力吧。不把他們弄醒的話，等會怎麼回家？」

「啊，原來如此。」

把三瓶兩公升的保特瓶裝寶礦力放進籃子裡，順便選了兩、三樣零食，在櫃臺結帳。雖然不知是否是理所當然，但行李全部由我拿。

走出便利商店後，無伊實從口袋裡取出香菸，以流暢的動作叼在嘴裡，用造形帥氣的 **Zippo** 打火機點火。這時她「啊！」一聲，露出發現這樣不妙的神情，慌張地準備捻熄香菸。

「我無所謂的……一根菸而已，而且我們是在外面。」

「……真的？」

「邊走邊抽菸是不太好……不過現在是晚上，人也不多，只要不掉菸蒂就沒關係吧。」

「既然如此……嗯……不，還是算了，自己決定的事就要遵守。」

如此說完，無伊實還是用手指捻熄香菸，再將整根菸收進口袋。看來她是不隨地亂丟菸蒂的類型。以現今的大學生來說，真是有公德心啊——我不禁讚嘆。

「借問一下……那個不燙嗎？」

「不會，我習慣了。」無伊實略顯羞澀地笑了。「以前喜歡的一部電影……演壞人的黑手黨頭子就是這樣子，把雪茄放在手心按熄。因為看起來很帥氣，我就學了起來。」

「喔——」

「現在回想起來，帥氣的只是演員而已……不過已經戒不掉了。哎，這些不重要……伊君，我有點正經事跟你說。」
無伊實說到這裡，忽然換上一副認真的表情。迅速切換電路的速度令我微感訝異。
「跟巫女子那麼活潑的人相處很辛苦吧？」
「……不，倒也還好。」
「是嗎？」無伊實應道。接著，她的態度變得更為不尋常。她猶豫片刻後問：「你覺得巫女子怎樣？」
「什麼怎樣……」
從無伊實的態度來看，應該不是在尋求打諢插科的答案。可是，我實在不曉得那個問題的意圖為何。就算問我這種問題，我也不知該如何作答……
「這個嘛，我覺得她的頭髮應該摻了一點紅色。身高一百五十五左右，體重不知道有沒有五十公斤？血型像是B型。星座是野獸系，動物占卜的話，大概是無尾熊吧。」
「……你覺得我像在尋求打諢插科的答案嗎？」
啊！進入不良少女模式了。內心暗咒自己為何如此喜歡踩別人的地雷，一邊逃避似的轉移目光。
「不是。她是很不錯的女生吧？過度活潑的確有點累人，不過我認識比她更活潑的女生，所以也還好。」
「喔——還真是不痛不癢的答案。」
「因為我不喜歡興風作浪。」

「是嗎……」

無伊實沉默半晌。

然後斜睨著我說：「你真卑鄙，伊君。」

「我也有自知之明。」

「自知之明……你到底是怎樣的人，我實在搞不懂啊。總之給你一個忠告。」

無伊實跨到我的前方，與我迎面對峙。我自然只好停步。到公寓為止還有數十公尺。巫女子他們想必還在裡面賽車吧。無伊實撥了一下細捲的髮絲，驀地瞪眼威嚇道：

「我跟巫女子是青梅竹馬的朋友。」

「……喔。」

「所以，要是你敢傷害巫女子，我絕對不會放過你的。」

「……」

我當場一愣。我為何必須被無伊實這樣警告？莫非她在氣我之前不斷戲弄巫女子？雖然不覺得有什麼好生氣的，可是無伊實看起來頗為認真，我於是聳肩答道：

「沒問題的，別看我這樣，我對朋友很溫柔的。」

無伊實聽完，一雙細眼忽然大睜。「哈哈哈哈哈！」接著放聲大笑。過了一會兒，滴溜溜地背轉過身，「我修正剛才的發言……」她向前邁步。

「你只不過是遲鈍而已。」

這是非常嚴重的侮辱，可是比起迄今十九年所聽過的其他臺詞，這的確是最貼切的形容，我也無力發火。

回到房間後，巫女子他們果然還在賽車。令人意外的是，技術最好的居然是智惠。順道一提，巫女子慢了一圈以上。

「喂！你們給我喝寶礦力啊、寶礦力！這群酒鬼！」

無伊實突然興致高昂，用保特瓶敲打「酒鬼們」的腦袋。腦袋被裝滿液體的保特瓶敲打應該相當疼痛，但也許是痛感神經早已麻痺，巫女子他們安然無恙。

我最怕譁噪。

我討厭喧囂。

我憎惡吵鬧。

可是，

偶爾。

若是一年一次的話，

這種活動倒也無妨。

我內心如是想。

我想錯了。

4

深夜十一點後。

「今天多謝招待。」無伊實站起來。「秋春，送我。」

「咦？為什麼？」躺在房間角落的秋春君發出不滿之聲。「妳自己回去啦。我要再休息一下。妳家那麼遠，而且跟我家是反方向耶。」

「你是不是男人？至少讓我見識一下送女生回家的志氣。」

「呿……知道啦。」

或許是知道反駁也沒有用，秋春君一臉不滿地站起。接著轉向智惠，「喏，這是生日禮物。」從包包裡取出禮物交給她。

「啊……」無伊實說：「也對，生日當然少不了禮物……」

「咦？什麼？什麼？妳說什麼？貴宮小姐？」秋春君彷彿抓到對方小辮子似的雀躍不已。「莫非妳忘了準備死黨的生日禮物？哎呀呀，真令人難以置信！騙人的吧？啊——妳說該怎麼辦？大姊，該怎麼辦呀？嗯？嗯？嗯？」

「吵死了！王八蛋！有我的笑容就夠了。」

無伊實鬧彆扭似的說完，朝玄關走去。

「啊！等一下啦！這種玩笑妳也生氣？你是小孩子呀？啊，再見，江本！學校見！

別了，同志們！伊君下次再一起玩囉！」

秋春輕輕舉手後，匆匆離去。

「掰～～掰～～再見。」

智惠茫茫然地揮手。兩人離去後，立刻拿起秋春君送的禮物。鬆開絲帶，小心翼翼地拆開包裝紙。

「是什麼呢？伊君，你覺得是什麼？」酒似乎醒得差不多了，除了聲音略顯沙啞，臉頰還有些潮紅以外，智惠又恢復成內定值的人格。「真令人雀躍，拆禮物這種事真開心。」

「嗯……至少不會是八橋。」順道一提，我帶來的八橋既已平均分配至五個人的胃袋裡了。「從大小判斷的話，可能是裝飾品之類的吧？」

「說得也是。啊……是手機頸繩，很帥氣呢。」

那是附有一個液體瓶子的手機頸繩。不太像女生用的，但就跟智惠說得一樣很帥氣。

「呵呵呵，我就是想要這種的。」心花怒放的智惠立刻戴上那個手機頸繩。「怎麼樣？伊君，適合我嗎？」

「很適合。」我雖然這樣說，但其實也看不出來。

目光移開不斷開心尖叫的智惠，轉向正在房間角落沉睡的巫女子。看起來非常幸福，甚至讓人不忍叫醒她。或許她今天打算住在智惠家。

「喂，伊君。」智惠忽然端坐說道：「再次謝謝你今天來，不好意思。」

「不，也沒什麼好謝的。」

「可是伊君不喜歡這種場合吧？」

智惠略顯為難，卻仍理所當然地說出那句臺詞。然後悄悄抬起頭，凝睇我的表情。

那道目光，簡直像是。

看透我的一切。

窺探我的腦袋內側。

「……啊，不……」

「你不喜歡跟別人打成一片，不是嗎？」

「……不，那倒不會。我也很喜歡跟大夥一起瞎搞胡鬧喔。」

「騙人。」

「真的。」

「騙人。」

「對。」

智惠噗嗤一聲竊笑。但那雙眼眸並沒有笑，反而有些寂寞，有些悲傷。對於那種極不協調的表情，我感到一陣困惑。

是怎麼一回事？

在好友的包圍中度過生日，有什麼理由如此悲傷？

明明不可能有。

倘若，真的有。

「巫女子……」智惠的視線瞟向沉睡中的巫女子。「真的……真的是一個好女孩。」

「嗯。」我坦然點頭同意她的言論。「大概是吧。」

「我很想變成巫女子那樣。」

「嗯。」

「……可是，沒有辦法。」

「……嗯。」

「唉——」她垂下頭。

「沒有辦法變成巫女子的我，現在也二十歲了。我想自己今後也無法變成巫女子那樣。不論經過幾年、幾十年。到死為止，我都不可能像她那樣。」

「有什麼關係？每個人都有自己的特色。」

「……喂，伊君。」智惠抬頭。「你有沒有感覺過自己是不良製品？」

「……」

「我有喔。」

她還是一臉笑容。

如此悲傷的笑臉，我是第一次見識。

「……大家都有。」

我不禁脫口而出。甚至不知是否存在自己內心的那句安慰話語，就這麼脫口而出。只因不想看見智惠悲傷的臉孔，竟然說出根本不存在內心的話語。

何其卑鄙。

何等可笑。

簡直是無恥極矣。

「……大家都有過那種感覺吧？完美的人類畢竟不可能存在。有優點也有缺點，這正是人類。」

「嗯，我當然知道。我當然知道。我也是如此。可是，我想伊君也明白，我說的不是那種事，該怎麼形容呢？是某種更決定性，或者更致命性——

——該說是致命傷嗎？」

砰咚。

咚。

那句話讓我一陣暈眩。

「——我是指那種事。」

「……」

之所以無法看透江本智惠的內心。

這就是原因所在嗎？

換言之。

她從很早以前。

「就在這附近喔。」智惠指著自己右肩後方。「還有另一個自己。就算是跟無伊實、秋春君、巫女子還有伊君玩鬧的時候，這個地方的自己還是興致索然地看著自己。對樂在其中的我冷眼旁觀，就好像在說『那種事有什麼好玩的』，毫無感觸、輕蔑似的看著自己。」

「……」

「唉——」智惠自言自語。「雖然到死為止都不可能變成巫女子……但即使是我這種人，說不定死了以後就可以變成巫女子了？假使能夠投胎轉世，我真想變成她。跟她一樣天真爛漫地嘻笑，不光是這樣，想生氣時就生氣、悲傷時放聲大哭，就這樣度過快樂的人生。」

「我……」

這時。

這一次，我終於口吐真言。

「我不想投胎轉世，只希望早點死掉。」

「我想也是。」智惠溫柔地微笑。

結果，巫女子在一個小時之後醒來。

「唔——」她拚命搖頭，似乎還是相當疲倦。

「怎麼辦？我要回家了，妳要睡這裡嗎？」

「唔——我要回家……」巫女子醉眼茫茫地站起來。「沒問題，酒已經醒了。再等我十秒鐘。」

「好，那我送妳回去。」

雖然也想誇下海口「我至少還有這點志氣」，不過巫女子大概也聽不懂。畢竟無伊實回家時她正在沉睡，倒也不能怪她。

「掰掰囉，小智。」

「嗯，再見。」

智惠輕輕揮手。

我拿著包包走向玄關。坐在玄關口開始穿鞋。那雙鞋的鞋帶很複雜，脫的時候還好，穿的時候就很費事；是故這種時候就很花時間，非常麻煩。至於巫女子本人，步履好像還不太穩，玄關門扉的後方傳來啪嗒啪嗒的怪聲。不過，聲音聽起來應該還不用擔心。我離開玄關走到外面，沒多久巫女子也到了走廊。

「嗚——」巫女子按著腦袋。「頭好痛……天旋地轉。就好像『便利商店發生殺人事件，可是犯人穿著直排輪』……」

「完全聽不懂妳在說什麼。妳還是留在這裡吧？不用勉強回家。」

「沒關係……回得去的。」

巫女子踩著搖搖欲墜的踉蹌步履，在走廊率先步出。我無所謂地聳聳肩，跟在她身後。出了公寓，巫女子回身問道：

「喂，玩得開心嗎？」

「還好，不過最近不想再玩了。」

「別那麼說嘛。下次再一起玩呀！伊君的生日是什麼時候？」

「三月。」

「啊嗚。」巫女子俏臉一皺。

「我是四月……嗚，早知如此，應該早點約的……」

「所以呢？巫女子住在哪裡？我送妳回去。」

「堀川通附近……堀川通跟御池通的交叉口。可是要先到伊君家才行。」

「為什麼？」

「我的小噗噗……」

啊啊，這麼一說，她好像是騎機車到我家的？

「妳可以騎車嗎？」

「可以……」

很顯然是不行的樣子，可是，既然本人堅持，這也不是我能阻止之事，於是隨口應道：「啊，是嗎？」萬一有問題，那時再叫計程車就好了。

「……」

從西大路通向右轉到中立賣通的時候，某處不知為何響起大衛鮑伊。還以為是街頭藝人表演，結果是巫女子的手機鈴聲。

「咦？」巫女子從單肩包裡取出手機。「喂——我是巫女子喲。元氣十足、活蹦亂跳的走路一族！嗯？咦？小智？」似乎是智惠打來的。「嗯、嗯……嗯，他現在就在旁邊。走在巫女子的前面。沒關係呀。好，那我給他囉。」

巫女子將手機遞給我。

「是小智。她要跟你說話。」

「我？為什麼？」

「我也不知道。」

「……」

我忘了什麼東西嗎？我側頭接過巫女子的手機。巫女子的手機比我的小了一號，總覺得怪怪的。

「喂？」

「……」

「喂？」

「……伊君。」

聲音。

支支吾吾，宛如畏懼什麼似的聲音。也許是透過電話之故，但那個聲音跟剛才在房裡交談時大相逕庭。

「智惠？」

「……嗯。」

「怎麼了？我忘了什麼東西嗎？包包倒是在我手上。」

「喔——不是那樣……呃……我剛才忘了說一件事……」

忘了說一件事？

「嗯，什麼事？」

「……還是算了，再見。」

喀嚓。

電話冷不防掛斷。嘟——嘟——嘟——嘟——聽到第四聲的時候，我將手機拿開耳朵。接著再凝視三秒鐘左右，歪著頭轉身，「謝謝。」把手機還給巫女子。

「嗯。」巫女子接過手機。「小智說什麼？」

「不……我也不太明白……」

「咦？」

巫女子不可思議地玉首一偏，可是感到不可思議的應該是我。智惠是想跟我說什麼吧？既然如此，為何欲言又止呢？

「什麼？是什麼？莫非是祕密？伊君跟小智在講祕密？」

「不是那樣……對了，巫女子。」我切換思緒。

「妳這附近……」我用手指在巫女子的右肩後方劃圓。「有沒有誰在？」

「咦？」

巫女子愕然蹙眉。

這反應也是可想而知的。

「總之，有沒有被別人從這附近輕視的感覺？」

「應該沒有吧……為什麼這麼問？」

「不，沒有就算了。」

「嗯——如果有人在那種地方就很可怕了……」巫女子忽然想起什麼似的擊掌。「可是呀，如果是在這裡。」

她指著自己胸口附近。

「就有某個人在喲。」

「喔。」我應付地點點頭，一邊暗想巫女子說話的表情之所以如此羞澀，在那裡的大概是她的男朋友吧。

約莫十分鐘之後，我們抵達我的公寓。公寓附近的停車場。因為只有一臺機車，想必就是巫女子的愛車。

「哇，是偉士牌。」

而且還是白色的舊款車型。

這丫頭竟把偉士牌叫成小噗噗？嗯，雖然不能說她不對，可是偉士牌就是偉士牌，也只是偉士牌。把偉士牌叫成小噗噗，跟她對我的那些侮辱是一樣的。而且這還不是普通的侮辱，乃是足以撼動存在本質的極度侮辱。任誰都有捨命堅持的信念，唯一不願與他人妥協的堅持，對我來說，這就是其中之一。正打算對她大聲咆哮，滿腔怒火地轉向巫女子——

「……」

巫女子睡著了。

「……連我都無話可說。」

她居然站著睡著了。不，從剛才就覺得她好像異常安靜，莫非她是邊走邊睡？我想大概是吧。喔喔，我現在正在目睹人類的極限。試著輕輕拍打她的臉頰，依然沒有醒轉的徵兆。心裡湧起一股拉扯她臉頰的衝動，但如果被誰看見，可能跳到黃河裡也洗不清，只好拚命忍耐。

「……可是，也不能把她丟在這裡不管吧？」

既然如此，方法有兩個。

總之，要給予？還是掠奪？

「嘿咻。」我一鼓作氣揹起巫女子。「唔唔唔——」巫女子其間曾經鬧脾氣呻吟，但終究沒有醒轉。因為身材嬌小，她相當輕盈。或者女生差不多都是這樣嗎？

我揹著巫女子進入公寓。爬上樓梯，到了二樓。踩著嘎吱作響的木板回到我的房間，然後改變方向朝隔壁房間走去。
輕輕敲門。
「喔，稍候。」
房內傳來應門聲。沒多久美衣子小姐開門現身。服裝顏色跟白天不同，是一件紅色的甚平。我記得那件衣服背面是寫著「惡逆」（註17）兩個字。
「咦？」
美衣子小姐一臉猜忌地看著我背上的女生。「你還未成年吧。」略微沉思之後說道。「我當然會幫你隱瞞，不過還是勸你趕快自首。日本的警察很優秀，也沒那麼容易逃掉的。」
「啊，不，這次不是那種事。呃……這個女生，是我的大學同學。她喝醉了，可以讓她住一晚嗎？」
「……喔？」美衣子小姐搗著下顎略微思索。「住你房間就好了，何必特別拜託我？」
「哎，可是妳看嘛，她畢竟是女孩子。況且好像已經有男朋友了，不方便在我的房間過夜吧？」
「喔——嗯，如果是這樣，那也無所謂。互相幫助，見義不為，無勇也。可是這份情要記得還我。」

17　日文的「惡逆」有「罪大惡極」之意。

「好，下次再陪妳去逛骨董就可以吧？」
「嗯，你知道就好。對了，這丫頭叫什麼？」
「巫女子……呃……好像是姓青井(註18)？」
「青井巫女子嗎？嗯，名字真怪。」
於是，美衣子小姐承接了巫女子。嗯，可靠的鄰居大姊姊果然是不可缺之物。
「那我先走了。」
「嗯，好好休息。今後可別再做出睡到下午那種遊手好閒的行為。」
「咦？可是我從來沒有睡到下午啊。」
「……是嗎？嗯，別在意。那麼，晚安。」
「晚安。」
我點點頭，返回自己的房間。
鋪上被褥，立刻鑽入其中。
「好睏。」
一天就此結束。五月十四日，星期六。不，已經過了零時零分零秒，變成十五日星期日。所以，從現在開始二十四小時之後的零時，將會變成十六日。再下一個零時就是十七日。
零時。

---

18 葵井巫女子（AOII MIKOKO）和青井巫女子（AOI MIKOKO）的讀法很像。

零崎。

那個「人間失格」，此刻正在屠殺第七個人嗎？或者正在解剖第八個人？我這個「不良製品」一邊胡思亂想，一邊進入夢鄉。

第三章　察人期——（殺人鬼）

0

我已感到厭倦。

再也不想思考。

1

被敲門聲吵醒時是八點多。

雙手撥開前額的頭髮，抬起身體。

「嗯——」

一開門，只見巫女子站在門外。少了平日那種元氣十足的招呼，一臉非常抱歉、羞愧不已的神色，恭恭敬敬地說：

「我吵醒你了嗎？」

「無所謂，反正我也差不多該起來了。」我伸著懶腰回答。「早，巫女子。」

「嗯，早，伊君……那個……昨天對不起。我，該怎麼說呢？呃……好像睡著了。」

「哎，不用在意。倒是記得跟美衣子小姐說聲謝謝。」

「啊，嗯。」

巫女子不知為何猶豫了一下才點頭。

「她人很好吧？」

「嗯，對呀，人是很好。或者該說是帥氣？她就是『自由業的劍術家大姊』？」

「你看到那個十三歲的妹妹了嗎？」

「唔——嗯，沒見到。」她略顯尷尬地轉開目光，接著又沉默了一會兒，才開口問道：「是劍術家的關係嗎？她穿著很奇怪的衣服。有點像和服，不過好像是祭典時穿的那種。」

「那個叫做甚平。」

「甚平？那是什麼？」巫女子玉首微側。她好像不知道甚平是什麼。「跟鯨鯊有什麼關係嗎？（註19）」

「啊啊，嗯，妳有從上方俯瞰過鯨鯊嗎？那種衣服穿起來跟鯨鯊背脊的形狀一樣，所以那種樣子的和服就叫做甚平。」

「喔——伊君真是萬事通耶。」巫女子欽佩萬分地說：「我下次要告訴小智。」

嗯，假使智惠沒有我這麼壞心眼，大概會跟她說實話吧。可是為什麼我要說這麼無聊的謊言呢？或許真的應該好好檢討一下。

「不過……」巫女子改變話題。

「伊君跟那個人——淺野小姐感情很好嗎？」

19　甚平（Jinbei）跟鯨鯊（Jinbeizame）的日語發音很相似。

「以前好幾次差點餓死，都是美衣子小姐救了我。不過，我也在她快被古董壓死時救過她好幾次，所以是彼此彼此。昨天的八橋也是美衣子小姐給的哪。」

「喔——」巫女子露出略微複雜的神色。「我不太喜歡八橋。」

「喔？啊，是嗎？」

「因為太甜了嘛。」

「喔——美衣子小姐倒是很喜歡甜食。」

「我不喜歡！」

巫女子不知為何有些惱火。我脖子一歪，既不知理由為何，也不知該說什麼。

「喔，無所謂。總之，妳接下來要幹什麼？」

「啊，呃……那個呀，這個！」巫女子從單肩包裡取出一個粉紅色包裝的禮物。「這是小智的生日禮物，昨天忘記給她了。真是失策。應該在喝醉前給她的。原本打算在最熱鬧的時候給她，結果我自己都玩到忘了。」

「喔，那現在去拿給她吧？她大概還在家裡。」

「嗯，我也有此打算。」巫女子終於露出平時的笑容。「那麼，謝謝了。下次再一起玩喔。」

「再說吧。」

「為什麼這樣說？一起玩嘛！」

「開玩笑的啦。無所謂，有空的話隨時奉陪，妳再約我吧。」

原本只是說說客套話。沒想倒巫女子一臉喜悅，我不禁湧起一股罪惡感；然而，倘若此時再補上一句「騙妳的」，我猜巫女子很可能會號啕大哭，要不就是勃然大怒，所以只有說：「再見。」

「嗯！」巫女子神采奕奕地點頭，骨碌碌地轉了個方向。

「巫女子。」我忽然想起一件事，出聲喚住她。「我有件事要跟妳說。」

「咦？什麼事？伊君。」

「偉士牌就叫偉士牌，不許用小噗噗侮辱它。」

「嗚哇！伊君竟然用命令口氣！就好像『便服ＯＫ的一流明星學校，可是大家都穿制服』！」

「知道了嗎？不知道？」

「嗚哇，伊君跟小實一樣可怕耶……」

巫女子似乎真的有些畏懼。我的說法也許不太成熟，可是不這麼凶狠的話，她大概也聽不懂。「知道啦……以後會注意的……」她邊說邊從走廊離開。

就在此時。

走到走廊盡頭的巫女子猝然回頭。

「喂！既然如此，我也有件事要跟伊君說！」

「咦？什麼？」

巫女子先大大吸了一口氣，然後放聲說道：「我姓葵井！不是青井！明明要你別忘記的！」

原本想告訴她「我知道」，但想起昨天自己才跟美衣子小姐說她叫「青井巫女子」。原來如此，美衣子小姐是一旦輸入情報，就難以修正的類型（她現在還相信我跟她說莎士比亞是麥當勞奶昔的一種）(註20)，早上大概連聲大喊「青井青井青井」吧。呃，正常來說，應該不至於連聲大喊才對。

青井也好，葵井也好，我覺得也沒什麼分別，不過這種說法未免太過失禮。況且日本人是跟義大利人一樣，是以姓氏為傲的民族。

「知道啦……而且也不可能忘記了。我保證。」

「嗯，那就好。還有……」她轉回去一半，「我沒有男朋友喔。」

巫女子驀地嬌聲細語，接著逃逸似的奔下樓梯。

「……咦？」

我這時的表情定然相當詭異。

呃……什麼跟什麼？

這也是美衣子小姐告訴她的嗎？我的確記得自己跟美衣子小姐講過這件事。因為有男朋友了，不方便在我的房間過夜之類的。可是……可是美衣子小姐……

「我可不會沒事把那種事情掛在嘴上。」

嗚哇！美衣子小姐不知何時站在我旁邊。

20　莎士比亞（Shakespeare）跟麥當勞奶昔（MacShake）的日語發音很相似。

「哪有人在這種破爛公寓大叫的？別說是所有房間都聽得見，公寓搞不好還會因此坍塌。」

「啊……」

「那我要去打工了，你好好管教一下自己的同學。」

美衣子小姐說完，靜悄悄地自走廊離去。看見那件藍色甚平後面繡著「激怒」兩個字，總覺得有些害怕。她跟巫女子大概不太合。而且兩人的名字也很相似。

不過，果然是這樣嗎？話說回來，姓氏那件事也怪怪的。

「莫非巫女子那時並沒有睡著……」

站著睡覺也就算了，邊走邊睡的行為在現實上終究不容易。要親眼目睹人類的極限沒那麼簡單。既然如此，巫女子當時其實是有意識的嗎？也許是昏昏沉沉，也許是相當清醒。因此才曉得我跟美衣子小姐講錯的事，以及提到她有男朋友的事。

嗯——是懶得回家嗎？

不過那樣的話，也沒必要假裝睡覺，直接跟我說就好了。世界上也有這種行動古怪的人類啊，我邊想邊返回自己的房間。

2

言歸正傳。

對我而言，故事真正開始變得無聊，是從這一天的傍晚。

我獨自在房間閱讀向學校圖書館借的厚重書籍時，遽然響起一陣無禮的敲門聲。沒有人希望自己寶貴的安靜時光被人打擾，不過我相當習慣這種情況，倒也沒有特別生氣。暗忖或許是那個地獄主義者的十五歲哥哥又來借錢，我打開房門。

「……哎呀？」

素未謀面的大叔跟素昧平生的大姊姊。

特別奇怪的是那個大叔。年齡大概超過三十五，相較起高眺的身材，一雙長腿更引人注目。頂上頭髮還全部向後梳。不，這不重要，這麼熱的天氣居然穿黑西裝配領帶，徹底逾越常軌的打扮令人無法轉移目光。甚至還戴了一副太陽眼鏡。如果他是外國人，真的會以為是MIB星際戰警來消除我的記憶哪。

大姊姊則比較正常，穿著普通的窄裙套裝。直黑髮的美女。唯獨那道目光非比尋常。大刺刺地對初次見面的我投以猶如放射，不，根本就是挖掘的視線。

大姊姊向前跨出一步，「呃，我們是警方人員。」掏出警察證件給我看。

「我是京都府警搜查第一課的佐佐沙咲（SASA SASAKI）。」

唸起來好像會咬到舌頭的名字。

她父母肯定是特立獨行的人物。

「喔，兩位好。」

總之先鞠個躬。大姊姊沙咲小姐對我的反應略感吃驚。或許擺出不知所措的模樣比較好但畢竟一眼就能看出他們倆是警察。除了警察以外，我實在想不出有什麼人類具有這種非比尋常的息氣。

大叔嗤的一聲笑了，跟沙咲小姐一樣拿出證件。

「同樣來自搜查第一課的斑鳩數一。我們可以進去嗎？」

那只不過是形式上的徵詢，卻幾近強制。我很幼稚，一旦被對方這樣脅迫，就變得很想抗拒；然而，數一先生有一種不容對方辯駁的魄力。

「啊……呃……嗯，請進。不過裡面很窄。」

我將兩人帶進室內。狹窄空間正如老實的本人所言，數一先生和沙咲小姐似乎嚇了一跳，但依然佯裝冷靜的兩人確實很了不起。如果我是上司，簡直想給他們倆年終獎金。不過既然我不是上司，當然不可能給他們什麼。

「請坐在那裡。」

我說完，請他們坐下。在杯子裡倒水，放在兩人面前。他們跟昨天的巫女子一樣，完全無視水杯的存在。

「我就開門見山地說了。」沙咲小姐盯著我。「江本智惠同學死了。」

「……啊。」我替自己倒了一杯水，在兩人對面坐下。「是嗎？」

「……什麼是嗎……」沙咲小姐的撲克臉終於崩潰。「只有這一句？」

「啊，不，我不太會表達情緒。其實內心非常震驚，請別在意。」

其實不光是這樣，

對這種事情，
有點習慣了，
亦是事實。
但震驚也是真的。一半是對智惠被殺的事實，另一半是因為識破他們倆的身分時，一心以為是零崎的事。
一半放心，一半驚訝。
幾近矛盾的兩種感情在內心不停打轉。
「呃……刑警出現的話，就是那個嗎？應該不是普通的死法。而且既然是搜查一課——」
「正是如此。」
沙咲小姐頷首。她的表情非常嚴肅，不容他人置喙。
「所以，莫非是——被隨機殺人魔殺死的？」
沙咲小姐對我的問題搖搖頭。
「不，不是。」
「啊，是嗎？」
我愣了一下。也有鬆了一口氣的感覺。雖然不明白自己為何如此，但是我立刻改變思路。
「那麼，是怎麼一回事？」

「嗯，今天上午，有人發現被絞殺的江本同學陳屍在房間裡。」
「絞殺嗎？」我點點頭。
絞殺。勒死。
江本智惠。
被殺了，嗎……
內心逐漸冰涼的感覺。
我周圍究竟死了多少人？我是從何時開始放棄計算的呢？第一次遇見他人死亡是在懂事之前。
「如果以期間來說，相隔一個月嗎……這可是新紀錄哪。」
「咦？」
沙咲小姐脖子一歪。然而，那跟巫女子的模樣截然不同，毫無嬌憨感覺的知性動作。話說回來，我出生到現在，不論對方是男是女，從沒看過可愛與知性兼具的動作。
「你說什麼？」
「沒什麼，自言自語。我經常自言自語，還被稱為穿著衣服行走的自言自語十九歲。」
「是嗎？」沙咲小姐神情肅穆地接受我的解釋。
冷不防發現，

是從何時開始？

數一先生目不轉睛地盯著我的臉。

「……………………」

喔……原來如此。

這就是戴太陽眼鏡的目的嗎？沙咲小姐負責跟我說話，數一先生負責觀察我的反應。真是了不起的戲言。如果是那傢伙，肯定會說是了不起的傑作。

原來我根本就是嫌犯之一。

「那當然了……畢竟昨天整晚都在一起。」

「你說什麼？」

「不，只不過是普通的戲言。」我重新坐正。儘管不至於緊張，還是認真一點比較好。「妳說她被殺了……究竟是被誰？」

「目前正在調查。其實今天找你，也是為了這件事。」

沙咲小姐說。事到如今還說什麼其實不其實的，不過我並未開口吐槽。「昨天晚上六點到凌晨左右，你在江本同學的房間，沒錯吧？」

「沒錯。」

「我想確認一下，你可以告訴我當時在場成員的名字嗎？」

「呃……」加油啊，我的記憶力。「江本智惠、貴宮無伊實，還有青井……不，是葵井巫女子、宇佐美秋春。另外就是我。」

「沒錯嗎？」

「沒錯。」

「你跟葵井同學一起去江本同學的房間，沒錯嗎？」

「對，葵井先到我家……總之，到這裡以後，我們再一起去江本她家。六點左右。」

「正確時間呢？是六點以前？還是六點以後？」

「……以前。」

沙咲小姐咄咄逼人地質問。那大幅逾越本人記憶力的轉速極限，我感到一陣頭昏腦脹。

「當時在場的成員——」

「請等一等。」我打斷沙咲小姐。「別這樣接二連三地追問。讓我冷靜一下。我剛才也說了，其實我也非常混亂。」

「啊啊，真抱歉。」

沙咲小姐嘴上這麼說，可是完全沒有反省的模樣。

我接著又繼續接受對方長達一個小時的逼問，全盤供出昨夜之事。派對中的對話。派對的氣氛。跟無伊實一起去便利商店、回來。秋春君跟無伊實十一點左右離開。當時秋春君將禮物交給智惠。手機頸繩。之後我跟智惠聊天。跟巫女子一起離開公寓。在西大路通跟中立賣通交叉口附近接到智惠的電話。到家之後，巫女子好像睡著了（姑且不論是真是假），於是請美衣子小姐代為照顧。然後睡覺。早上巫女子來打招呼。之後看了一天書。

光是應付沙咲小姐就已相當疲倦，更何況她的肩後還有數一先生透過太陽眼鏡傳來的壓力。光是坐著說話，就覺得浪費了必要以上的體力。而且沙咲小姐最後說的那句臺詞才是經典。

「好，差不多跟我們調查的一樣。」

這女人，讚！

「嗯———」問完所有問題後，沙咲小姐凝神苦思，但有種裝模作樣之感。倘若巫女子是沒有表裡之分的性格，這個人就只有裡，因此讓人把裡看成了表。

平常的方法肯定無法打發她。

「關於那通電話……」終於，沙咲小姐用食指按著頭說：「真的什麼都沒有說嗎？根據葵井同學的說法，江本同學要求她將手機拿給你聽，既然如此，應該是有什麼話想跟你說才對。」

「沒有……她的確有話想說。可是，最後什麼都沒講。只說了一句『還是算了』，就突然掛斷。」

「真的嗎？」

「嗯。」

「講電話的人確實是江本同學嗎？」

「是的，我不會聽錯同學的聲音。」

沙咲小姐跟後方的數一先生交換一個眼神。似乎已經問完，打算離開了，不過我當然不能眼睜睜地讓他們離去。

「呃……沙咲小姐，我可以問問題嗎？」

「……咦？」

沙咲小姐的撲克臉再度崩潰。這也不能怪她，竟然被初次見面的年輕人（男生）直呼名字，不吃驚才怪。

「那個……有一件很在意的事。」

「啊——」沙咲小姐又偷偷看了數一先生一眼。數一先生微微點頭回應。那好像是應允的暗號，沙咲小姐於是對我說：「請說。」

那想必不是出於對同學慘遭殺害的男生的同情，而是打算經由我的問題，查探我的內心，是別有居心的首肯；不過那也無所謂。

「那個……莫非第一發現者是葵井？」

「正是。」

沙咲小姐冷冷答道，沒有更進一步的解釋。看來她並不打算說明問題以外的事情。當然也不可能有問必答。

不過，果然是那樣嗎？忘了交給對方的生日禮物。前去拿給對方……可是沒有反應。打電話也無人接聽。儘管大門有自動鎖，但那種程度根本算不了什麼。只要跟著住戶一起進去即可。那種程度的東西鎖不住有心人。

嗯……

巫女子。

那個時候，她究竟有何感覺？

那個感情豐富的女生，有何感覺？

「果然應該跟她去嗎……」

然而，這種想法畢竟只是馬後炮。

況且，即使陪她去了，我也沒有助她一臂之力的自信。我不是那麼有志氣的男生。在那種場合，我大概也只會變成巫女子的敵人吧。

「就只有這個問題嗎？」

「不，還有一點。對了，江本遇害的時間是……」

「估計死亡時間是十四日下午十一點至十五日上午三點。」

「換句話說……」我跟巫女子在那棟公寓待到十二點，因此案發時間就限定在凌晨十二點到三點嗎？「呃……是絞殺嘛？不是刀子——」

「我是這麼說的。」

沙咲小姐又細又長的眼睛彷彿在問「為什麼是刀子？」我當然不可能回答「因為我認識使用刀子的殺人鬼」。

「是繩子嗎？」

「是細布條。因為是壓迫血管，應該是當場死亡，沒有受到什麼痛苦才對。」

這是沙咲小姐第一次對我顯露人類的同情心；然而，智惠究竟有沒有受苦，對我來說是比較細微末節之事。不論她有沒有受苦，死亡的事實都不會改變。

我理解死亡為何物。

人類恐懼的並非死亡本身。

人類恐懼的乃是虛無。

痛苦不過是死亡的附屬品。

絕望不過是死亡的裝飾品。

「……請問，你們已經去過其他人那裡了嗎？」

「其他人是指？」

明明知道我的意思，沙咲小姐卻故意反問。

「昨天在江本家的成員，換言之就是宇佐美、貴宮跟葵井。」

我沒有抱任何期待，猜測沙咲小姐大概不會回答。「是的。」沒想到她毫不猶豫地立刻答道。

「都已經問過了。你這裡的住址比較不好找，所以這麼晚才來。」

「……江本遇害的時候，大家都在做什麼？」

再一步。

小心翼翼地向前踏出。

沙咲小姐微微撇嘴，似乎是在輕笑。「宇佐美同學跟貴宮同學好像在四條通與河原町通交叉口附近的唱了一整晚的卡拉ＯＫ。至於葵井同學……我想就不用說明了。」

是的。巫女子在我隔壁的房間叨擾美衣子小姐。「原來如此。」我稍感放心。如果相信沙咲小姐的說詞，目前嫌疑最大的三個人都有不在場證明。秋春君跟無伊實是好友間的證詞，或許有信賴度的問題，但至少仍有不在場證明，嫌疑也就大幅降低。

——就在此時。

數一先生的視線壓力驟然暴增。

「……啐。」

不像話。

我將視線自沙咲小姐跟數一先生移開。

混帳……過度鬆懈了嗎？安心被對方識破，就等於鬆懈被對方看穿。太馬虎了。

即使不是在這兩人面前，面對刑警又豈能大意。

該死……到底被他們看穿了什麼？

「問題……」沙咲小姐若無其事地說：「就只有這些嗎？」

「啊，不……那麼，最後一個。」

要說失敗的話，這才是大失敗。

跟這個相比，剛才數一先生的視線根本就微不足道。

但因那個微不足道而狼狽萬狀的我，

原本沒有必要提出的問題，

不應該提出的問題，

居然就此脫口。

「犯人究竟是誰呢？」

那是早已，一開始就提過的問題。

我竟重複問了。

「——目前正在調查。」

沙咲小姐露出了意有所指的目光、捕獲獵物的笑容，回答我之後站起。

「抱歉打擾你那麼久。我們就此告辭。或許還會再來問你問題——」沙咲小姐將自己的名片放在榻榻米上。「——如果想到什麼，請跟我聯絡。」

我拿起那張名片。上面記載著府警的電話號碼跟另一個手機號碼。

「我們走啦。保重，大學生。」

數一先生咧嘴笑道，離開房間。

原來如此……這傢伙才是假裝的嗎？自稱自己是旁觀者是愚蠢至極、決定性的失策。我完全搞錯了這兩名刑警的角色。

總之，數一先生負責逼迫我。

沙咲小姐負責對付我。

而且沙咲小姐最後故意鬆卸防禦，引誘我進攻。

那是何等大膽？何等無畏？

「啊啊，對了、對了。」沙咲小姐宛如此刻才想起似的說：「關於你的不在場證明。隔壁的淺野小姐暫時替你證明了。這棟公寓聽說從聲音就可以知道有人在走廊行走嘛。」

沙咲小姐揚起高雅的笑容，「告辭了。」

這真是極端接近完全敗北。

不，甚至沒察覺完全敗北。

最後還被對方在傷口灑鹽。

混帳。

儘管不是因為生疏，但這樣下去我大概會被日本警察徹底輕視。豈能讓他們如此驕橫？你們以為自己是何方神聖？

遇見那個紅色承包人迄今，還是第一次遭受這種類型的屈辱。

我緊咬下唇。

「……數一先生。」

我出聲呼喚正欲離開的數一先生。

「嗯？」數一先生回頭。

「……數一先生帥一點的話，就很像松田優作（註21）。」

「……既然不帥的話，就不是松田優作了吧？」

數一先生的回答令我啞口無言。就連最後的垂死掙扎都揮棒落空，兩名刑警就這麼悠然離去。我收好杯子，砰咚一聲躺在榻榻米上。

決定性的敗北意識。

這種感覺是這一個月來的頭一遭，這種程度是這一年來的第一次。話雖如此，我個人的敗北意識在這時亦不足掛齒。倘若可以換回一條生命，根本微不足道。

「……智惠。」

我喃喃自語。

想到的仍是昨日的對話。

「你有沒有感覺過自己是不良製品？」

那……那是禁忌的話題吧？智惠。

對於我們這種人。

因為假使不知道的話，就可以好好活下去。

只要沒有自覺，依舊可以誤以為自己相當幸福。

彷若失去動力引擎、少了機翼的飛機。除了像無聲烏鴉般在空中滑行之外，我們

21　日本個性派男演員，最著名的角色是日劇《向太陽怒吼》中的柴田純刑警。

什麼也不是。

一旦提出那種問題，一切就此結束。

並非否定那種問題，而是一種漠視的概念。

「因為問那種問題……才會被殺。」**經驗者**的我不該說虛情假意的慰問。「……有那個意思的話……就算是我們這種人，再多都……不，是**沒有那個意思的話**嗎？」

對於早就有那個意思的我來說，那種問題問了也是白問；對於早就有那個意思的智惠而言，亦是毫無意義。

我閉上雙眼。

睜開雙眼。

「好，精神論結束。」

奮力彈身而起。

接下來——

接著該如何才好？沒有任何該做的事，但有很多想做的事。在我的人生中，是相當罕見的情況。

我於是取出手機。查看來電紀錄，想要打電話給巫女子；然而，號碼按到一半就放棄了。

「這才叫你以為自己是何方神聖哪。」

無與倫比的戲言。

現在打給巫女子，我究竟能夠說些什麼？無論說什麼，都只是不負責任的發言罷了。

這件事晚一點再說。

我現在可以跟巫女子說的話並不存在。

「所以……」

既然如此，先來解決該做的事嗎？

取消剛才的號碼，再重新撥號。我唯一能夠完全記住的電話號碼。我也好久沒跟那丫頭說話了吧？我邊想邊將手機放到耳朵上。沒多久，電話接通。

「哈囉～阿伊！好久不見了咩！今天也愛著人家嗎？」

這丫頭比巫女子活潑百倍，再加上開關損毀，完全不懂得適可而止。置之不理的話，恐怕會像巴別塔一樣衝上天吧（註22）。

「怎麼了？怎麼了？怎麼了？怎麼了？阿伊竟然主動打電話來？現在這一瞬間簡直就是文化遺產！姬路城（註23）！聲東擊西！喔耶！甚至想要照相記錄下來，可是沒有聲音就沒有意義！所以，開始錄音！」

22　當時人類聯合起來興建，希望能通往天堂的高塔。結果觸怒上帝，使建塔者說不同語言，彼此無法溝通。

23　一九九三年十二月，兵庫縣的姬路城與奈良縣的法隆寺同時被列入聯合國教科文組織（UNESCO）世界文化遺產。

「開始錄音就免了。」

我竭力冷靜地說。

無伊實曾經問我「跟巫女子那麼活潑的人相處很辛苦吧?」正如我當時的回答,對我這種可以跟玖渚相處的人來說,應付巫女子並不是什麼困難之事。

如果巫女子是天真爛漫,玖渚友就是海市蜃樓吧。

「小友,最近很閒嗎?」

「才沒有呢!反而很忙。忙得要死。人家的處理能力快吃不消了!緊急加裝記憶體!必須磁碟重組!就快當機了!啊,要當了!當了當了!現在當機中!快幫人家重新開機!」

「京都連續隨機殺人魔事件嗎?」

「賓果!好厲害!阿伊跟真姬一樣耶!不然就是紅色承包人!哇啊啊啊啊啊!Return of the ESP! And Forever! 人類最強!This is the End!」

「抱歉,小友,麻煩流量降低一點。」

「咦?怎麼了?唔,無所謂。對,就是京都連續隨機殺人魔事件!可是呀,事情非常棘手哩!這個呀!難關!果然是難關!犯人鐵定是死神轉世!哇喔——」

「交易,玖渚友。」我說道:「我告訴妳京都隨機殺人魔事件的情報。你告訴我某個殺人事件的情報。」

「……唔？」

玖渚友沉思半晌。

我為何握有京都隨機殺人魔事件的情報？內容是什麼？我為何想知道殺人事件的情報？原因是什麼？玖渚對此隻字不提。

我信賴玖渚，

玖渚相信我。

多餘的說明、

多餘的解釋、

無謂的臺詞、

無謂的問題、

不須任何贅言，正是玖渚最好的地方。

「嗯——人家不太喜歡交易這個字喔，阿伊。」

「那麼，交涉。」

「最差勁耶。」

「互助怎麼樣？」

「還差一步。」

「勾結。」

「錯是沒錯，可是好像怪怪的。」

「那麼，互補如何？」
「嗯，這還差不多。」
玖渚開心地說。
「如果是這樣，沒問題喲。」
要給予？還是掠奪？
目前這個階段，我尚未完成那個決斷。

3

結束跟玖渚的通話，我到隔壁找美衣子小姐。敲敲門。「喔」的應門聲響起數秒後，房間開啟。她依舊是一身甚平裝扮。既然這麼愛穿和服，我個人倒是希望她可以改穿漂亮一點的和服。而且我想那一定很適合美衣子小姐。
「什麼事？」
「不，只是來謝謝妳。聽說妳替我做了不在場證明，所以來道個謝。」
「那是事實，不用在意。」
「不，畢竟因為我的緣故，害妳被捲入這種怪事。」
「無所謂，也不是第一次了……不過你的人生還真是多災多難哪。」美衣子小姐的語氣並非擔心，而是無奈。「簡直就像命犯『天中殺』。那個小丫頭怎麼了？根據官府的人所說，她好像也有關係。」

「嗯，關於這件事……不久就知道了。」

「原來如此。」美衣子小姐頷首。

「所以？你想如何道謝？」

「請妳喝茶。」

這時的「喝茶」並非邀請對方去咖啡廳，而是一如文字的「茶館」。該說是京都特有的說法嗎？這乃是美衣子小姐特有的專門用語。

「有附麻糬嗎？」

「還有附冰鎮紅豆小湯圓。」

「地點呢？」

「祇園的大原女家。」

美衣子小姐的秋翦「噹啷！」一聲綻放光芒。

「等我，馬上準備好。」

美衣子小姐闔上門。她這個人倒是相當替人著想，一起出門時，會換上普通的衣裳。仔細一想，在我周圍的朋友裡，或許是相當罕見的類型。

「久等了。」

一分鐘後，美衣子小姐從房裡走出。然後將車鑰匙遞給我。我將那把鑰匙在掌心轉了一圈，再咻的一聲握住。

4

時間到了晚上八點。

結束跟美衣子小姐的「喝茶」，我走在四條通與御池通之間的河原町通。美衣子小姐既已開著她的飛雅特返回公寓。

「別把我當成消磨時間跟免費接送的對象。」她最後留下這一句話。

嗯——終究被識破了嗎？美衣子小姐其實是相當敏銳的人。不過，識破卻仍然接受我的邀約，美衣子小姐果然是個好人。哎，搞不好只是喜歡甜食而已。

我停下腳步，進入路旁的一間卡拉ＯＫ。

「歡迎光臨——」店員說道：「只有一位嗎？」

「啊，呃……我的朋友應該已經到了。」

「請問貴姓大名？」

「零崎人識。」

「嗯，零崎先生嗎？」

店員稍微操作了一下電腦。

然後對我露出商業化的笑容說：「那麼，請您到二十四號包廂。」我道謝後，進入電梯。二十四號包廂在二樓。我一下子就出了電梯，一邊確認包廂號碼，一邊在走廊前進。

「噠噠噠噠噠噠、噠噠噠噠噠噠、噠噠噠噠噠噠噠噠噠噠噠！噠噠噠！噠噠噠噠噠噠、噠噠噠噠噠噠、噠噠噠噠噠噠噠噠噠噠噠！噠噠噠！噠！啊！啊——」

才想居然有人唱這麼可怕的歌，果不其然正是二十四號包廂。我輕輕聳肩，沒敲門就拉開房門。

「喔？」唱得正高昂的零崎發現我，「喲，不良製品。」輕輕豎起指頭。我未加理會，逕自進入包廂，在沙發坐下。然後才說：「喔，人間失格。」

零崎放下麥克風，用遙控器切掉音樂。

「你再唱一下也無所謂，反正付了錢吧？」

「啊啊，不，其實我不太喜歡唱歌，尤其還要模仿別人。只不過打發時間罷了。」

零崎在我對面一屁股坐下。

「呼——」長長地吁了一口氣。

「只不過相隔一天，怎麼說？總覺得好像過了很久哪。」

「是啊。」

我點點頭。

一邊點頭，老實說我也很詫異。直到剛才為止，我都不認為零崎會在這裡。的確在前天……不，是昨天早上嗎？我們約好了。他說他會在這間卡拉ＯＫ，叫我一起來。可是我不認為零崎會在，零崎大概也沒想過我會來吧。正因為如此，我才會來；正因為如此，他才會等我。

「習慣等待」這句話的意味。

這亦是一個矛盾所產生的合理。

接下來，我跟零崎就像第一次見面的那晚，開始說起無關緊要的話題。無聊的哲學、無謂的領悟、無關痛癢的人生觀。或者是稍微轉移方向，談談音樂（比如流行排行榜是如何產生）、談談文學（比如感動讀者的手法為何）。沒有特殊意義的閒聊。彷彿在相互確認某件事。

約莫過了四個小時的時候。

「喏，零崎。」我問道：「殺人是什麼感覺？」

「嗯？」零崎脖子一歪，毫無任何感慨的反應。

「什麼感覺不感覺的……沒有。什麼感覺都沒有哪。」

「什麼感覺都沒有嗎？比如快樂、感動、輕鬆這類的，都沒有嗎？」

「呆子，要是有那種感覺，不就是變態了嗎？」

零崎大模大樣地回答。變態殺人鬼還如此大言不慚？我雖然這麼想，但還是等待他下面的解釋。

「啊啊，所以說，我呀，確實殺了人，但並不是快樂殺人者。兩者間的區別很微妙，可是，有些事不是當事人的我所能解釋的啊。這種事，終究是由旁人決定。我也只能遵循那個決定。我的頭腦沒辦法思考太艱深的問題。」

「原來如此……或許是這樣。那我換個方法問。對你來說，殺人是什麼？」

「什麼都不是啦。」

那句話似乎帶有雙重含意。

沒有任何價值，

故而沒有任何代價。

「那我也還你一個問題囉，不良。對你來說，死亡是什麼？」

「你這樣問，我也不知該怎麼回答才好。可是，如果硬要我回答，嗯……就好像電池沒電吧？」

「電池？電池是指三號電池那種東西？」

「對，就是那種感覺。那就像是生命力吧？所以，以這個例子來說，你就像是絕緣體。」

「你說得還真狠哪。」

零崎輕笑。

真的笑得很開心。

我笑的時候也是這樣嗎？

「嗯，我的問題也許太模稜兩可了。好，我這麼問好了。你知道殺人者的心情嗎？」

「嗯？還真是古怪的問題。的確很有你的風格。是呀，那種事……不知道吧。」

「不知道嗎？」

「喔，第一，我不知道別人的心情。不管他們有沒有殺人，是不是殺人魔。第二，我不知道自己的心情。也不知道你內心的混亂究竟是什麼造成的。是故，我當然也只能回答你，我不知道殺人者的心情。」

「原來如此。倒也不無道理。」

「順道一提，我並沒有殺人的打算哦。」

零崎的語氣真的就像是順道一提。

「什麼意思？」

「問我是什麼意思的話，那又變成概念論了。總而言之，啊！假設說……」零崎靜靜拿起包廂裡的話筒。「不好意思，來兩客拉麵。」

過了不久，店員送來兩客拉麵。

「吃呀，我請客。」

零崎說完，用筷子夾起麵條。

「這是在用餐。」

「嗯，這還用說。」

「食慾、睡眠慾跟性慾是人類的三慾，那麼，我為什麼要吃東西呢？」

「那當然是為了攝取營養。」

「對，不攝取營養的話，人類就會死亡。因此用餐才會產生快樂。睡覺本身也很舒服，性慾那就更不用說了。不論是為了生活、或是為了生存的必要行為，其中必定伴隨某種歡愉。」

「嗯，這個道理很容易明白。所以？」

「別急著下結論。所以所以的，你是芥川龍之介啊？」

「咦？那不是太宰嗎？」

「是芥川啦，是太宰介紹芥川的逸文軼事（註24）。」

不管是何方大文豪，這種吐槽法也未免太奇怪，但我還是照零崎說的，再度等待他下面的解釋。零崎彷彿故意讓人心焦似的沉默片晌，然後開口道：

「不過，假設有一個被用餐這個概念擺布的人類吧。換言之，就是食物給予味覺神經的刺激、通過嘴巴時的快樂、在口腔咀嚼時的歡愉、融合的食物成為流質穿越喉嚨時的愉悅。猶如滿腹中樞遭到破壞的飽足感、掌握腦內的幸福感。不是什麼營養云云，就是『那種東西』，被食物本身迷得神魂顛倒的傢伙，就假設一個那種人吧。」

「哎，總之就是胖子。」零崎輕笑。

「對那種人而言，營養如何如何的妄語根本毫無意義。手段與目的本末倒置，原本的目的淪為附屬品。但這時問題來了。這傢伙可以稱做在用餐嗎？哎呀呀，你不用回

24 出自太宰治（1909-1948）的隨筆《沉思的蘆葦》裡的〈In a word〉。

答我也知道，絕對是否定的。這傢伙進行的行為不是用餐。只不過在吞食用餐這個概念而已啦。」

「所以，你只不過在剿殺殺人這個概念？聽來有點牽強啊。」我聳聳肩。「將吃飯的食慾和殺人的欲望相提並論是違背道德的。對你而言，目的從一開始就是殺人，不是跟某種東西交換那種捨本逐末的行為吧？」

「啊啊，真的是這樣嗎？這問題挺困難的。不，或者該說是微妙？要我說幾次都可以，我的目的不是殺人本身，當然也不是事後的『肢解』行為。」

「既然如此，究竟是什麼？真是莫名其妙的傢伙。」

「我可沒有你誇張。不過，我是莫名其妙的傢伙，倒也是真的吧。我剛才不是也說我不知道了？話說回來，一開始追求的是緊張感。」

「緊張感？」

「對，英文有句話叫『high risk, high return』。日文就是『不入虎穴，焉得虎子』嗎？殺人行為風險高，報酬卻少。沒錯吧？毫無效益，是呆子做的事。所以，大部分的殺人行為都是出於『無技可施』。都是『一時衝動』。那種傢伙明明沒有殺人的打算，但回過神來，已經殺了對方……然而……」

零崎從背心口袋裡取出一個看起來相當危險的刀械。

「這叫做雙刃匕首，是這樣握在手裡使用的匕首。我殺第一個人的時候，把這個刺入對方的右頸動脈，然後向旁邊一割。這是毫不拖泥帶水的殺人行為。既不想讓對方痛苦，亦不想讓對方難受，是一種乾淨俐落的溫柔殺法——我先聲明，我可不是在炫耀自己的手法喔。你應該也明白，自詡是人類所有行為裡最卑劣的一種。炫耀壞事的傢伙是最沒水準的二次方。現在只是在揭瘡疤而已——說正經的，我只會這種殺人方法。對付你的時候也是一樣啊，我的鏡中盟友。」

「嗯，原來如此。」

「對了，假設我又跟你上演相互殘殺的戲碼吧。就理論而言，你當然有可能殺死我。但是，在你殺死我一次的時間內，我可以殺死你九千九百九十九次，你甚至來不及感到疼痛……哎，就現實來看，我跟你都只有一條命，這種比喻當然不倫不類。總之，我只能做這種『為了殺人的殺人』，因此可以斷言至今殺的八個人都是下定決心，並非出於『無技可施』。」

八個人。才兩天就已增加兩人。雖然是想當然耳，可是在我活著的期間，零崎也活著嗎？

「那我是呆子嗎？或許是吧。畢竟透過殺死對方這件事，我也沒有得到任何好處。不，好處是有。至少，還有錢包裡的收穫之類的。」

京都連續隨機殺人魔事件不可思議的地方之一，就是「被害者的錢被偷光」。就變態殺人、異常殺人、快樂殺人的事件來說，這是相當罕見的，然而箇中緣由再單純不過，因為流浪漢的零崎需要生活費。

這個包廂費想必也是那個錢包支付的。這麼一想，就連這碗拉麵亦是罪孽深重，我邊想邊吸吮麵條。

「不過錢這種東西工作就能解決，因此不是殺人的目的。假使考慮殺一個人的勞力，打工一整天還比較輕鬆；但我卻選擇殺人。於是在這裡提出假說。」

「原來如此。總之就是『對零崎人識而言，風險本身是否就是報酬』嗎？」

「對！目的與手段的逆轉，或者同一化。行為本身就是目的，目的才是行為本身。達成目的之時，才是行為結束之時。這個假說其實還不錯。」

「可是這跟『失去目的』又有什麼不同？假設有一個喜歡看書的傢伙，到他的房間一看，整個房間都被書籍淹沒好了，但這傢伙還是繼續買書。買書或許是當事人的自由。然而，房間裡的書已經多到他一生都讀不完了。話雖如此，這傢伙還是繼續買書。」

「嗯——啊啊，啊、啊、啊啊，我懂了、我懂了。你是指處理能力的極限嘛。因為逾越處理能力的極限，所以目的跟手段融合了嗎？真是石川五右衛門（註25）哪。『絕景啊！絕景！世人說春日美景是一目千金，在俺五右衛門的眼裡，卻是一目萬兩哪！』嗎？嗯——啊啊，或許是吧。」零崎不勝感慨地嘆息，將背脊埋入沙發。「可是啊，同類，即使真是如此，跟我也毫無瓜葛。至於理由，是因為剛才的假說徹頭徹尾地錯了。風險等於報酬這種愚蠢的公式，終究無法成立。那不過是理論遊戲。」

25　安土桃山時代的義賊，出現在歌舞伎「樓門五三桐」，大讚京都南禪寺的景色乃是「絕景」，據說自從此劇在江戶時期首演起，南禪寺就變成熱門景點。

「喔——所以說？」

「現在開始就稍微接近一般論了。」零崎探出上半身宣言。「這是我童年的事。你也有過童年吧？我也有。那麼，我是怎麼樣的小孩呢？其實並不是特別奇怪的小孩，也相信神的存在。挨打會覺得痛，看見有人挨打會難過，具有那種平凡無奇的感覺。也有想讓鄰居開心的想法、也有感恩的心、也會無條件地愛上某個人。就是那種小孩……可是，假設我坐在這裡。既沒有看書，也沒有看電視，就這樣坐著。撐著下巴，放任思緒在天際遨遊，就這樣坐著。這時我發現自己不由自主地思考『要如何殺死人類這種生物』。第一次自覺有這種想法時真的嚇死了……自己居然旁若無人地、稀鬆平常地思考、揣摩殺人的方法。察覺到那竟是自己，是最令人害怕的。」

「自覺嗎？可是這種事哪裡是一般論？根本就是極端誇張。換句話說，你天生就是快樂殺人者？」

「不是叫你別急著下結論嗎？我也曾經這樣想，但絕對不是如此。我也曾經以為自己是天生具有殺人意識與傷害衝動，但事實並非這樣。不是喔。一般論是從現在開始……我在鐵軌上奔跑。」

「鐵軌上……什麼跟什麼？」

「比喻啦，常有的比喻。在鐵軌上奔馳的人生，不是常有人這樣形容？國中畢業進入高中、大學，自給自足地，有了戀人、進入社會、功成名就……就是那種鐵軌。就跟那一樣，我是在殺人者的鐵軌上奔馳。」

「你那種應該是偏離鐵軌的人生吧？」

「你還好意思說我？不過算了。這裡所指的鐵軌並不僅限於社會規範下的鐵軌。當事人自己選定的鐵軌也無所謂。假設有一個男生，讀小學時崇拜鈴木一朗而想當棒球選手。那傢伙在那一瞬間，就替自己的人生鋪好了鐵軌。」

「原來如此。如果是這種表現，誰都可以在鐵軌上奔馳嗎……呃，只要沒有中途退場的話。」

只要沒有受到致命傷的話。

只要沒有脫軌、翻覆的話。

「對，我的人生鐵軌不知是誰鋪的。也許是我，也許是我以外的某人。可是不管是誰，我都在那條鐵軌上衝過頭了。在未受致命傷的情況下跑得太快，永遠無法停止。踩剎車的這種想法甚至根本不存在。」

「啊……原來是從這裡開始連貫。」

換言之，目前是在「中途」。

而且，

剛開始奔馳的自己，以及奔馳到中途的自己，

絕對不可能是相同自己。

「對！這就好比『過去的咒語束縛』嗎？而且就像用軟刀子殺人似的磨難重重……在別人鋪設的鐵軌上奔跑的這種人生固然無聊……但即使是在自己鋪設的鐵軌上奔

跑，倘若中途感到厭倦，也是一樣的。話雖如此，事到如今也不能喊停，而且有許多牽制存在。」

「不能怪罪他人，因此更加痛苦的意思嗎？」

「對，特別是對我這種格格不入的人。」

「那就放棄吧。你縱然沒有偏離鐵軌，也是偏離正軌的存在。」

「喲？真敢說。你自己也不是什麼值得稱許的存在。」

「至少我也算是正經的大學生……跟你不同。」

「講這種話不覺得空虛嗎？就跟對著鏡子問『你是誰？』是一樣的喔。」

「的確。」我點頭。

「總之，基於上述原因，我沒有執行殺人行為的自覺。因為殺人不是目的。有句話叫『猶如呼吸般殺人』，我的情況則是不殺人就會呼吸困難。為了在很久以前鋪好的鐵軌上奔馳，必須給付車資。或者該說，就像不斷還錢一樣。總之——就是為了『剿殺殺人行為』。」

「過度觀念論，聽不太懂……不能以稍微現實論的方法解釋嗎？」

「沒辦法啊。畢竟人類是透過觀念來說話。如果要換成現實論——我殺人肢解╳八，結束。」

「說得也是……」

我嘆了一口氣，抬頭看著包廂的天花板。零崎的言論相當有趣，從中亦有新發現，但不能當作參考。

「唔——我還以為殺人鬼最能瞭解殺人的心情……」

不過仔細一想，這也是正常的嗎？零崎殺人的方法跟智惠被殺的方法截然不同。我不認為沙咲小姐向我吐露所有真相，然而，智惠被細布條絞殺大概是真的。相對於此，零崎所犯的罪惡乃是使用刀械的人體解剖。共通點是給予他人死亡，但也僅止於此，其他完全不同。

零崎是隨機殺人，殺死智惠的犯人目標就是智惠。

那多半是出於怨恨。

濕稠稠、黏答答、令人作嘔的人際關係所產生，宛如腐敗食物的東西。

「咦？那是什麼意思？」

「也沒有什麼意思。嗯，出了一點事，大學同學被殺了。」

「被殺了？你的大學同學嗎？」

「我不是這樣說了？嗯，一開始以為你是犯人，可是好像不太一樣。是使用布的絞殺。」

「啊啊，那不是我的風格。」

零崎揮動手腕苦笑道：「饒了我吧。」

「我想也是。可是，我以為殺人鬼應該會理解殺人魔。」

「你誤會啦，真的很像你會發生的誤會。殺人的不是魔鬼，基本上都是人類。而且就像魔鬼不懂人類的心情，人類也不懂魔鬼的心情。就像是鴨嘴獸跟始祖鳥。」

儘管不曉得誰是鴨嘴獸，誰是始祖鳥，但事情或許就像零崎所言。零崎這一類傢伙只不過是特異、極惡，而且是由於數量稀少才顯得特異、極惡。

「話說回來，是什麼？那是什麼感覺的事件？」

零崎興致索然地問。我判斷也沒有什麼好隱瞞的，就將沙咲小姐告訴我的事件概要告訴他。巫女子的事、智惠的事、無伊實的事、秋春君的事。生日派對。零崎時而回應，時而神色複雜地搖頭，只有一瞬間露出煩惱的表情，最後「嗯——」地低語。

「原來如此……原來如此、原來如此、原來如此呀。原來是這種感覺、這種原因嗎？然後呢？」

「然後什麼？」

「然後就是然後啦。」

零崎飛快地瞅了我一眼。我並未回答。就這樣沉默約莫一個小時，「好——我知道了。」零崎從沙發站起。

「走吧。」

「嗯？走去哪？」

「江本家。」

零崎彷若在提議前往知心好友家裡玩，輕鬆地說，並離開了包廂。我暗忖事情的發展正如我所料，亦從沙發站起。

包廂裡殘留著吃到一半的拉麵。

5

「不過那個葵井啊——」在四條通往西走的路上，零崎滿不在乎地說：「我認為她肯定是愛上你了吧？」

「咦？」

聽到零崎過度飛躍式的想法，我大吃一驚。

時刻已逾零時，到了十六日星期一。即便在東西主要幹道的四條通，車輛都很零星。除了偶爾跟大學生集團（大概是喝酒聚會的歸途）擦肩而過，人行道上亦沒有什麼人影。

仔細一想，明天有課。不但是第一堂，而且還是語言學（會點名）。我尋思今晚是不用睡了。

「呃……你說什麼？」

「所以就是那個葵井嘛！」零崎不耐地皺眉。「聽過你的說法，我認為那個小妞肯定愛上你了。」

「不可能。你是聽了什麼才萌發那種誇張的想法？一點也不像你。基本上，巫女子有男朋友了。」

「沒有吧？」

「啊，是嗎？」這麼說來，她好像這麼說過，又好像沒有說過。「嗯——可是，我想是不可能的。她似乎對我頗有好感，不過那跟疼愛小動物是一樣的。而且是蠶蜥之類的爬蟲類。只是覺得『好可愛～』罷了。」

「還蠶蜥咧。」

零崎放聲大笑，「那我就是變色龍了。」他笑了一會兒，「舉例來說……」又恢復認真的口吻說道。

「那個葵井，知道你家住址嘛？你不覺得非常奇怪嗎？一般人會去調查自己不喜歡的人住哪嗎？」

「根本不用調查啊，通訊錄上就有了。」

「就是這個啦。你自己不是說過了？你開學的時候去旅行了，是基礎專題嗎？不論是班級活動或上課，總之晚了一個星期吧？所以，製做通訊錄的時候，你根本不在學校，通訊錄上又怎麼會有你的住址？」

「啊……」

這是盲點。這麼說來，我也不記得自己跟學校同學說過住址，既然如此，通訊錄上當然不可能記載那棟骨董公寓的住址。鹿鳴館大學之中理應沒有人曉得我住哪。

「……可是巫女子說她看了通訊錄喔。怎麼一回事呢？搞錯了嗎？可是不可能有那種錯誤吧？那麼，是她說謊嗎？」

「什麼說謊？我看根本是藉口嘛。她大概曾經跟蹤你吧？所以才知道的。」

「如果被人跟蹤，我一定會察覺的。」

「也許吧。總之，假設她是以某種不太合法的手段，預先得知你的住址。因為難以啟口，所以一時就搬出通訊錄的藉口。」

「唔。」

「所以囉，你想想看。哪有女生做到這種地步，就只為了得知『陌生人』的住址？男生也就算了，她可是女生喔。」

「唉。」我嘆了一口氣。

零崎露出令人討厭的奸笑。

「你的口氣好像對這種事很清楚嘛。」

「哎，算是天性吧。這也是一種性格。」

「不過，我還是覺得不可能。可以斬釘截鐵地斷言。」

「咦？你的自信根據是？」

「因為巫女子好像很討厭我。」

「咦？」零崎非常露骨地浮現「你這呆子在說啥？」的表情。「喂喂喂，你好歹也記一下自己說過的話嘛。你剛才不是說了？葵井對你有頗有好感。剛說完就自打嘴巴嗎？」

「不，這不是矛盾。我只不過沒有以二元論或布爾式思維（註26）推敲這個世界。需要我說明一下嗎？換言之……假設有一輛車子在這條路上疾馳。時速假設是五十公里。」

「喔，就是要問我那究竟是快是慢嗎？」

「嗯，你覺得呢？」

「是慢吧？這種時間應該可以開得更快。」

「那麼就假設油門踩到底的狀態。我不太清楚汽車性能的極限，就假設那輛車子的最高時速是兩百公里吧。現在這樣快嗎？」

「快啊，毫無怨言。」

「最後再想像沒有踩油門的狀態。現在如何？」

「什麼如何不如何？」零崎攤開雙手。

「沒有動的東西，又何來快慢？」

「即使硬要說的話？」

「那就是很慢吧？沒有動的東西不能說是快。」

「對，那麼再回到第一個的問題。時速五十公里是快是慢？如果是我的話，會這麼表現『快五十公里，慢一百五十公里』。」

26　英國著名的數學家和邏輯學家，在一八四七年出版的邏輯學的數學分析一書中，結合數學與邏輯學，進而提出布爾代數，為邏輯代數開創新的里程碑。

「喔——」零崎贊同似的點點頭。有刺青的那一側臉頰微微扭曲。

「所以呢？從你的觀點來看，葵井對你的感覺是什麼？」

「嗯，初步估計是『喜歡七十，討厭五十』吧？」

「這樣也沒辦法變成『喜歡二十』啊。」

正是如此。人類的感情原本就不是四則運算這種附加理由所能通用。況且數字具有可以輕易取代、增加、流動的性質，因此更為麻煩。從觀測者的立場來看，終究只能以平均值表示。

「那麼，既然如此，你自己又是如何？」

「唔？」

「你自己呀。你對葵井有多少喜歡？多少討厭？」

「喜歡零，討厭零。」

「嗚哇……」零崎發出略微退縮、抽筋似的聲音。「好狠……你這傢伙真無情哪。」

「殺人鬼還好意思說我？」

「囉嗦的旁觀者！」

喜歡零，討厭零。

換言之就是漠不關心。

零崎說的那句臺詞固然是戲謔性的誇張表現；然而，並不表示其中沒有真實的成分。

我，彷彿活著就能夠殺人，

乃是冷酷、乾涸的人類。

確實如零崎所言很無情。

可是在非現實的概念上，

我對陌生人無法抱持積極的感情。

「呿……」「……呿！」

「真是傑作。」零崎笑了。

「真是戲言。」我沒有笑。

「所以，除了唸書以外，你沒有喜歡什麼人嗎？」

「嗯——我也不知道。」

「自己的事也不知道？」

「自己的事才不知道。」

「啊啊，原來如此。因為你是旁觀者嘛。別人的事當然比自己的事更加瞭若指掌。正所謂自己不能成為自己的觀察者嗎？呃……那叫什麼？好像有聽過那個。不確定理論？量子力學？幽靈的貓（註27）？」

「幽靈是錯的。」

「啊……是誰？因為是數學，一定是德國人才對……」

27　零崎人識誤把「薛丁格（Schrodinger）的貓」記成德語的生靈（Doppelganger）。

零崎冒出莫名其妙的偏見，之後又陷入苦思。但終究想不起是誰的貓，「啐，混帳！」自己拉扯自己的左頰，「所以……」最後鬆了一口氣似的說。

「我的結論就是，你這傢伙真是目中無人。」

「那大概沒錯。只不過——」

只不過。

我之後究竟想說什麼？是想說誰的名字嗎？我當然想過。然而，我不曉得那是誰的名字。

「——所以終歸是戲言啊。」

「喂……這就是你的託辭？」

等了這麼久竟得到這種答案，零崎全身虛脫般地重重垂下肩膀。雖然比不上巫女子，不過他亦是反應誇張的類型。

「算了，我也是半斤半兩嗎……或者該說，如出一轍？」

我們抵達西大路通跟四條通的十字路口。南邊可以看見阪急西院車站。最後一班電車早已離去，車站附近亦是空盪無人。我們轉向北方。從這裡走到丸太町通，就是智惠的公寓。

「果然應該搭計程車的吧？現在也才走了一半哪。」

「太浪費錢了。或者該說根本就沒錢。還是你要請我？」

「不，在京都沒有學生會搭計程車的。」

「喔……我不是學生，所以不知道。」

這時疑問掠過腦海。我不知為何想起沙咲小姐那道銳利的目光，一邊向隔壁的殺人鬼問道：

「府警沒有通緝你嗎？」

「應該沒有。他們沒來找過我，我也沒被他們跟蹤過。」

零崎若無其事地說：「不過我倒是跟蹤過他們。」。外觀如此顯眼（而且還是臉頰刺青。東京也就罷了，這種傢伙在京都肯定只有他一個），居然沒被抓到？我不禁有些詫異，但仔細一想，顯不顯眼這種事，在這種情況或許並沒有太大的關係。

「咱們現在雖然要去江本家……」

「怎麼了？」

「你其實已經推測得差不多了吧？關於這個殺人事件。犯人啦，還有其他有的沒的。」

「推測啊。」

我重覆零崎的話語。

推測……這個狀態是否能夠稱為已經推測得差不多了？

「抱歉讓你失望了，老實說我目前也『不太清楚』。若是推理小說或連續劇裡登場的名偵探——」

名偵探。

紅色承包人。

「——也許就知道吧。」

「那倒也是。」沒想到零崎如此輕易放棄。

「不過，其實也不覺得有那麼難以解答。絞首後被殺死。地點在房間內。死亡時間侷限於某一期間。嫌犯有不在場證明。只要情報再多一點，或者……」

況且，玖渚目前正在幫我搜集情報，而我也正要前去搜集**那種東西**。

「有沒有可能是偶發性的強盜殺人？」

「也有這種可能性，可是，因為府警那些人好像並不這麼認為。」

沙咲小姐跟數一先生他們倆的態度很不尋常。那種人不太可能為了普通的強盜殺人四處奔走。不過這也只是我的第六感。

「喔——」零崎興致缺缺地瞇起雙眼。「但我覺得你也不用這樣主動調查啊。咦？是有什麼必然性或者現實性嗎？」

「沒有。討厭的話也不用陪我。就跟平常一樣去殺人肢解吧。」

「不，沒關係。今晚沒那個心情。」我只是隨口調侃，沒想到他一臉正經地回答。

「而且這個主意畢竟是我提的。」

言談間，終於抵達智惠的公寓。警察似乎已經離去，跟車站附近一樣不見人影。

我們走入玄關大廳。

「啊，對了，好像要自動鎖的卡片鑰匙嘛……」

「怎麼辦？」

「這麼辦。」

我向前面跨出一步，隨便按了一個房間號碼。

「喂？」

「對不起，我是三〇二號房的，我忘了帶卡片出來，可以請您幫我開個門嗎？」

「啊，好，我知道了。」

喀嚓一聲，玻璃門開啟。「謝謝。」我向素不相識的陌生人道謝，跟零崎迅速穿過那扇門。

「你這傢伙居然面不改色的說謊哪。」

「算是天性吧。」

進入電梯，到了六樓。我一邊在六樓走廊前進，並從口袋取出白色的薄手套戴上。

「……很冒昧地問一下，你從一開始就準備手套的意思是——」

「嗯，原本就有此意。」

「啊——」零崎欽佩不已地嘆道，自己也從背心取出五指手套，換下目前戴的半指手套。這傢伙應該是平常就隨身帶才對。

接著兩人抵達智惠家門口。一拉門把，正如所料，上鎖了。

「……所以，這裡要怎麼解決？」

「嗯，沒想過。要怎麼辦呢？」

「……是喔？」

零崎這次傻眼地說完，從背心取出一把細刀，或許可以形容成尖錐的刀械，刺入那個鑰匙孔。然後將細刀左右轉動，發出「喀啦」一聲嵌入聲。他拔出刀子，轉了一圈收回背心。

零崎拉開門把。

「開了喔。」

「真是粗心哪。」

「就是說嘛，誰知道殺人鬼會不會突然出現。」

我們相互聳肩，進入房裡。

走過夾著廚房跟浴室的短廊，穿過起居室的門扉。房間跟我星期六前來時差不多。物品位置多少有些改變，不過想必是警方搜索現場時造成的。

接下來。

在房間中央附近。

有一個白色膠布圍成的人形。

「咦——」零崎興致盎然地說：「真的會做這種東西喔？還真像連續劇或漫畫。搞什麼？江本這小妞跟我差不多高嘛。」

「好像是。」

以女性而言，智惠是略偏嬌小的類型；不過以男性來說，零崎的體格非常迷你。

縱使沒有一模一樣，或許接近到可以互換衣服。

「對了，我喜歡高個子的女生。」

「真的嗎？」

「對，不過高個子的女生都很討厭矮個子的男生。」

「可是，你殺的六個人裡，都沒有高個子的女生。」

「誰會殺自己喜歡的女生啊，呆子！」

零崎怒不可遏地說。看來這個問題挺複雜的。

言歸正傳。

我將目光移回地板上的膠布。智惠大概是被某人勒住脖子，在這裡倒下氣絕……然而，一旦用這種膠布表現，就完全感受不出真實性。這時，我轉頭一看，零崎居然在默禱。閉著雙眼，雙手在胸前合十。

「……」

我猶豫片刻，也跟著一起默禱。

接著再開始檢查膠布周圍。

「嗯……」

膠布圍成的人形右手上，因為光線昏暗看不清楚（話雖如此，也不能開燈），不過有一個黑色膠布圍成的小圓。

似乎是搜證時標出的某種紀錄。

「咦？是有什麼東西掉落在那裡嗎？」
「哎，你看清楚嘛。」零崎在我旁邊蹲下。「這裡有寫字喔。」
「該死的，要是光線再亮一點……」
「再等一下嘛。等會眼睛就會習慣了。」
零崎從容不迫地提議，現在也只能如此了。
不久，視力開始適應黑暗。
短毛地毯。
那個表面。
紅色文字。
「這是……Y分之X……嗎？」
兩人同時開口。
首先是草書的X，下面是斜線。然後再寫著草書的Y。筆跡潦草難以辨識；然而，這個字體也只能如此解讀。
「X／Y，什麼東西？」
「天曉得……」
「紅色的，這莫非就是傳說中的血書？」
「不，好像是油性筆。」
我邊說邊站起。

留在屍體右手附近的文字。
換言之，這就是傳說中的死亡訊息？
「不，也許不是右手吧？光從膠布來看，也不知道屍體究竟是趴著還是仰臥。」
「啊，說得也是。不過零崎，如果不是趴著，應該不能寫字。姑且不管這到底是不是智惠寫的。」
「……嗯，原來如此。也可能是犯人自己寫的。不論如何，X／Y是什麼意思？是數學嗎？可是又不是數學式，也沒辦法繼續算下去。」
「說不定是寫到一半。」
「啊啊，既然如此，那真是無技可施了。這後面會是什麼樣的式子，誰想得出來？」
零崎邊說邊走到房間角落，背脊靠著牆壁坐下。然後大大地打了一個呵欠說：
「你知道了什麼嗎？」
「光是死亡訊息也是收穫啊。接下來……」
環顧室內，終歸沒有打鬥的痕跡。看不見任何損壞的物品。就眼前的情況來看，應該也沒有遺失任何東西。
「果然不太可能是強盜殺人……」
這麼一來，還是怨恨嗎？然而兩天前剛滿二十歲的女生，又何以遭人怨恨到必須除之而後快的地步？

我一邊思考，同時搜索房間。警察當然徹頭徹尾地搜過了，不過為了促進想像力，必須像現在這樣親身觀察事件現場。

這亦是為了將來的準備。

「搞什麼嘛？」

零崎看著我的動作說。從他的態度判斷，大概無意出手幫忙。而我當然也並未期待，我不是那種對水面有任何期待的機會主義者。

「沒想到你對這種情況還挺熟練的。」

「因為我是經驗者。」

「是什麼樣的經驗，才能讓二十歲上下的年輕人損壞到這種程度呢？我可是茫無頭緒哪。」

「我可不想被殺人鬼這麼說，這件事就算了吧？說得也是，我的人生確實不太正經。不，或許很正經吧？只是我自己不太正經。」

「喔——我雖然不是很喜歡自己。」零崎淡淡地對著我的背影說：「不過一看見你，就覺得自己還算正常。」

「那是我的臺詞吧？我固然是很脫離正軌的人，不過沒有你誇張。一想到這兒，就略感安心。」

「是嗎？」

「是吧？」

「啱……人類為何會死？」
「因為被你殺死了。」
「是沒錯，不過我不是指這個。呃……是什麼？細胞凋亡（註28）？進化論？遺傳基因？癌細胞？自殺基因？那種感覺的東西。或者該說是功能極限？」
「這麼說來，我聽說人類存活的極限是一百一十歲左右。無論是什麼年代、哪個地區，都是如此。」
「喔？」
「總之，就是生物多樣性的問題。不過，縱然真的長命百歲也沒有意義。就算活了兩百年、三百年，我覺得也毫無意義。我至今活了十九年兩個月，老實說真的很膩。」
「厭倦了？」
「不，就好像變得無法忍耐的感覺。現在還無所謂，可是一直這樣下去的話……是啊，再兩、三年左右，可能就會面臨對現實處理能力的極限。」
「咦？不過，這樣不就是那個？你十四歲的時候也應該想過相同的事吧？自己可能會在數年內自殺之類的。」
「有想過。可是因為沒骨氣，所以沒自殺。」
「膽小雞！」

28　apoptosis，意指程序性的細胞死亡，乃是動物發育過程中的必經之路，例如從蝌蚪到青蛙的變態發育。相對於細胞壞死，細胞凋亡是細胞主動實施的。

「對啦！嗯，我從以前就想變成鳥類。」
「就算那是真的，你也沒想過要變成雞吧？雞是不會飛的喔。」
「開玩笑的。不過我也想過，活了十年、二十年的人，倘若從沒想過死亡或上帝，要不是極度吊兒郎當，肯定是無可救藥。」
「上帝跟死神嗎？」
「對，只是一般人在那之前就應該學過生的意義。因為既然要思索死，生是不可缺乏的。要思考死，首先必須學習生。就像人們常說『若想殺死對方，無論對方是何方神聖，首先該對象必須是活著的』。我今後無論如何努力，都無法殺死約翰．藍儂。」
也無法殺死江本智惠。
「所以，零崎，活著又是什麼？」
「就是有心跳囉？」
零崎語氣輕佻，大概是在隨口應付。
「不對。」我回答。
「生命行動跟活著並不是相等的。姑且不管這些，假設有人在生以前先學習死，他究竟會成長成何種人類？不，那種人是否能夠稱為人類？身為生物卻想著死，在開始以前考量結束。對於那種存在，我們應該如何稱呼？」
「那就是死神。不然的話，是啊……」
驀地變成探索的眼神。接著，零崎難以啟齒似的指著我，緘口不語。確實無須任何言語吧。

「這終究也只是精神論。」

我下結論似的說。

藉口。

「喏……剛才也問過了，你做到這種地步……這種地步是指幹出非法入侵民宅這種事，虧你還是旁觀者，竟然親身出馬調查事件……是有什麼理由？」

「有啊。」

我回答。其實是打算回答「沒有啊」，但衝口而出的卻是肯定的話語。究竟哪個才是實話，連我自己亦無把握。

「喔……你對葵井既不喜歡也不討厭吧？既然如此，你根本沒有必須行動的理由吧？你跟其他三人只是偶然邂逅……啊啊，原來如此。」

零崎說話間想到了什麼，「砰」地一聲擊掌。

「為了江本智惠嗎？」

智惠。

迎接生日，卻在翌日慘遭無情殺害的可憐少女。

僅是如此的話，我不會有任何感覺。地球背面的飢餓孩童被炮火擊斃，我亦不會有任何感受。在遙遠異國發生地震，數萬人民因此死亡，我仍舊毫無感覺。不論自己居住的城市是否發生隨機殺人魔事件，又與我何干？如此這般的自己，唯獨為友人之死感到悲傷、難過與憤慨——我的精神並未寬容到能夠吞嚥這種矛盾。

然而。

即使如此，仍有例外。

「我想跟江本智惠……再多交談一下。」

「……」

「只是這樣，真的。」

「原來如此。」零崎頷首。

「無論如何，這確實是傑作啊。」

誠如零崎所言，我沒有必須做這種事的必然性，儘管不至於說這一點也不像我，但此刻的行為確實偏離我的風格。

我認為自己在做傻事。然而，我不覺得自己做錯了。

零崎大大地打了一個呵欠。

「……無聊的話，你可以先走。」

或者該說，他根本是妨礙。

可是，零崎緩緩搖頭。

「無所謂……而且要是我回去了，你怎麼鎖門？」

「其實我擁有不用鑰匙也可以讓門上鎖的技術。」

「真是沒用的技術……」

這當然是說笑。

零崎接著閉上眼睛，沉沉入睡。我感受著觀看自己的睡臉那種不可思議的異世界感受，同時探索智惠的房間到凌晨四點。話雖如此，並沒有發現任何有助解決事件的線索。

「可是……」

這種事或許根本就不重要。事實上，我到後半段時已然失去想要搜索什麼，想要調查什麼的心情，只是俯視著房間中央的人形膠布，任時間流逝。

然後開始回想。

星期六晚上，在這裡度過的時間。

亂七八糟，毫無道理可循。

只有胡鬧的那段時間。

倘若容許些微浪漫的說法，這對我而言，或許就像對智惠的追悼。這才是一點也不像我的解釋，但我覺得這種想法也不壞。

就目前來說。

「好，走吧。」

「滿意了？」

「嗯。」

「那就好。」

離開公寓，便跟零崎分道揚鑣。

沒有告別的言語，亦沒有約定下次見面的時間。

第四章 紅色暴力——（破戒應力）

哀川潤
AIKAWA JYUN
人類最強的承包人

沒有任何意義。

我知道。

我知道。

我知道。

知道嗎？

0

1

五月十八日，星期六。

第二堂課結束，開始午休。第二堂有課的日子（因為餐廳很擁擠）我都不吃午餐，於是直接走向基礎專題的教室。

基礎專題。

同班同學。

葵井巫女子、貴宮無伊實、宇佐美秋春，以及江本智惠……

從星期一開始，就沒有在校園裡遇見他們四人中的任何一個。這並非只是偶然，他們大概都沒有來學校吧。智惠自不待言，其他三人既沒有死亡，也沒有被殺。原因也許是智惠的事件，也許只是黃金週結束後的單純學生惰性。

在那之後，事件毫無進展。兩位刑警——沙咲小姐與數一先生都沒有再造訪我的公寓，而我亦未接到其他三人的聯絡，玖渚方面也還在等待她的聯絡。不用說，我也沒有跟零崎見面。

完全沒有接觸報紙、電視的我，不但不曉得媒體如何報導智惠的事件，當然也不知道接下來的三天是否發生新的隨機殺人魔事件。

並不是特別想知道。

現在只是在等待。

因為我很習慣等待。

「……好熱……我也許是蛞蝓吧。」

一邊低語，一邊在校舍間移動。從明樂館前往羊羊館。距離不到一百公尺，明明不到一百公尺，卻艱辛異常。熱得渾身發軟的高溫，不知該如何形容，沒想到世上竟有如此熱度。不論是神戶或休士頓，都沒有熱到這種令人厭惡的地步。盆地特有的濕漉熱氣。我竭力忍耐著這股濕熱，一邊努力前進。從樓梯直抵羊羊館二樓，終於可以喘一口氣。

就在此時，發現曾經見過的人物。

話雖如此，並非因為曾經見過才發現對方。正確來說，是由於那身極度花俏的螢光粉紅色運動服，在校園內過於突兀，故而「不情不願地被它吸引」。細捲褐髮。如果就這麼坐在便利商店前面，肯定會成為一幅畫吧。

那是貴宮無伊實。

她正在跟某個像是同學的男生說話。我也不好意思打擾他們，正準備從旁邊走過時——

「喔……這不是伊君嗎？」

無伊實主動向我打招呼。

「喲！」

那個男同學也親切地出聲招呼。淡褐色的頭髮，極為輕佻的笑容。哎呀呀，他是誰呢？我可不認識這種爽朗型的衝浪小子。是基礎專題的同班同學嗎？

「好久不見……」無伊實淡淡笑道：「……呃……啊啊，真不知該說什麼才好。你後來過得如何？」

「跟平常一樣上學。」

「是嗎……不，哎，伊君大概就是這種人吧。」

無伊實苦笑。那張笑臉顯得有些勉強、疲憊，不過這也很正常。

「無伊實呢？妳怎麼了？在學校都沒遇見妳？」

「呃……該怎麼說……」

她欲言又止。大概是不習慣讓他人知道自己的軟弱。我儘管不是那種類型的人，倒也不是無法理解他們的心情。

「啊，那我要去準備口頭發表，差不多該走了，等會見。」

男同學向無伊實跟我這麼說後，就往樓梯的方向奔去。「這小子還真忙碌……」無伊實目送他的背影呢喃。

「這小子平常混水摸魚，一旦輪到自己出場，即使是上課也很愛面子。今天的基礎專題有得瞧了，嘿嘿，要挑個貴賓席見識見識。」

「喔——那麼，他果然是同班同學囉。」

「……」

無伊實呆了數秒，然後彷彿要發出「嘎啦嘎啦」的聲響，以缺乏潤滑油似的僵硬動作扭動頸部轉向我。

「你該不會是忘了吧……」

「嗯？啊，對了，巫女子沒跟妳說嗎？我的記憶力不好，常常認不出同班同學。只要告訴我名字，或許可以想起來。」

然而，無伊實卻沒有跟我說他的名字。宛如愣住似的直勾勾地盯著我，好不容易終於開口。

「……他叫宇佐美秋春。」

「咦？」

原來如此。

無怪乎她會愣住。

「……這小子給人的印象這麼薄弱嗎……」

「比無伊實弱吧。至少秋春沒有穿粉紅色的運動衣。」

我原本打算這麼說，但終究放棄了。無伊實應該是那種生氣起來會毆打對方的類型，而且恐怕也不是一、兩下就結束。如果像對待巫女子那般消遣她，肯定有生命危險。

「這純粹是我的記憶力不好。」

「如果你真的這麼想，就該想點辦法呀……」

「不過若說是印象的問題，或許也不無關係。秋春也不像巫女子那樣人來瘋。因為我有很多古怪的朋友……啊啊，這種說法好像我的朋友很多，訂正一下。我只認識古怪的朋友，所以就很容易忘記普通人。」

「普通人啊。」

無伊實不知為何邪惡地嗤嗤笑了。

「怎麼了？我說了什麼奇怪的話嗎？」

「不不不……沒想到你不太會看人而已。」

「嗯？」

「秋春的性格比你想得更自私喔。」無伊實看著秋春離去的方向，意有所指地說。

接著又語帶玄機地低語：「唉，你不久就知道了……不久哪。」

然後，猶如以遙控器切換開關似的換了一個表情，轉回我的方向。
「你來得正好……我有話跟你說，咱們到交誼廳聊吧……」
她說完，不等我答應就舉步離開。從這裡走一小段路右轉就是學生交誼廳。午休時間應該很擠，不過透過玻璃一看，今天不知為何有許多空位。交誼廳的大門掛著牌子，上面以粗黑體的紅字寫著「**立禁止**」。這是學生數年前的惡作劇，現在不但沒有人把它當一回事，甚至也懶得處理這塊牌子。
進入交誼廳，無伊實率先坐下。
交誼廳充斥著菸味。她嗅到那股味道，下意識地將手伸進衣服內側，但似乎在最後關頭恢復神智。遵守自我主張固然很好；可是在這種滿是香菸霧氣的地方，只有她一個人禁菸對我來說亦是於事無補。不過，就算我如此表示，她肯定會說「不，這是我自己決定的」，我便一語不發地坐下。
「那麼，是什麼事？」
「別裝傻了。現在我必須跟你談的話題也只有一個吧？」
「智惠的事？」
「巫女子的事啦。」
無伊實將雙臂置於桌面，抬眼睨視我。我也不是那種毫無警戒，可以坦然接受這種目光的人。
「你後來有見過巫女子嗎？」

「後來是指？」

「我不是叫你別裝傻了？警察應該也有去你家才對。」

「嗯……」我想起沙咲小姐跟數一先生，但老實說，我並不太想要記起那對雙人組。「他們也去了妳家啊。」

「嗯啊，討人厭的雙人組。」

「一男一女？」

「對，就像是X檔案裡的男人和要去地牢跟人會面的女人（註29）。我只要聽見警察兩個字就會升起反抗意識，更何況是那兩個人……這些不重要。」無伊實重新坐正。

「昨天是智惠的喪禮。」

無伊實微露責備的神情。

「你沒來啊。」

「……或者該說，我並未收到通知。」

「巫女子也沒來喔。只有我跟秋春出席。」

「喔——哎，也不能怪她吧？或許受了相當大的打擊。」

「或許受了相當大的打擊？看你一副事不關己的態度。」

「因為本來就與我無關呀」這種話我當然不敢說。畢竟有些事可以說，有些事不能

29　有一說是指電影《沉默的羔羊》（The Silence of the Lambs）裡，茱蒂佛斯特所飾演的女探員克拉麗斯。不過，事實上電影裡克拉麗斯去見人魔漢尼拔的囚室並非在地底。

說。

「對於智惠被殺一事，你完全沒有受到任何打擊嗎？」

「剛知道的瞬間，當然也很震驚。可是過了三天之後，就沒有那麼驚訝了。這叫整頓心情嗎？畢竟過去全部都是記憶。」

「身為智惠的朋友，我是很想對你生氣……不過，你說得沒錯。」無伊實的語氣有些自虐。「人類心靈的結構啊，是很方便的。特別是像我這種粗線條，三天就可以上學了。可是，一開始真的很震驚。剛剛還在一起的朋友竟然……」

無伊實手指一彈。

接著沉默不語。與其說是尷尬，更像是如坐針氈的氣氛、疾首痛心的空氣在我和她之間流竄。

「秋春君……從剛才的樣子看來，應該已經恢復一些了。」

「你覺得是這樣嗎？」

「……看起來是這樣。」

「如果看起來是這樣，那就好了。」

總覺得無伊實的態度頗堪玩味。就像她說「秋春的性格比你想得更自私喔」的時候，彷彿話裡有話。

那究是是什麼意思？

不過，在我解讀以前，無伊實換了一個話題。

「……最後一個聽見智惠聲音的人，聽說是你？」

「……嗯。雖然是透過電話，嗯，沒錯。是巫女子跟妳說的？還是刑警？」

「巫女子跟我說的。」無伊實頷首。「昨天智惠的喪禮結束後，我去了巫女子家一趟……我想，她還要一陣子才能恢復。」

「是嗎？」

「……你沒有任何感覺嗎？」

「嗯？什麼意思？」

「我的意思是，你聽見巫女子很消沉，也沒有任何感覺嗎？」

「……你們對這件事還真固執。」

聽見「你們」這個單字，她露出略微訝異的表情，不過接著又「唉——」一聲嘆息，伸了一個大懶腰。

「真是遲鈍……」

「妳說什麼？我沒聽清楚。」

「不，沒什麼。嗯，或許是我多管閒事吧……的確，幹這種事不是我的個性。況且我一開始是反對的——」

「咦？」

「沒事啦！那麼，這是我的懇求……非常單純，沒有任何企圖的懇求。你可以去巫女子家一趟嗎？」

無伊實說完，從運動服的口袋取出便條紙遞給我。紙上用平假名寫著巫女子的名字，下面則是她家的地址和電話號碼。

「非常少女體的字，誰寫的？」

「是我。」

「啊啊……」

「什麼意思？那種『啊啊，原來如此。對對對，就是那種感覺』的臉孔。」

「不，沒什麼，我沒有這個意思。喔……」

彷彿在躲避無伊實的目光，我低頭看著便條，確認巫女子家的住址。堀川通跟御池通交叉口。這麼說來，好像聽她說過……一方面覺得聽過，另一方面又覺得是第一次知道。實在想不起來。

「她家距學校有點遠嘛。所以巫女子是騎偉士牌上學了？」

「不，搭巴士，因為學校禁止騎摩托車上學。」

「啊，是嗎？」

順道一提，我是走路上學。儘管有腳踏車，但基本上很少騎。倒也不是我喜歡走路，只是覺得這種行動方式最適合我。

「所以？要我去巫女子家做什麼？」

「因為她很消沉，所以請你去鼓勵她。只要說些『難過也於事無補』或者『打起精神來』之類普通的打氣話就好了。」

「普通的打氣話啊……不過，這種話還是無伊實去說比較好吧？啊，妳昨天已經說過了吧？既然死黨去說都沒效，我去也是——」

「……我不會勉強你做什麼，只要去看看她就好了。真的這樣就好了。去看看巫女子，鼓勵她一、兩句話，其他就交給氣氛。」

還交給氣氛咧！

話說回來，我也沒有拒絕的理由，而且從輕鬆程度來看，倒也相當容易達成，「好啦。」於是便接受了。

「今天上完課就去一趟。」

就在這時，第三堂的上課鐘聲響起。無伊實一臉「這下慘了」的表情。我雖然並未浮現那種神色，但心情也是不相上下。

時間的地獄三頭犬（註30）——猪川老師。

「哎呀呀……鐘聲響了啦。」

「現在去也是缺席。不，根本就不會讓我們進教室吧——」

「沒辦法……沒看見秋春的英姿固然可惜，不過還是蹺課吧。」

無伊實迅速下定決心。我在腦中掙扎了一會兒，但即使如此，時鐘的指針終究不會倒轉，「哎呀呀。」結果還是放棄了。

「……怎麼辦？一起去吃飯嗎？」

30　希臘神話中負責守衛冥府的猛犬，有三個頭和蛇尾巴。

「現在餐廳應該還很擠。」

「啊，也對……那麼，繼續在這裡聊一下嗎？」

「既然如此，我可以問問題嗎？」我判斷現在是大好良機，便對她說：「智惠有被誰怨恨嗎？」

無伊實的神情忽然變得十分複雜。彷彿在苦惱……不，彷彿在慎重地重新確認自己是否全然理解我的問題。迷惑半晌之後，「沒有。」她肯定地說。

「不是藉口，她不是那種別人**能夠怨恨**的女生。」

「不能夠……怨恨這種說法也很奇怪，就像國中生的英文翻譯。」

「可是這是真的……我是如此認為。我跟智惠雖然高中才認識，不過這點事可以肯定。」

「那個……我換一個話題，無伊實你們是什麼關係？妳好像說過跟巫女子是青梅竹馬？」

「我跟巫女子是青梅竹馬，讀高中以後又認識了秋春跟智惠。」

「嗯？那個，好像有一點奇怪？」

「哪裡？」

「因為巫女子是四月生的十九歲，智惠是二十歲——」

「啊，不，智惠國中時留過級。」

「啊啊……」

既不是重考，也不是歸國子女嗎？留級。我竟然忽略了這個選項。

「因為長期住院……休息了半年左右，另外她也常常請假，結果出席次數不足。聽說是相當嚴重的病。嗯，她說還差點死亡。」

差點死亡。

死亡。

意識死亡。

「喔……」我極力佯裝鎮定應道，可是，不曉得看起來自不自然。「原來如此……是這麼一回事嗎？」

這就是江本智惠的起源嗎？

我暗地中頻頻點頭。

「所以，就四個人的交情來說，是從高中開始的。秋春跟智惠好像也是高中才認識對方。」

「……原來如此，繼續說。」

「啊，嗯，總而言之……智惠她很容易適應環境。啊，不，不對……硬要說的話……你們兩個或許很像。」無伊實指了我兩次。「不是有所謂的個人領域？她非常會辨識那種領域。可以若無其事地走到某種程度的距離，可是絕對不會踏入那條線以內的領域。絕對不會觸碰他人重要之處，不只如此，也絕對不讓他人觸碰自己的重要之處。若即若離，欲迎還拒。就像一流的劍道家。」

「……」

一聽見劍道家這個單字，我不禁想起美衣子小姐。

「智惠雖然是我的朋友……可是她大概從未對我敞開心胸。不僅如此，對她而言，我可能也沒有任何幫助。」

「沒這回事。」

我嘴上這麼說，不過這對無伊實大概毫無意義，我自己也不認為有任何意義。姑且不管無伊實的推測是否正確，不過想必十分接近才是。

然而，無伊實，妳不可以誤會。對智惠而言，這個誤會殘酷至極的失禮。倘若你是智惠的朋友，就不該說出這種言論。

智惠跟我一點都不像。

我們不過是在種類相似的鐵軌上奔馳，就本質來說，智惠跟我是不同的。

跟我相似的本質是殺人魔啊，無伊實……

「——因為她是這種人，別說是遭人怨恨，我想甚至沒有惹誰生氣過。這件事我可以斷言。」

「既然如此，究竟是誰殺她的？」

「誰知道？搞不好是那個隨機殺人魔。」

「隨機殺人魔使用的凶器是刀械喔，這不會錯。」

「……無所謂吧？反正就是被某個人殺的。那兩個刑警看起來很優秀，一定可以替我們找出犯人。我們根本就沒有插手的餘地……」

嘴裡平靜地說，然而無伊實的表情很僵硬。

那肯定不是她的本意。

死黨被殺，卻什麼忙都幫不上的自己實在太過窩囊。可是，無伊實真的無技可施。她應該沒有說謊，是真的想不出有誰想殺死智惠。完全找不出應當發洩怒氣的犯人。

嗯——

「……大家到底在幹什麼啊？」無伊實撇開頭，看著走在交誼廳外面的學生們說：「真是的，大家到底在幹什麼啊？」

「大家？」

「大家啊，在這裡的所有人。無聊死了……只不過是活著而已嘛？只不過是還沒死。只不過是活著而已嘛？」

只不過是活著而已嘛？

她喃喃自語，接著重新坐正。

「是有什麼目的嗎……大家。人生目的啦、未來目標啦，大家真的有這些東西嗎？」

「應該有吧？每個人各有不同。就算沒有也無所謂。」

「不，我想說的不是這個。你沒聽懂嗎？呃……不是這麼複雜的事，就好比他們。」

她說完，指著交誼廳另一側的女子集團。從那種自然的氣氛來看，可能是大二或大三。從這裡聽不見她們在說什麼，但即使聽得見，大概也是在說我無法理解的話題。總而言之，她們一邊嘻笑，一邊拍打對方的肩膀。

「假設我現在手裡有M4A1的衝鋒槍。瞄準目標……噠噠噠噠噠噠！會怎麼樣？」

我又看了她們一眼。她們依舊在那裡打鬧，可是在我腦海裡的她們，既已染滿鮮血，全身坑洞，被打飛到窗外了。

「大概難逃一死。」

「嗯啊，多半是死了……不過……她們那時會想什麼呢？會後悔嗎……我猜大概不會吧。」

無伊實朝她們投以輕蔑的視線，但她們並未發現。照樣耽溺在自己的話題中。甚至沒有把我們放在眼底般地入迷。

「應該沒有任何後悔。或許也沒有什麼未做完的事。這也是理所當然，因為她們本來就是沒有任何夢想地活著，甚至沒有目的。因此，也不會『想要留下什麼』。」

「……」

「話雖如此，她們也不覺得人生無趣。也相當快樂。可是她們很努力……她們很努力地思考如何消磨明天的空閒。一回過神來，就在考慮消磨時間的方法。明天該做什麼才好？後天呢？要怎麼打發二十四小時？像傻瓜一樣努力思考填補空白時間表的方法。可是，這又如何？這種事，又有何意義？即使明天的太陽沒有昇起，不也無所謂嗎？因為活著，所以才在消磨時間……如果只是活著，死了也無所謂……我是如此認為。啊啊，抱歉，說了一堆莫名其妙的事。」

「不，很深奧。」

我打從內心如此說。

而且，無伊實很可能還這麼想——

究竟，

智惠又是如何？

被殺的那一瞬間，智惠究竟在想什麼？對於無法跨入智惠內心的無伊實而言，那是永遠無法解答之謎。然而，就單純的推測而言，就我這個旁觀者的個人見解來說，正如同在那裡喧喧鬧鬧的女生們，她大概也沒有任何後悔。

「餐廳的人潮差不多散了吧。」無伊實看了時鐘一眼，站起身。「咱們去吃飯吧？僚友館應該有空位。」

「不……抱歉，妳自己去吧？我不是很餓。」

無伊實微微側頭說：「是嗎？」她走了一段路後，忽然停下腳步回頭。

「……對了，你為什麼知道巫女子的生日是四月，今年十九歲？」

「巫女子告訴我的。」

「修正問題。你為什麼記得這件事？你不是記憶力很差？怎麼可能記得這種事？」

雖然這個問題很失禮，可是對於連秋春的臉孔都記不得的本人，或許是很正常的懷疑。

「有一點原因……詳情不便多說。」

「喔？」無伊實一臉詫異，但並未再深入探問。

「那我也問最後一個問題。妳知道什麼是『X／Y』？」

「咦……是X除以Y的意思吧？」

「說得也是。」

「我想也沒有其他解釋了。」

「嗯，無所謂。謝謝。」

「那是什麼？」

「智惠遺留的死亡訊息。我也不知道是什麼意思。」

聽到死亡訊息這個詞彙無伊實微露驚訝的神情，但並未再深入探問。沉思片刻之後，「喔……那再見了。巫女子就拜託你囉。」她揮揮手，離開交誼廳。

我揮揮手，目送無伊實離開。

我在交誼廳發了一會兒呆，因為喉嚨被菸燻得發疼，便起身離開。手伸入口袋，碰到了一張紙條。取出來一看，是無伊實剛才交給我的巫女子住址。

「……沒辦法哪……」

這或許應該視為一個好機會。

幸好基礎專題之後的打字課不會點名。我考慮三秒鐘左右，決定主動停課。

內心同時想著，我死亡的時候，

何止不會後悔，甚至會感到安心吧。

跟數個只是活著的人們擦身而過，離開了交誼廳。

2

巫女子的公寓位於堀川通跟御池通交叉口附近，比智惠的公寓更加豪華氣派。華美的程度當作學生居所免未太過奢侈，甚至有一股莊嚴之氣。

「接下來……」

從學校搭巴士抵達這棟公寓前方是兩點多，可是，此刻的時間是三點半。換言之，倘若理論性、客觀性地觀察並考察這個事實，我杵在公寓玄關迄今，業已浪費了一個半小時的時光。

「……若要問阿伊在做什麼，其實就是對造訪年輕女孩的房間感到恐懼。」

為了重新審視現狀，我試著向自己解說，但沒有什麼意義。反而讓自己更像傻瓜。但仔細一想，這種事情——既已決定進行「某件事」，可是對於執行那件事猶豫這麼長的時間——或許是頭一遭。若是推心置腹的好友，就不用對這種事想太多，但巫女子是認識沒幾天（雖然其實是從上個月開始）的女生。我自己雖然無所謂，可是巫女子可能會不開心。

更重要的是——

基本上屬於被動型的我，非常不習慣採取這種主動行為。

「啊～真是窩囊透頂……」

話雖如此，一個半小時終究是猶豫太久了。總覺得自己很愚蠢，我終於下定決心，踏入公寓裡。跟智惠的公寓不同，因為沒有自動鎖，是故無須卡片鑰匙，取而代之的是玄關大廳裡的監視攝影機。相較於略施小技即可穿越的玄關門鎖，這種無所遁形的攝影機反而更有效。不過最有效的，當然是像玖渚住的那棟怪物般的公寓裡所配置的，真正的警備人員。

我看了一眼無伊實給我的紙條。

四樓三號室。

搭乘電梯，按下「4」的按鍵。沒多久就抵達四樓，走過狹窄的走廊。電梯前面和走廊兩端各有一臺監視攝影機。嗯～不過，這也未免太警戒森嚴了吧？就連便利商店的攝影機也沒有這麼多喔。是有什麼大牌藝人隱居在此嗎？明明是京都。不，正因為是京都嗎？

胡思亂想之際，終於抵達三號室的前方。事及至止，猶豫也沒有意義，我旋即按下電鈴。響起甚為普通的鈴聲，不久，房間內傳來移動的聲響。嗯，既然是女生，想必會花上不少準備時間，有了長期作戰的覺悟後，我將身體靠向背後的牆壁。

「來了來～了……馬上開門——」

咦？

哎呀？怎麼這麼快？這原本應是值得高興之事，但我不知為何有一種不好的預感。而身為旁觀者的我，這種不好的預感有高達百分之八十的命中率。不妙！某種大事件要發生囉。

「小實妳好慢耶……發生什麼事了？」

喀嚓一聲。

門鎖聲響起，房門打開。

「……」「……」

我不知該如何反應，

巫女子亦無法反應。

完全當機。

按下三個鍵（註31）也沒有反應。

「啊……啊、啊……啊啊啊啊……啊。」

巫女子的俏臉先是一陣泛紅，然後突然轉白，最後再度泛紅。

「哈囉。」

我先試著打招呼。

31 意指同時按下「Ctrl」+「Alt」+「Delete」鍵，強制結束應用程式。

「嗚哇哇哇哇哇哇哇哇哇哇哇哇哇哇哇哇哇哇哇！」

她發出令人不禁掩耳的慘叫，同時以幾乎要扭曲門框的力道，「砰咚」一聲甩上門。世界頓時大幅扭曲，然後是猶如什麼事都未曾發生的靜謐。

「……」

無論如何，對於那聲彷彿與名譽相關的慘叫，至少監視攝影機可以證明我的清白。

「嗯……這也不能怪她……」

那張顯然是剛起床的臉孔、亂糟糟的頭髮，再加上胸襟大敞的兔子圖案睡衣，以這種姿態出現在異性面前，即便不是巫女子也會是這種反應吧……

「為什麼？」門後傳來快要哭泣的聲音。不，從感覺聽來，說不定早已哭了。「為什麼？為什麼？為什麼？為什麼伊君會在這裡？不是小實要來的嗎？就好像『業餘偵探淺黃蟬丸當場解決密室絞首殺人事件，可是犯人是現行犯』！腦袋一片空白！一頭霧水！為什麼？騙人、騙人、編人、編人！這是幻象！這不是真的！是做夢！是惡夢！」

啊——慌了慌了。

儘管我也稱不上冷靜，可是既然對方如此狼狽，我更要保持冷靜才行。原來如此，無伊實原本要來看她啊。那個該死的不良少女，不但把這個工作扔給我，而且還沒有告訴巫女子。

好！搞清楚情況了。

下一步就是想辦法讓對方認清現實。

「太奇怪了！伊君怎麼會知道這裡？這是幻覺！是惡質的惡作劇！」

「哎，這些我等會再說明，總之先讓我進去，站著說也不是辦法。」

「你走啦！快點走！啊，等一下，對不起，不要走！我馬上收拾房間！我馬上準備好，等一下！拜託！還有，快忘記剛才看到的景象！」

「看都看過了，無所謂吧？讓我進去啦。」

「絕對不行！」

巫女子扔下鏗鏘有力的拒絕，似乎就奔向房間後方，「噠噠噠」的腳步聲連走廊上都聽得一清二楚。不僅如此，房內開始傳來格鬥音效似的聲音。鐵定是在掃除吧。我暗忖她何必如此費心，重新靠向牆壁。結果，巫女子在三十分鐘之後才讓我進去，時間已逾四點。

房間本身跟智惠的房間差別不大，不過家具數量多了許多。看來巫女子是擁有欲望相當豐富的女性。儘管稱不上散亂，但亦無法否定雜亂的印象。

「嘿嘿嘿，等一下喔，我去泡茶。」

巫女子換了一套粉紅色的細肩帶上衣跟短褲。從肌膚的暴露度來看，剛才的睡衣顯然保守多了，這樣好嗎？頭髮也很整齊，簡直就像換了一個人。

矮腳桌上面擺著杯子。裡面當然不是自來水，而是美味的麥茶。還放了三個冰塊，看起來十分冰涼。

「呃呃呃，那麼伊君，這是怎麼一回事呢？」巫女子似乎還很在意剛才的失態，動作相當不自然。假使走在新京極通，肯定會被機動隊隊員攔下來盤問。「那個呀，小實馬上就要來了喔！約定的時間已經過了，小實真慢，是怎麼了呢？」

「啊，我就是代理人。」

我上下揮動手掌，安慰慌張的巫女子說。「嗚哇！」巫女子大聲驚叫，接著流露既像生氣、又像害羞、亦像欣喜，讓人一頭霧水的曖昧笑容。

「哎喲，小實真是的——」

「啊啊，別擔心。我不會待很久，放心吧。原本聽說妳很消沉，不過看起來精神不錯，我可以安心了。」

「啊……」

巫女子對「消沉」這個字眼發生反應，螓首低垂。我暗想自己是否說了不該說的話，可是沒辦法，因為我只會這種說話方式。

對，巫女子不光是朋友被殺。而且是第一個看見那個被殺死的朋友屍首。不會移動，停止一切生命活動的那個身體，第一個烙印在視網膜的人是巫女子。而且現在肯定仍然烙印在那裡。基本上已經不是平靜或消沉這種層次的問題。

「那麼，伊君是因為我沒去上學，才來看我的嗎？」

「唔，嗯，差不多。」

事實雖然略有出入，不過一點誤差也不必在意吧。

這次，巫女子換上顯而易見的開心微笑，「謝謝喲！」迅速說道。
「好高興耶！伊君竟然來看我，好高興喔！」
「這也不是什麼值得道謝的事……況且我也沒帶東西。」
自己說完才發現，兩手空空地造訪他人，而且還是病人，或許是相當欠缺常識的行為；可是既然是直接從學校趕來，這也是莫可奈何的吧。
「沒關係。」巫女子說。
「我又不是身體不舒服。那個……因為一去學校……就會忍不住想起小智——」
「但也不是窩在家裡就可以遺忘吧？」
「話是沒錯……」巫女子虛弱地笑了。「嗯，不過看到伊君的臉就恢復精神了。沒問題。從明天開始，我就會去上學。」
「學校怎樣都無所謂。警察他們有來這裡嗎？」
「嗯，來過幾次，一個高大的男人跟有點可怕的女人。這也沒辦法吧，畢竟巫女子是第一發現者。而且是殺人事件啊。」
「……是誰殺了智惠呢？」
我並非特意詢問，在不知不覺間，猶如自言自語，但足以讓巫女子聽見似地說。
「……我怎麼知道……」巫女子的微弱回答跟我的猜想一樣。「小智絕對、真的絕對不是會遭人怨恨的女生。」
「無伊實也是這麼說的。可是……就實際來看，真的能夠完全不被任何人怨恨嗎？

我對此倒是相當懷疑。」

「咦？」

「因為妳們是好朋友，才會如此認為。可是被某人怨恨的可能性，我想是值得考慮的。也許是……好意被曲解所產生的怨恨。」

巫女子默默無語。因為表情過於沉痛，我不禁向她道歉：「對不起。」雖然表面上若無其事，可是巫女子的情況似乎還不適合談論那件事。

「……我果然不該來嗎？」

「咦？為什麼？」這次的自言自語似乎還是被她聽見，巫女子驚慌失措地抬頭。「沒有那種事，伊君來看我，我很高興的。」

「不……因為一直看妳在我面前強顏歡笑啊。」

這種時候，還是無伊實這種無須客套、能夠坦誠相待的對象比較好吧？「沒有那種事。」然而巫女子又說了一遍。

「就算是強顏歡笑，謊言只要不斷重複，就會變成真的。沒問題的。我真的很高興伊君來看我，即使是小實強迫你來的也無所謂。」

「沒什麼強迫不強迫的……我不喜歡的事，誰也不能勉強。」

「真的嗎？」

「不，隨口說說而已，其實我很容易隨波逐流。」

「我想也是。」巫女子笑著點頭。

我嘆息似的吁了一口氣，伸伸手臂。
「笑話到此為止……事際情況如何？心情差不多恢復了嗎？」
「嗯，沒問題，只不過……」
巫女子的目光瞟向我的右方。我轉頭一看，那裡雜亂地堆放著報紙跟雜誌。
「那個……我可以說我小學的事情嗎？」
「可以，妳想說什麼都可以。」
「……小學三年級的時候呀，我們小學的校舍重新裝修。卡車跟挖土機在校園進進出出。有一天，因為錯車時太接近校舍，結果堆積大量砂子的卡車不慎衝進一年級的教室。」
「真誇張……這已經不叫太接近了吧。」
「嗯，結果教室牆壁倒塌，砂子灌入室內，一年級的學生被埋在砂子裡，情況亂成一團。啊，不過，我們還是小孩子嘛。反而覺得這種情況很好玩。小智開心極了，在砂堆上滑來滑去。」
「啊……」
那丫頭的確很像是做這種事的小孩。
「到了第二天，我特別起了個早去翻報紙。自己學校的事登在報紙上，不是很值得驕傲的事嗎？啊，不過畢竟是發生事故，即使刊登也沒什麼好驕傲的；可是，總之『登在報紙上』這種事就很讓人開心。」

「嗯，小孩子嘛。」

「然而……報紙並沒有登這件事。」巫女子罕見地發出略微自嘲的嘆息。「對我來說可是大事件呢。可是呀，對全國而言，這種事根本沒什麼了不起。雖然已經記不得當時的頭版是什麼新聞……那時就像是被人宣告『妳只是一個微不足道的存在』。我認為『非常了不起』的事，對別人來說卻是不值一哂，這讓我感到非常悲傷。」

「……」

「現在也是這種感覺。」

巫女子指著報紙跟雜誌。

說得也是，我內心尋思。姑且不論京都攔路殺人魔這種詭譎的事件，獨居學生在公寓被殺，這種說難聽一點就是平凡無奇的新聞，自然不可能天天刊登。只有刊登在隔天的報紙上，而且版面也不大，只是一篇小小的記事。

我不由默然，巫女子亦無語。難熬的沉默在兩人間持續一陣子，最後由巫女子率先打破；然而，那是朝非常莫名其妙的方向打破。

「伊君，你後來有跟淺野小姐去逛骨董嗎？」

「咦？」我不禁傻眼。「咦？什麼意思？」

「啊……啊，對不起！問這麼奇怪的問題！對不起，我原本不是要問這種問題的！」

「這倒無所謂……」

巫女子為何知道我會跟美衣子小姐一起去逛骨董呢？美衣子小姐不可能跟巫女子說這麼私人的事情。這麼說來，我的確跟美衣子小姐有過這個約定，又好像沒有……啊，對了！我想起來了，難道巫女子那時沒有睡著嗎？

「啊，莫非妳很在意？」

「咦？咦、咦、咦？什麼事？」

我猜測因為逛骨董乃是感謝美衣子小姐收留她的謝禮，所以她才會如此在意，但巫女子的態度比想像中更為慌亂。真是讓人捉摸不定的女生。

「哎，不用在意啦，真的。反正這種事常常有。」

「常常有？」

「嗯，因為她相當喜歡購物。她沒有讓妳看她的櫃子嗎？房間本來就很狹窄，她還不斷地買骨董。不過她欣賞過後好像都會賣掉，說什麼藝術不應獨占之類的。」

話雖如此，美衣子小姐總是以高於購買時的價格脫手，看來也不是簡單的角色。

「總之我是負責搬東西的。我至少也是個男人，有一定程度的體力，就算是街坊鄰居，能用的傢伙就要善加利用嘛。我本身對骨董沒什麼興趣，但也不是特別討厭，所以只要她拜託，我就會幫忙。」

「喔……原來如此。所以伊君經常……跟淺野小姐……一起出去……囉？」

巫女子不知為何支支吾吾。

「倒也稱不上經常，嗯啊，不過她在京都待很久了。高中肄業後就一直獨自住在這一帶。逛骨董的時候，也順便請她帶我參觀佛寺古蹟。晴明神社啦、哲學之道啦，妳知道嗎？」

「嗯，呃……名稱是聽過，不過沒什麼興趣。」

「咦？妳上次不是說過對京都很熟？」

對寺廟神社沒有興趣，又怎麼算是對京都很熟？我不禁感到狐疑。「啊，不……原因很多。」結果巫女子非常明顯地打混。

「你怎麼專記這種芝麻小事呢……這不重要。總而言之，伊君跟淺野小姐很要好，是吧？」

巫女子又提及好像以前也問過的事。她似乎對這件事頗為在意，是跟美衣子小姐有什麼糾紛嗎？才不過一個晚上，應該不可能發生什麼事；可是她為何一直要把我跟美衣子小姐送做堆呢？我實在是不明所以。

「嗯，是呀，她這個人其實滿風趣的，與其說感情好，比較像是受她照顧吧。偶爾跟她借車，飛雅特五〇〇喲，飛雅特五〇〇。」

「喔～那……那麼……這樣好嗎？」

巫女子彷彿對車子毫無興趣（她終究是小噗噗一族），對我的話置若罔聞，開始說起莫名其妙之事。

「這樣子……到其他女生的房間，真的沒關係嗎？」

「嗯？嗯，呃……妳是要我走？」

「不是啦！伊君不是常常跟那個淺野小姐一起出門嗎？既然如此，那個……哎喲，不說了！伊君真是個大木頭！」

巫女子一陣嬌嗔，小臉通紅地邊拍打矮腳桌。我不知她為何如此激動，也不知該如何是好。儘管非常莫名其妙，但唯一可以確定的是，我這個存在讓巫女子相當生氣，於是決定先向她道歉。

「雖然搞不太清楚情況，對不起。」

「唔——」巫女子嘀咕一聲說：「那麼我換一個說法好了……伊君會跟淺野小姐一起去購物嘛。」

「嗯，我已經說過好幾次了。」

「那麼你也願意跟巫女子一起去購物嗎？」

對我來說，這是全然無法理解的邏輯；可是，因為巫女子的俏臉洋溢著只能用「拚死的決心」來形容的真摯，我實在無法反問她。

「……這倒無所謂。我也沒有拒絕的理由。」

「真的？絕對？不是故意敷衍我嗎？」

巫女子態度堅決地探出上半身。緊咬下脣，宛如即將號啕大哭的小女孩。完全看不出是十九歲大學生的感情表現。

「妳好像很在乎這件事……發生了什麼事嗎？」

「回答我！」

「……那麼，大概吧。要不然現在跟妳約也無妨。例如這個星期六。」
「真的？你是說真的嗎？」
「我不會說謊的，基本上來說。」
「真的是真的？」
「如果妳真的想買什麼東西……而且——」
「約好了喔！忘記的話，我會生氣喔！」
「……嗯。」
懾於巫女子的魄力，被迫訂下奇怪的約定。可是對我來說，這也並非淨是麻煩之事，於是就答應她了。巫女子總算恢復平靜，一口氣喝光杯子裡的茶。「呼——」吐了一口氣，「對不起。」然後向我道歉。
「我偶爾會突然情緒激動……有時也不知道自己在說什麼。」
「偶爾？妳剛才說偶爾？」
「啊——嗯啊，一天到晚。」
巫女子羞赧垂首。
嗯。
智惠死亡所造成的震撼。即便尚未全然恢復，但巫女子也沒有消沉到要追隨她自殺。至少現在還保持原本的模樣。儘管行為有些怪異，不過這還在容許範圍之內。既然如此，應該沒問題。星期六左右，應該就能徹底康復。

「那我先走了。」我站起來。「今天就先回去囉。」
「咦？咦？咦？已經要走了？對不起，我讓伊君不高興嗎？」
「我一開始就說不會待太久啦？那下次見了。」
「那、那個！」巫女子阻止正欲離去的我。「那個……那個、伊君——」
「什麼？」
「呃……」
巫女子思考片刻，迷惑良久，然後終於開口說道：
「小智最後是想說什麼呢……」
最後的電話。
智惠原本有話想對我說。
「天曉得。我也不知道。我那天是第一次跟智惠說話，怎麼可能知道這種事？話說回來，我也不明白她為何要打電話給我。可是，巫女子，其實妳已經猜到了吧？」
「我……」
聽我這麼一說。
巫女子玉首低垂。
「我一點都不知道。」
「……」
「因為小智……什麼事都不跟別人說的。」

什麼事都不跟別人說。

不敞開心肺，隔著一段距離的存在。

「小智跟我的友情，就好像隔著一層絕對不會破裂的玻璃。重要的事、核心的事，小智什麼都不跟我說。」

「……」

然而那樣的人。

為何有話，想對我說呢？

「……真是戲言。」

「咦？什麼？」

「現在這個狀態，無論我問什麼，妳大概都不肯回答，我就不多問了。巫女子，妳回答我一個問題就好。」

「咦……」巫女子一臉困惑。「什……什麼問題？」

「妳覺得X／Y是什麼？」

「……」

巫女子考慮片刻後答道：「不知道。」

「啊，是喔，是嗎？」

我點點頭，「那麼學校見，抱歉打擾了。」離開了巫女子的房間。出了公寓，暗想接下來該怎麼辦。

堀川通跟御池通的交叉口。

到公寓為止有一段距離，不過走三十分鐘就可以到吧。搭巴士有點浪費，最後決定直接走回公寓。

當時完全沒想到，人類最強的紅色竟然在我的房間裡堵我。

3

我在千本通跟出水通交叉口附近，遇見飄然而行的美衣子小姐。她一看見我，居然朝我的方向快步走來。

「喲。」

「妳好，要去打工嗎？」

「不，今天要去比叡山一趟。」

「啊啊，去找鈴無小姐？」

鈴無小姐的全名是鈴無音音，她是美衣小姐的死黨。在滋賀縣比叡山的延曆寺打工。人稱暴力音音或癱瘓音音，是腦內神經斷裂的時尚大姊姊。我們也有數面之緣，每次見面她必定向我說教。年紀輕輕，卻特別喜歡說教。除此之外，她的人格還有諸多問題，不過基本上跟美衣子小姐一樣，我對這位大姊姊也頗有好感。

「她好像有事要跟我商量，我去一下。明天就會回來，麻煩你看個家。萬一有人找我，幫我記下名字，其他就隨你應付。要是對方看起來很危險，不用理會也無妨。」

「啊啊，嗯，沒問題。」

「另外，你有訪客。」

「訪客？找我的？」

「嗯。」美衣子小姐頷首。

「我察覺時，對方已經擅自入了你的房間。手段非常……不，應該是極度高明。雖然不知來者何人，應該是女性沒錯。她似乎並無惡意，我便沒有多加理會。」

女性？如今會造訪我房間的女性，會是誰呢……我認識的人原本就不多，這個數目理當十分侷限。可是，若從目前的情況考量。

「身高大約這麼高嗎？那應該是刑警小姐了。」

「不，她應該不是刑警。我豈能忍受那種刑警待在公寓？」美衣子小姐自信滿滿地斷言。「而且我也有見過你說的那個『刑警』。只要是我記過的氣息，絕對不可能忘記。對了……那女人的車子好像停在公寓附近。你看過車子，大概就猜得出來了。」

她說到這裡，「告辭。」就朝停車場的方向走去。今天甚平背面的文字是「平穩」。嗯，或許是因為要去見鈴無小姐，美衣子小姐的心情似乎不錯。

話說回來，鈴無小姐嗎……究竟她找美衣子小姐有什麼事？她向來很少主動找別人，實在令人在意。而且還是「商量」，是什麼事呢？她雖然很愛管別人的問題，可是應該不太喜歡跟他人共享自己的問題才對。

「……真令人在意啊。」

不過對我來說，眼下更重要的問題是房間裡的「訪客」。如果不是沙咲小姐，那又是誰呢？無伊實、巫女子……這兩個人的可能性都很低。話雖如此，因為玖渚是超級自閉女，就物理學上來說，絕對不可能出現……

我在中立賣通拐彎。

就在那裡。

「嗚哇……」

真相登時大白。一輛令人眼花撩亂的大紅眼鏡蛇敞篷車，一副道路交通法算老幾似的停在路肩。跟京都街道極度不搭調，足以稱為怪物的無畏級（註32）機器。

「嗚哇……真不想回去啊……」

原本真的打算就此逃去玖渚的公寓，可是倘若被對方發現我有潛逃之意，會遭到何種酷刑，乃是無須想像的親身經歷。我放棄逃亡，拖著沉重的步履返回公寓。

登上樓梯，然後回自己的房間。上鎖的門業已解開一事，根本無須訝異。對那個人而言，模擬聲音、開鎖與讀心術就如同呼吸。一拉開門，只見承包人身穿鮮血般赤紅的酒紅色西裝，翹著二郎腿坐在窗緣，天經地義似的等在那裡。

毅然地。

32 Dreadnought，原指一九〇六年下水的英國巨大戰艦，引申為龐大之意。

超然地的等在那裡。

「……妳好，哀川小姐。」

「我不是告訴你不許用姓氏叫我？」

「……妳好，潤小姐。」

「這樣就好。」哀川小姐嘲諷地笑著點頭。

哀川潤。

一個月以前，因為那座島上的事件而結識的**人類最強**的承包人。留下「有緣再相會了」這種帥氣臺詞逕自離去，隔天卻又到大學來找我玩的怪人。至此之後，到哀川小姐因工作離開京都以前，長達一個星期被她耍得沒時間睡覺，根據本人的親身經驗，她是最好不要深入來往，反治療系的危險人物代表。

若是客觀地、極度客觀地來說，她是非常野性帥氣，甚至令人憧憬的魅惑美女；然而因為那種奇怪的性格與氛圍，就各種意義而言，也讓人難以親近。

「唔——」哀川小姐探索似的看著我說：「你好像並不意外哪。」

「不，我很驚訝的。潤小姐，原來妳已經回京都了啊。」

「有一點工作。嗯，這事以後再說……啊啊，原來如此。那麼顯眼的車子停在公寓旁，猜也猜得到嘛。」

「不、不是這樣，是別人告訴我的，隔壁的鄰居。」

「……咦？為免他人察覺，我還特別小心了呢。真沒想到……」

哀川小姐的臉孔立時變為某種利刃。然而那也只有一瞬間。「也罷。」她說完，臉上旋即恢復成諷刺的微笑。

我脫下鞋子，進了房間，直接走到流理臺。在杯子裡裝了自來水，「請用。」然後遞給哀川小姐。「謝了。」哀川小姐說完，喝了一半左右後，將杯子放在窗臺。

喔——若無其事地處理掉了。只要一次就好，我很想好好嚇唬這個人看看。

「怎麼了？為何又折回京都？」

「就說這事以後再說了嘛。小哥，喏，好好敘敘舊吧。話說回來，你住的地方真不賴。這真是絕佳的環境。」

「潤小姐是從哪裡得出這種評價的？」

「我說的不是這種意思。你應該知道吧？嗯，也罷。對了，你最近在做什麼？」

「沒什麼，只是普通的大學生。我又不像潤小姐那樣過著大姊頭的人生。」

「普通的大學生呀。」

哀川小姐嗤嗤竊笑。

「有什麼奇怪的？」

「沒什麼奇怪的。如果你沒有插手同學被殺的那個事件，也沒有跟殺人鬼交朋友的話，就是一點也不奇怪的普通大學生。」

「……」

「喲——終於嚇到了嗎？大姊姊很高興喔。」

哀川小姐從窗臺跳下來，大剌剌地在榻榻米上盤腿而坐。穿著迷你裙做出那種舉動，雖然不曉得她在打什麼主意，不過實在很希望她能夠克制一下。

「……潤小姐怎麼知道的？」

「你覺得呢？」

哀川小姐滿臉笑意，非常愉快。然而我完全無法解讀這個人在愉快感情的後方，究竟藏有何種物體，光是這樣面對面交談就很耗費體力。更何況，哀川小姐是讀心術高手，我的情緒幾近門戶大開的狀態。我就像在主動亮牌的情況下玩撲克牌，是故根本難以招架。即使煮了、烤了對方，終究無法吃下肚。

假使沒有利害關係，倒是很好的人……

也是我喜歡的型。

「我不知道。完全不知道。基本上，我根本不可能知道潤小姐在想什麼。」

「你也思考一下嘛，然後發現一下啊……我雖然是一匹狼，可是朋友眾多。在京都也有不少熟人。」

「那真是太好了。有很多朋友是很棒的事。這種事連我也認同。嗯，我也瞭解。所以，潤小姐這時所指的朋友，舉例來說是誰？」

「舉例來說像佐佐沙咲啊。」

「……」

「斑鳩數一啊。」

「……」

「還有，玖渚友吧。」

哀川小姐說完，從黑色包包裡取出一個信封。

「喏，你那可愛的、可愛的小友寫的。」

「……給我的嗎？」

「對，她說是『約定的東西』。」

我接過信封。

……原來如此。

哀川小姐在造訪這棟公寓前，先去了城咲嗎？不像我這種毫無能力的平凡大學生，玖渚友（即便性格如斯）乃是電腦高手暨專家。跟哀川小姐的往來自然更加密切。

我一如哀川小姐的吩咐，開始思考。哀川小姐似乎是為了某種工作來京都。關於這個工作，借用了玖渚的能力。正如我借用玖渚的能力，調查智惠被殺的事件。玖渚便請哀川小姐跑腿，帶東西給我嗎？不……總覺得還少了些什麼。因為既沒有要求哀川小姐做這種事的必要，哀川小姐大概也不會接受。

既然如此……我的腦中浮現最要不得的劇本。而這種劇本多半不會是幻想。

「那麼，來收取費用吧？你所知道的京都隨機殺人魔的情報。」

總之哀川小姐不是跑腿，而是討債的……

「潤小姐是來京都——」

「對！我就是來對腦子有毛病的王八蛋講述人間道義的。」
哀川小姐的職業——承包人。
那個職務內容基本上無所不包，說得明白一點，就是「萬事通」。特別是哀川小姐並非專家，而是精通所有範疇的全能者。不論是遛狗、解決密室殺人事件、處理既已肢解十個人類的殺人鬼等等，一旦受託，只要有合理的報酬，她便接受。話雖如此，當然不可能有人花費一大疊萬元大鈔，就只為了請她遛狗。總之，不論合法也好，非法也罷，任何「他人無法達成之事」皆能代為達成，這就是紅色承包人的手腕。
話雖如此。
「京都隨機殺人魔事件的被害人，昨天已增加至十二人了。不知長年待在國外的你能不能理解，這可是空前絕後的數字喔。在日本，特別是在地方都市，這可是萬萬不能發生的事件哪。而且完全不摸不清犯人是誰。既然如此，國家權力者當然只好痛下殺手。」
「所以……潤小姐才到京都出差？」
「正是。」哀川小姐頷首。
「除了我以外……公安人員啦，殺手啦，好像也出動了許多人，不過我其實也不太清楚。很可惜，我很少跟同行來往。反正，我這次的工作就是阻止那個瘋狂解剖殺人鬼的犯行繼續增加。」
「委託人是沙咲小姐嗎？」

「這不能透露。是什麼?守祕義務?職業倫理?反正就是企業機祕。」哀川小姐誇張地伸臂一笑。「哎,不過呀……跟鴉濡羽島的騷動相比,這倒是略有一點價值的事件,不是嗎?」

價值——對於殺死十二個人的異常解體犯,居然說出這種臺詞。面對完全不知對手為何的殺人鬼,哀川小姐不但毫無畏怯之態,卻像要去遊山玩水似的,態度一派輕鬆。

我再度體會這個紅色承包人的危險。

同時也感到這股危險,如今正針對著自己。

「然後,玖渚告訴我了……小哥,你好像知道什麼啊?可不可以告訴你最喜歡的大姊姊呢?」

哀川小姐一邊發出逗弄貓兒的聲音,一邊用手指滑過我的臉頰。逗弄貓兒的聲音也就算了,然而發出那種聲音者非虎即豹,我這隻小小貓兒當然無從應付。

該死的,玖渚那個死丫頭!

互補個屁,那個藍髮小妞!

毫不猶豫地將我出賣……

「喲?居然給我一言不發?眼神閃避?反抗的態度啊。莫非你不肯說?什麼?背信忘義?你不是約好用情報交換那個信封裡的東西?」

「不,可是……對了!我答應交換的對象僅限玖渚。所以……要是告訴潤小姐,呃……不就是背叛？背德？離間？造反嗎？怎樣都好。總之，出賣他人這種事，我實在——」

「咦？」

哀川小姐聲音驟然一尖。倘若視線可以殺人，那我早已身亡，不過要是考量接下來的處境，還是現在趕快死掉比較好。

「可以告訴玖渚，不能告訴我？啥？想不到你竟是如此冷淡的傢伙？是嗎——是嗎——真可悲哪——換句話說，你只聽玖渚的話，我說的話絕對不聽？竟敢給我搞這種反骨精神？」

「啊，不，不是這樣，喏，我跟玖渚說什麼都是無害的，可是潤小姐不是馬上就要有所行動的人嗎？涉及這種直接關係，呃……就是違反我的作風吧？」

「你的意思是我是有害的？」

「不是有害的嗎？」

不知是否對此有所自覺，哀川小姐並未反駁，開始陷入思考。在某種程度的範疇內，還算是可以溝通的人物。然而一旦超過該範疇，結果就昭然若揭。簡單來說，就是惱羞成怒。

「反正你一告訴玖渚，我也會知道啊。那丫頭的嘴巴很不牢靠。所以我現在只不過是自行省略一道手續吧？」

「啊啊，這……這倒也是，但我也有我的難處——」

「嗯？啊，啊──啊──啊──啊──知道啦，知道啦。真是的，既然如此，一開始跟我說就好了。」

哀川小姐抿嘴露出邪惡無比的微笑，溫柔地向我招招手。動作裡無處不是令人毛骨悚然的妖豔與蠱惑。

「那、那個……您知道什麼了嗎？」

「哎，小哥過來呀。我就一如期待，好好地折磨你。」

哀川小姐看見我仍舊一動也不動，便主動朝我爬來。由下而上，帶著某種挑戰性的，或許該說是挑逗性的視線。她依偎似的摟住我，藕臂繞上我的背脊，然後猛力將身體壓向我──

──指甲陷入背上肌膚。

「──什麼？你說什麼？」

「潤小姐，這樣很可怕耶。」

「對了，我的食指正要從你的肋骨刺進肝臟。」

「──」

「別這麼僵硬嘛。對健康不好喔。肉會變得不可口。話說回來……這只是出於個人興趣，你覺得我跟殺人鬼，誰比較可怕？」

哀川小姐邊說邊用舌頭**舔過**我脖子右側的頸動脈。那個敏感的觸覺直接引爆快感，以及不知是否即將被割喉的恐懼同時挖掘我的腦髓。

畜生。

這樣的確是殺人鬼比較好。

「……潤小姐，就算是我，也差不多要反抗了。」

「要試試看嗎？要是這麼做，我也要玩真的囉。」

「……」

「我啊，哪種都無所謂。要你說實話的決定沒有改變。我已經決定要你供出殺人鬼的情報了。這是既定事項。可是，因為你是朋友，才客客氣氣地問你。你想要來溫柔的？或者，想要來硬的？」

「……呃……兩者有何不同？」

兩人仍舊維持相互擁抱的姿勢，是唯一的安慰。既不用看見哀川小姐的臉，也不用讓她看我的臉；可是，即便如此，光憑冷汗和心跳也可以察覺出我的戰慄吧。

「你覺得有何不同？」

哀川小姐一口咬住我的頸部。我的生命如今當真掌握在她的嘴裡。犬齒輕柔地、玩弄似的、故意讓人焦慮似的刺著皮膚，唇間沾滿津液的香舌舔吮肌膚——身子緊緊依偎——玉指滑過背脊——

「在下投降！」我猛力拉開哀川小姐。「我再也不敢反抗了！請原諒我！」

被我突然拉開的哀川小姐，浮起嘲諷但略像天真少女的嬌憨笑容說：

「別那麼認真嘛，開個小玩笑。」

「這太惡毒了……不，是對心臟不好……」
「哈哈哈，哎呀哎呀，這下我可安心了，小哥原來也是健康的男孩子。」
「饒了我吧，唉——」
我喝光自己杯子裡的水，努力恢復平靜。急促的心跳很快就恢復正常，可是冷汗終究難以控制。
這個人，果然很難應付……
早知就該拋開一切到玖渚家避難。
「真是戲言……」
接下來。
我向哀川小姐老實說出，不，應該說是被毫無保留地逼供關於零崎人識的事。雖然也想支吾其詞，蒙混過關，可是面對讀心術高手哀川小姐，我自是不堪一擊。時而恫嚇、時而誆騙，時而脅迫，時而籠絡，對方深知我不但器量不如她，而且欠缺主體性。
從我的記憶無一遺漏地探出零崎的為人、容貌、體格、當時的服裝、說話方式、我跟他相遇的過程、說過的對話，甚至是一起潛入智惠公寓一事。
我跟零崎也不是朋友，只不過是同類、鏡面兩側的關係，既沒有交換任何約定，他也沒有要求我保密。
然而。

對於自己的沒骨氣，總覺得相當頹喪……

「嗯……」哀川小姐全部問完之後，笑容自表情消失，凝神思忖半晌。「那小子……叫零崎？飄零的零，崎嶇的崎？」

「嗯，至少他是這麼說的。」

「零崎人識嗎？啊——還真是討厭的名字……」

哀川小姐似乎真的很不耐煩，倦怠萬分地說。第一次看見這種表情的哀川小姐，感覺有一點新鮮。

「什麼意思？討厭的名字。」

「不、不不不……這個說法或許不太正確。可是，為何偏偏是『零崎』？還真是相當**特殊**的姓氏。」

「……啊，不過，也不一定就是本名。畢竟他也是相當聰明的人，應該不會笨到對初次見面的人報上真名吧。」

「我不是這個意思。就算是假名，選擇『零崎』當假名，也已經脫離常軌了。再假設……如果真的是本名……」

哀川小姐再度陷入沉思。這個人一旦開始思考，便會進入忘我的境界，這時待在她身旁，就有一種自己是透明人的錯覺。不，透明人至少還算是一種存在。現在的我，根本就是空氣。

「就算是好玩，也不可能無聊到自稱『殺之名』那種殺人集團才對……『零崎』啊。

就順位來說，比『薄野』還高吧？雖然還不及『匂宮』、『闇口』……我倒希望是假名哪。不，最好的情況當然是偶然同姓……但終究是不可能吧。我的人生裡不可能有如此碰巧的偶然……原來如此，難怪連玖渚、前『集團』的那群傢伙也束手無策。」

「……很不妙嗎？零崎這個姓。」

「當然不妙啦。性質惡毒至極。如果有人說『你就像零崎一樣』，對我們而言就等於最高極限的侮辱。『零崎』就是這麼不妙。我不想再多加說明了。老實說，關於『零崎一**賊**（註33）』，甚至不想在『說明』上跟他們有所牽扯……嗯，不過有問題的只是零崎這個**姓氏**，並不是**那小子本人**，這次應該無所謂。大概只是意外……總之先不管這個……那小子真的就是京都隨機殺人魔事件的犯人嗎？」

「對，他是這麼說的。」

「只是他自己這麼說，你並沒有親眼目睹殺人現場吧？」

「呃，沒錯。」我點點頭。

「嗯——那麼，換言之，那小子也很可能是『耍嘴皮子』的胡說妄想者囉？」

「有可能。可能性非常高。不過，我倒不這麼認為。」

「是嗎？可是，他不是臉頰刺青？而且只有右臉頰。就連芝加哥也看不到這種傢伙啊。這麼顯眼的小子，居然沒被警察抓到把柄，一直躲到現在？」

「這倒也是……」

33　日文「一族」與「一賊」同音。

我也不是沒有想過這種可能性。可是從他的說法聽來，也沒有否定這件事的要素，而且老實說這種事根本無所謂。

不論結果如何。

對我來說都無所謂。

他或許不是隨機殺人魔。

可是——

「那傢伙絕對是殺人鬼。」我對她說：「哀川小姐也知道吧？我的人生不太正經。在神戶是這樣，在休士頓是這樣，當然在京都這裡也是。就連在『那座島』的時候，我也差點被殺。即便遠遠不及哀川小姐，我也見識過不少地獄。」

而且就連現在，我也並非身處天堂。

「儘管沒有親眼目睹他殺人，但我也差點被他所殺。那傢伙用的不過是一把匕首，卻像面對一把長刀……不，就像面對一枝輕機槍，令人戰慄不已。」

「喔……」哀川小姐或許是認同了，頻頻點頭。「……總而言之，重點就是——自稱隨機殺人魔的解體達人正在這個京都……嗯——知道這件事就綽綽有餘了。」

「綽綽有餘嗎？」

「對，加上我搜集的其他情報，已經有一點頭緒了，雖然只是『一點』。接下來自己解決比較快。而且，自己不能發揮的無聊工作，我也幹不下去，嗯，就是這麼一回事。話說回來……」

哀川小姐點點頭，將話題轉到我身上。

「我的事就到此為止，你究竟在搞什麼？聽玖渚跟沙咲說……你好像插手非常平凡、無聊的事件？」

「是被捲入。」

「被捲入之後，就主動插手吧？擅自潛入被害人的房間，還裝什麼旁觀者咧！」

嗯，的確如此。

哀川小姐一邊說著「搞什麼呀？」一邊愕然看著我。

「你真是讓人摸不著頭腦的傢伙……該怎麼說才好，缺乏主張或風格這類東西嗎？說的跟做的完全不同。」

「這種差距感就是我的個人風格。」

「聽你在胡扯！你就不能客觀審視一下自己嗎？」

「我不是這個意思……」

「別說是旁觀者，你根本就是戲劇旁白嘛。哎，也罷，你愛怎麼做就怎麼做。反正這是你的自由，我也不便插口。而且這件事也跟我沒什麼關係。」

「真是冷淡。」

「這也算不上冷淡。學習一下嘛，未成年。自己的事自己處理，還有既然要做就做到最後。我不是跟你說過了？半途而廢是最差勁的。啊，還有——」

明明不可能，哀川小姐卻像此刻才想起來似的說：

「玖渚的留言。」

接著指著我放在旁邊的信封。

「……是什麼？」

「不可以搞外遇。不過親親臉頰的話，就原諒你。阿伊，愛你咩，啾啾。」

哀川小姐模仿**玖渚的聲音和語氣**如此說完，不懷好意地微笑。

「她——」

「……」

我揚起手表示已經瞭解。

4

就時間來說，是差不多可以吃晚餐的時間，因此我邀請哀川小姐一起用餐，可是她想立刻展開追捕零崎的行動，後來馬上離開了。

「妳覺得X／Y是什麼？」我最後問她。哀川小姐一臉無趣地說：「別向他人確認自己知道的事。」我也覺得她說得沒錯。

目送哀川小姐的背影，我嘆了一口氣。

零崎人識。

哀川潤。

哀川小姐大概沒兩天就會發現零崎吧。儘管我提供的情報少得可憐，對她而言卻已綽綽有餘。不但抵達我所無法想像的境界，甚至毀滅該境界的超然者——哀川潤。思考回路的優異程度自不待言。

接下來，兩人就會發生衝突吧。人類最強與人間失格大概會正面衝突。事及至此，結果再明白不過。倘若零崎人識是殺人鬼，哀川潤就是殺魔人。即使擁有略微優異的殺人能力，光憑哀川小姐的存在感就足以消滅之，她擁有百分之一百，甚至是百分之兩百的絕對性。不論發生何事，都絕對不想與這個人為敵，甚至不想當她的同伴。她就是這麼超然完美的紅色承包人。哀川小姐的性格也因此變化無常……這雖然是唯一的救贖，但稱不上能夠攻陷對方的弱點。

「零崎逃得掉嗎……」

一點點的擔心。

以及排山倒海的同情。

可是，我並未深入思量。

我對另一個世界發生的事，沒有什麼興趣。即便那是照映在鏡子裡的自己，也是一樣。

既然如此，來想想自己的世界吧。

我拿起玖渚給我的信封。

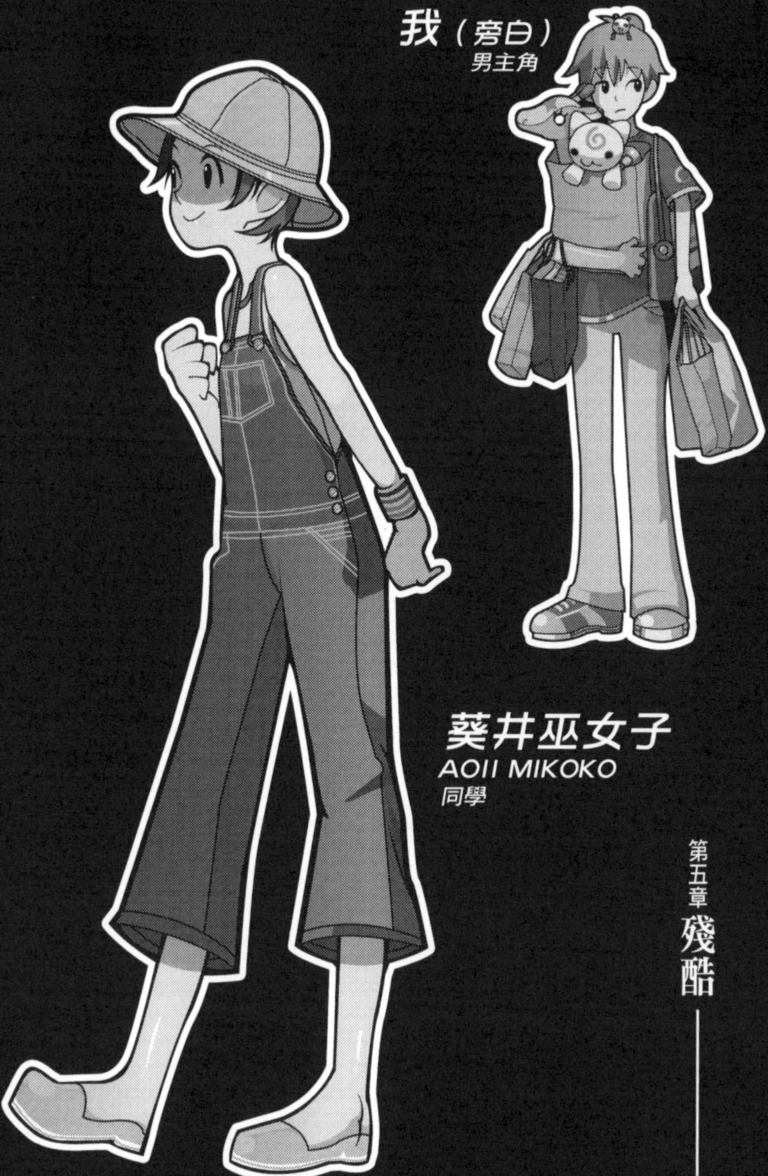
我（旁白）
男主角
葵井巫女子
AOII MIKOKO
同學

第五章 殘酷——（黑白）

愛你愛你最愛你，深深愛著你。

0

1

五月二十一日的星期六，我一大早就醒了。

「……起床吧。」

做了一個不祥的夢。好像快被別人殺死，又好像快殺死別人。儘管傷害對方的意志支配著全身的肉體，我卻一味地遭受對方傷害。逃亡、逃亡、逃亡、逃亡、逃亡、四處逃竄，最後終究被人追上的詫異心情。被人追至窮途末路，情緒卻異常激昂的討厭夢境。

正因為不願回想，才叫做惡夢；正因為是惡夢，才心情惡劣。

挺起上半身，朝時鐘一看。清晨五點五十分。跟巫女子約好上午十點，還有四個小時左右。我漫無目的地疊好被褥，收進壁櫥。

暗忖自己好久沒跑步了，於是離開房間。鎖好門以防萬一，可是這種程度的門鎖，縱使不是哀川小姐，亦很容易打開，而且房間裡根本沒有值得偷竊的物品。

從今出川通往東跑，看見浪士社大學時折返。一路跑回公寓，換下汗水淋漓的衣服。大熱天幹麼晨跑——我一如往常地懊惱不已。

接著閱讀從大學圖書館借來，看到一半的書。但時間還是用不完，便拿起看過不下數次，玖渚給我的信封。

「……」

信封裡裝著警察的非公開資料。

不知道玖渚是如何取得，反正眼不見為淨。任何電氣通得到的地方，那丫頭都有辦法連上，而且她的朋友之中，還有洞悉銀河系一切事物的犯罪者，這件事是千真萬確的。我對絕大多數的刑事案件都興趣缺缺。不用說，這當然是江本智惠殺人事件的資料。

「……可是啊……」

我翻著迴紋針固定的A4資料。

「……」

裡面並沒有新的事實。雖然寫得很詳細，但幾乎都是不相干之事，資料裡的內容跟沙咲小姐告訴我的相去無幾。我居然為這種東西接受哀川小姐的拷問？這麼一想，就覺得悶悶不樂。

話雖如此，當然並非全是白費功夫。

資料裡也有我不知道的事實，以及我應該知道的事實。

「……首先是不在場證明。」

用膝蓋想也知道，江本智惠被殺的夜晚，最後在一起的四個同學（總之就是我們）都脫不了嫌疑。不過，我們四個人都有不在場證明。我的不在場證明和巫女子的不在場證明由鄰居美衣子小姐擔保，無伊實和秋春君則是相互證明。原以為警方會認為無伊實和秋春君有些許的共犯可能性，但他們似乎沒有這種見解。根據沙咲小姐的說法，無伊實和秋春君彷彿是兩人同去卡拉ＯＫ，其實當時還有其他幾位大學同學在場。換言之，秋春君和無伊實的不在場證明，跟我和巫女子的一樣堅如磐石。若要勉強說的話，我的不在場證明最為可疑。畢竟美衣子小姐是透過牆壁確認我的存在。

然而，我當然知道自己不是犯人。

「這方面沒問題……」

接下來，是房間裡的物品。跟零崎一起潛入時，我判斷「房間裡沒有遺失任何東西」，看來這是錯誤的。資料裡詳細列出智惠房間裡的所有物品，大至家具，小至飾品。感受不到絲毫個人隱私觀念的詳細清單，甚至光看這個清單，就讓人產生可以理解江本智惠這個人格的錯覺。

只不過——

這個清單裡，唯獨少了秋春君送的生日禮物，換句話說，就是那個附有一個液體瓶子的手機頸繩。

我親眼看見他把禮物交給智惠。是故，房間裡沒有手機頸繩十分奇怪。若要加以解釋，只能判斷是「被犯人帶出房間」。想當然耳，這種情況下無法忽視「為什麼要做這種事」的疑問。

「那也不是多貴的東西……」

順道一提，撥電話給我的手機，就擺在智惠的口袋裡。手機裡也有通聯紀錄。

現場沒有新增加的東西。絞殺所使用的細布條，好像也被犯人帶走了。

「布條……布條嗎……布條啊……」

接下來，是我沒有從巫女子那裡問到的事。那份資料也詳盡記載了發現當時的情況。巫女子早上造訪那棟公寓，按下智惠房間的對講機。可是沒有回應、電話也不通。這時剛好有住戶從裡面出來，心生疑竇的巫女子便乘機穿過自動門，前往智惠的房間。房門當時並未上鎖。要是來個什麼密室之類的就更加棘手了，幸好沒有搞得那麼複雜。

「還有最後一件事。」

那個「X／Y」的文字。

警察認為那是「犯人寫的」。想當然耳，沙咲小姐也說了，江本智惠是「當場死亡」，不可能留下什麼死亡訊息。這是天經地義之事，我也早已察覺。這種情況下，更加無法忽視「犯人為什麼要做這種事」的問題。在現場留下自己的簽名，又不是開膛手傑克！

「……到此結束。」

以上就是可能有所幫助的新發現。話雖如此，我先前對這個事件所做的推理，並沒有太大的變動。

這樣也好。

至少已經削除了一些微小可能性。只要殘留任何一點可能性，將之擊潰才是我的風格。就目前來說，推理的骨幹可說已經差不多完成了。

「……可是啊……」

我究竟在幹什麼？

我為什麼非得做這種事不可？

是為了智惠？

抑或是為了巫女子？

甚至取得這種資料，浪費無謂的時間，我究竟在幹什麼？

「……真想再向沙咲小姐問個清楚啊……」

想問的事情很多。希望可以否定那些仍然殘留的微小可能性。若非百分之百完美，我就不會使用「推理」一詞。

我將資料收回信封，連同信封整個撕破，再扔進垃圾袋。萬一被誰瞧見就不妙了，況且我看了這麼多次，大部分的內容都已記在腦海。

接下來。

距巫女子來為止還有一個多小時。

若是考量巫女子的遲到毛病，兩小時嗎？

我躺在榻榻米上，試著繼續進行思考活動。

關於這個事件？

不。

是關於自己的滑稽。

幸好時間非常充裕。

殘留的人生。

非常充裕。

2

巫女子很準時。

「今天沒有遲到喲！」

她欣喜雀躍地說完，咻的一聲以雙手比了一個德式敬禮。總覺得她的回路有些詭異，巫女子的情緒看來不是普通的高昂。緊身小背心加上鬆垮垮的吊帶褲。「像是幼稚園兒童戴的」這種表現或許不太好，總之就是低低戴著黃色的帽子。帽緣露出的紅髮看起來十分可愛。可是小背心的尺寸未免太小，宛如赤身裸體直接穿上吊帶褲，總覺得，該怎麼形容才好，實在是……唉，倒也不討厭啦。

「那我們走吧——」

我正想走出房間，「啊，等一下等一下。」巫女子忽然將我壓回房內，自作主張地走了進來。上次也是如此，她是有擅闖他人房間的嗜好嗎？若然，還真是相當反社會的嗜好。

「今天帶了土產來喔，感謝伊君今天的陪伴。」

話還沒說完，巫女子就從跟平時單肩包不同，尺寸略大的旅行用手提包裡，拿出一個包在印花大手帕裡的便當盒。裡面似乎是保鮮盒。

「喔，那是什麼？」

「點心。」

她洋洋得意地說完，打開保鮮盒。裡面有六個形狀類似蒙布朗蛋糕，一口尺寸的地瓜燒。因為外形有一點碎裂，一眼就可以看出是手工製的。

「喔……巫女子也會自己做點心啊。」

「嗯！啊，不過，不要對味道太期待喔。」

「我可以吃嗎？」

「嗯！啊，對了對了。」

巫女子邊說邊從包包裡取出保溫瓶，將杯子遞給我，把裡面的飲料倒出來。紅茶，而且還是馬可波羅（註34）。原來如此，因為知道這個房間只有水，竟然自備飲料

34 Marco Polo，添加中國及西藏水果及花料的紅茶。

嗎？真是不能小覷巫女子。

巫女子也替自己倒好紅茶，接著嫣然一笑。

「那麼，乾杯。」

我隨便跟她碰杯，然後把地瓜燒放進嘴裡。難以置信的甜美滋味在口裡擴散。既然是甜點一類，甜或許也是理所當然，不過我覺得砂糖似乎不是尋常之量。

「……好甜。」

我嘗試表達真實的感想。

「嗯，因為我喜歡甜食。」

「喔……」

我一邊點頭，一邊再吃一口。果然很甜。這麼說來，因為今天沒有吃早餐，巫女子的這個土產倒也正好……咦？話說回來，巫女子之前不是說自己不喜歡甜食？好像有說，又好像沒有，我也記不得了。

……哎，無所謂。

因為是女生，喜好也一定很容易改變。

五分鐘左右，我就吃完了薑汁蕃薯。

「嗯——巫女子真的很會做菜。」

「嗯，因為巫女子是鑰匙兒童呀。」

「……鑰匙兒童是什麼？」

「呃……就是常常自己看家的小孩。你看，因為是雙薪家庭，小孩子就得帶鑰匙到學校吧？」
「……為什麼？」
「咦？因為，喏，既然家裡沒人，沒鑰匙就不能開門吧？」巫女子困惑地繼續說明。「呃……所以才叫鑰匙兒——」
「啊啊……我懂了。」
我將目光稍微移開巫女子，將表情逃向天花板，點點頭。
原來如此……
原來也有這種環境嗎？
「伊君？喏，我說了什麼不好的話嗎？」
「……咦？為什麼？」
「伊君的臉很嚴肅喔。」
巫女子與其說擔心，反倒顯得很惴惴不安，或者該說是畏畏縮縮的態度。我搖搖頭否定，「沒事。」對，什麼事都沒有。我對這種事情完全無所謂。
「那麼，現在可以出發了嗎？那巫女子，妳想去哪裡？」
「咦？」
「不是要去買東西嗎？我記得。新京極？京都車站附近？或者要到大阪？」
「啊，呃……呃……」

簡直像是根本沒考慮過那種事，巫女子一陣狼狽。尋求幫助似的目光四下梭巡，最後回到我身上，說了一個莫名其妙的答案。

「哪裡都好呀。」

「怎麼會哪裡都好？是妳要去買東西吧？」

「伊君沒有嗎？類如想要跟巫女子到哪裡？」

「我又沒有想買什麼。妳看，我的房間很小，買了也必須馬上丟掉。不合理吧？雖然我並不討厭不合理的事，嗯，我沒有真的想要或者想買的東西喔。妳想買什麼？」

「這個……呃……衣服之類的。」

「喔。」

「其他還想去吃吃東西。」

「……那麼，還是河原町比較好？」

「嗯。」巫女子說。我本來就是沒什麼主體性的人，但搞不好她比我更誇張。為什麼連自己要去哪裡買東西都無法決定？可是這樣質問她也沒有意義。

「那走吧。」

我於是帶著巫女子離開房間。走一小段路到千本通跟中立賣通交叉口的巴士站，等待往四條通與河原町通交叉口的巴士。五分鐘左右巴士來了。46號。搭上巴士，難得發現了並排空位，我在靠窗的位子坐下，巫女子坐在我的旁邊。

「……這麼說來，妳是騎偉士牌來的嗎？」

「嗯，是偉士牌喔，偉士牌。」

巫女子略顯緊張地應道。果然上次說得太過分了嗎？畢竟我也是有無法控制自我感情的時刻。

而且還相當頻繁。

「那麼，等會還要回去牽車了——」

「沒問題的，搭巴士的話，車資也是一樣呀！市內車資通通一樣！」

「嗯，這倒沒錯。」

「伊君不買汽車或機車嗎？」

「不買，也沒什麼不方便的。」

「喔……」巫女子曖昧地點頭。「小智也是這樣。小智明明有駕照，卻沒有任何車子。她說只是拿來當身分證明。」

「我也差不多。」

「是嗎？或許大家都是這樣。可是我考上駕照的話，就想開車喔。」

話說回來，巫女子目前好像在上駕訓班。她之前好像說過，考上駕照後，就有人會買車給她。

「我偶爾也會開車，向美衣子小姐借車。」

「喔……」

一談到美衣子小姐，巫女子就突然變得興趣缺缺。就連我也學乖了，若是跟巫女子聊天，絕對不可能因為美衣子小姐的話題熱絡起來。

「是嗎……智惠也有駕照啊——」

「嗯，是啊。」

「原來如此。對了，妳昨天和前天有去學校嗎？」

「嗯，不過不知道為什麼都沒遇見伊君。」

那是因為我昨天和前天都沒去學校。

從玖渚那裡取得資料後，要思考的事情很多。大學生這個職稱的優先順位，在我心裡儘管不至於太低，可是絕對稱不上多高。

「我也見到了秋春君跟小實。跟他們約好下次替小智辦追思會，伊君也要參加喔。」

只有一瞬間，真的只有一剎那的猶豫，我立刻回答：

「是啊，那時記得叫我。」

那是單純的應允，或是臨場客套，就連我自己也不甚明白。若從我的性格考慮，肯定是後者沒錯，可是這種情況搞不好是前者。

抵達四條通與河原町通交叉口，下了巴士。

「好！今天要好好玩喲！」

巫女子高伸雙臂，宣言似的高呼。然後露出堪稱迄今最有魅力、彷彿可以讓全世界的所有糾葛盡數解放、暢快無比的動人笑容。

「黑暗到此結束！今天好好玩樂吧！喏！伊君！」

「……嗯，是啊。」
「對！巫女子勇往直前！」
接下來的六小時。
巫女子一如宣言，宛如真的遺忘智惠的事，玩遍新京極的每個角落。
跳躍飛奔。
活蹦亂跳。
大肆玩樂。
縱情歡樂。
恣意胡鬧。
彷彿既已瘋狂。
彷彿哪裡毀壞。
彷彿失去希望。
彷彿即將融化。
亂舞。
飛翔。
旋轉。
焦著不堪似的。
頑強抵抗似的。

極盡自虐地盡情狂歡。
不禁讓人錯看成妖精。
宛如天真無邪的孩童。
恰似嬌憨率真的少女。
有如純粹的存在。
坦率地表達感情，
歡笑，
嗔怒，
時而隨淚水浮現悲傷的表情，
但最後仍然恢復開心的笑臉。
那個模樣，就連只是伴隨一旁的我，
就連這個，不良製品的我。
「……」
說不定她這時已經有所覺悟。無法拯救她，不，根本**沒有拯救她**的我，說這種話或許只能算是藉口，終歸是戲言，但我仍如此認為。
葵井巫女子大概接受了自己的命運。
「嗚哇，時間咻的一下就過去了，真驚人。」
「愛因斯坦也說過。跟可愛女孩說話的一分鐘，跟把手放在火爐上的一分鐘有天淵之別。」

我宛如愛因斯坦的舊識般地說。「咦？」巫女子忽然喜不自勝地瞅著我的臉。

「這是那個意思嗎？伊君覺得巫女子是可愛女孩？」

「就不否認吧。」

我隨便應道。要是太認真回話，將被捲入莫名其妙的情況，今天一整天讓我學到了這個道理。

我右手拿著三個紙袋，左手拎著兩個紙袋，背上還揹著兩個塑膠袋。裡面的東西幾乎都是衣服，倒也不算太重；可是，看著巫女子接二連三地使用萬圓大鈔，不禁讓人內心發寒。玖渚那丫頭也很喜歡買東西，不過她是在家利用網路購物，現在這樣親眼目睹瘋狂血拚的過程，對我來說也是相當新鮮的一件事。

「那麼……接著，吃個飯再回去吧。」

「對呀！嗚哇！」

「……怎麼了？」

「伊君主動邀我，真開心哩！」

巫女子笑嘻嘻地說。

她今天還真是心情飛揚。

究竟為何如此開心？

我們進入木屋町一間介於居酒屋和咖啡廳中間的餐廳。店內是監獄風格的裝潢，店員打扮成犯人跟女警，是一間相當怪異的店，不過價格還可以，餐點也還可以。以前曾與美衣子小姐來此用餐，這家店對我們兩人來說是可以名列三名以內的店家，不過這件事還是別跟巫女子提比較好。哀川小姐向來只帶我去居酒屋（而且僅限日本酒），玖渚只吃垃圾食物，而其他的朋友淨是不相上下的偏食家。這麼一想，可以一起來這種店家的朋友或許相當珍貴。

（假）女警替我們帶位，將我們帶到禁閉室風格的桌子。

「請兩位先點飲料。」

她說完，巫女子點了雞尾酒，我點了烏龍茶。

「你果然不喝酒啊。」

「畢竟是我的主張，就跟無伊實不在他人面前抽菸是一樣的。」

「對對對！那個啊，其實是小智要求的喔。因為小智很少對朋友有什麼要求，小實才坦率答應了。」

「的確……若不是這樣，她實在不像會替他人著想的類型——」

「可是，小實說她決定戒菸了。」

「……喔。」

「對健康比較好嘛！」

巫女子彷彿試圖揮去陰霾的氣氛，如此說道。不久飲料送來了。我的前面放著雞尾酒，巫女子前面擺著烏龍茶。先不管飲料擺錯位置，我們繼續點了許多食物。

「妳跟無伊實是小學認識的嘛？」

「嗯，小實從小學就開始抽菸了。」

「想不到還能長這麼高。」

「嗯，沒抽菸的話，說不定更高吧？」

那是難以想像的情況。

「小實以前老是欺負同學，不過上高中後就改過自新了。」

「真慢哪。」

「遇見小智後發生了很多事，嗯，很多事呢。」

很多事。

發生了很多事——想必是這樣吧。

倘若共享那麼長的時間。

「……巫女子呢？」

「嗯？」

「聽妳這樣說……無伊實好像深受智惠的影響，那巫女子又是如何？秋春君呢？」

「……」

巫女子默然。「我一直認為人跟人的交往在於時間長短。」接著嘆道：「我一直認為要經過長時間的相處，才能心靈相通。可是，不是這樣。不是這樣的，伊君。即使交往時間不長，即使心靈並未相通，還是可能被對方吸引。」

「……巫女子……妳認為智惠為什麼會被殺？」

「……那種事……那種事我怎麼知道。」巫女子對我的無心之問垂下頭。「小智根本沒有理由被殺。小智根本沒有任何非死不可的理由。」

「我認為人殺人的理由，其實非常單純。」我略微無視巫女子似的說：「簡言之就是『障礙』。假使對方成為自己人生的障礙，自然就想要排除對方。這種想法就跟踢開鐵軌上的石子一樣。」

「可是小智——」

「對，聽說智惠是絕不涉入他人內心的人。換言之，她不可能成為別人的障礙。因為她根本不可能出現在射程範圍內。」

「嗯。」

「換言之，她不可能出現在別人的惡意、敵意、害意所能抵達的範圍。既然如此，就不可能被『某個人』殺死。因為她活著並不會造成任何人的困擾。」

——你這種傢伙／

——光是活在世上／

——就是別人的困擾。

「這種事沒有說得這麼簡單，畢竟智惠並不是活在富士山森林裡的仙女。因為她必須上學，之前也有讀大學，而且過著普通的學生生活。無論如何都勢必產生人際關係。那麼，問題來了，巫女子。妳以自己的意見回答我。人際關係的創造究竟是指什麼？」

「呃……」她雖然迷惑，還是回答我的提問。「是呀，我也不太清楚，不就是跟誰相處融洽的意思嗎？」

「對，正是如此。正是如此喔，巫女子。總之，換句話說就是『選擇某人』。不過，再仔細一想，選擇某人這件事，就是不選擇其他的某人。『選擇』這種行為終究是『不選擇』的相對意味，正如同鏡子映照下的錢幣正反兩面。死黨一定只有一個人，情人一定只有一個人，我並不是指這種低水準的事。這些只是細微末節的兩難推理。我現在說的並不是這種意思，我是指在理論上，沒有任何人能夠被他人喜歡，或者跟誰相處融洽。」

「是嗎……也許不太容易，被某人喜歡也許並不容易，可是，我覺得並不是不可能的。姑且不論被全世界的人喜歡，如果只是自己周圍的人，跟大夥相處融洽，應該不是不可能的。」

「我認為不可能。我是如此深信。這世界可不像妳所認為，淨是溫柔的人喔。既有只將他人視為解體對象的殺人鬼，也有只將世界結構分解成零與壹的藍色，別說是他人，甚至還有對整個世界嗤之以鼻的人類最強。既有理解一切希望和一切絕望，仍舊滿臉笑意的占卜師，亦有別說是他人，甚至連自身存在都只視為單純風格的畫家。甚而還有——只能將善意視為惡意的人類。」

「……」

「智惠**正因為瞭解**這點，才會選擇不涉入他人的生存方式吧？因為減少敵人數量的最佳辦法，就是不交朋友。」

「小智……」

巫女子後面那句「不是那種女生」細若蚊蚋，幾不可聞。猶如在她內心，對此並沒有堅不可摧的保證。

「可是，即使如此，伊君。就算真的是這樣，結果小智還不是被殺死了？」

「正是如此。智惠雖然不跟任何人深入來往，卻又巧妙地、若無其事地隱瞞此事。」

這是我做不到的事。

是我想做也做不到的事。

「話雖如此，她還是被殺了。智惠被殺死了。那麼巫女子，我們這裡試著想想目前街頭巷尾沸沸揚揚的連續解體隨機殺人魔。**那傢伙**隨機殺害他人。不經意看他一眼，或者**不經意沒看他一眼**，肩膀輕微擦撞，或者**肩膀沒有輕微擦撞**，這種理由就已足夠。機械性地殺死他人，自動性地殺死他人。即便是智惠、即便是我，都有充分的殘殺理由。」

「……所以，小智是被隨機殺人魔——」

「好像不是。沙咲小姐……刑警是這麼說的。殺死智惠的人，可以確定不是攔路殺人魔……那麼，稍微改變一下話題吧？對了……妳是否曾經覺得人類太多了？」

面對這個堪稱過於唐突的問題，巫女子轉開目光。可是，看見我依然默默等待她的回答，「就算是這樣，我也不覺得應該殺死他們。」巫女子說道。

「伊君可以容許殺人行為嗎？」

「不能。」

我立刻回答。

「這並非容不容許的問題，而是容許云云之前的問題。殺人是最差勁的行為，我可以如此斷言。意圖殺人是世上最惡劣的情緒。祈望他人死亡的行為，是無可救藥的惡意。因為這是無法彌補的罪孽。對於無法謝罪和贖罪的罪行，又從何討論容不容許？」

甚至不像自己的聲音。

冷酷無情的語氣。

徹徹底底的戲言。

無可救藥的究竟是誰？

「殺人的人類，沒有任何例外，都應該墜落至地獄深淵。」

「可、可是……」巫女子聽見我的臺詞，渾身戰慄似的咕嚕一聲吞下口水，但依舊竭力反駁。「假如是自己身陷危機的情況呢？假如伊君半夜走在鴨川公園，結果現在最熱門的隨機殺人魔拿刀襲擊你。這時伊君會默默地讓對方殺死嗎？」

「——不，我會反抗。」

「我就說吧？」

「對，正是如此。或許我將會失手殺死對方。既然我是這樣，其他人想必亦然。然而……我接著就會醒悟。自己為了生存而殺死他人，這時就會發覺自己這個存在的罪孽有多深重。醒悟到自己光是活在世上就罪孽深重，犯下縱使一死亦無法補償的罪行。」

「……可是，可是會被殺死呀？那時想要求生，是生物與生俱來的本能吧？」

「把這種本能視為當然亦是滔天大罪。我說得更明白一點吧。」

我宣言似的說：

「我是能夠下手殺人的人類。」

「……」

「不論是為了自己，或是為了他人，我都是可以殘殺他人的人類。不論對方是朋友，或是家人，我都是可以下手除之的人類。妳覺得是為什麼？」

「……為什麼呢？我怎麼知道？」巫女子忐忑不安地說：「我覺得這是不可能的，因為伊君很溫柔。伊君不可能做出這種事。」

「我可以，肯定可以。因為我完全無法理解他人的痛苦。」

「……」

「舉例來說，我的朋友裡面，有幾乎欠缺一切感情的女生。那丫頭成天都很開心，但只是因為她不知道其他的感情。因此，她無法理解他人悲傷的感覺，以及他人發怒的感覺。」

只能如此解釋世上的事。

無法區別樂園與失樂園。

「我也是這樣。不，或許比她更差。完全不瞭解他人的痛苦。因為我無法正確理解『痛』與『苦』的感覺。我甚至不覺得死亡是一件討厭的事。雖然不至於尋死，可是對死亡的抵抗意識濃度異常的低落。換言之，就是這麼一回事，巫女子。」

「……」

「人類為了避免殺人，有許多遏止機制。其中最重要的關鍵，就是認為『這傢伙大概很痛』、『真可憐啊』這種心情。沒錯吧？的確如此。舉例來說，妳也有過想要傷害某人的衝動吧？不過，我想妳大概不會毆打對方。」

「……嗯，我從來沒有出手打過別人。」

「可是，曾經想要打人吧？」

巫女子未置可否，但是這比任何回答都明確，而且也不代表她有罪。即使是在天堂，人類亦不可能對眾人都沒有害意。

「總之，就是可以對他人投射感情。因此可以同情，可以憐憫，亦可以感同身受。不過這並非淨是好事。畢竟也能夠將羡慕、嫉妒這類感情轉嫁給對方。『瞭解他人的心情』，這既是優點，亦是缺點。」

倘若能夠完全理解他人心情，大概就跟那座島上的她一樣毀壞了。

「不過，暫且擱下得失方面的哲學思考。重要的是，我沒有這種遏止機制。完全無法理解他人的心情，而且必須自我壓抑。這是無法想像的極大痛苦，一點也不光彩。話雖如此，我迄今依然壓抑住那頭怪獸。」

在體內飼養那頭怪獸，卻仍寡廉鮮恥地苟活嗎？

「伊君……」

「隨時衝破極限都不奇怪。正因為如此，我無法容忍殺人行為。豈能容忍？那個存在本身就令人憤恨，可惡至極，恨怨恨到了極點。這正是發自內心的痛恨。我單純地想要破壞它。」

「……」

「騙妳的。我根本沒有這樣想。」

這時，我們點的菜來了。

巫女子加點了酒精飲料，我點了開水。

兩人相對無語，默默用餐。

「……喏，伊君。」

「……什麼事？」

「你為什麼要跟我說這些？」

她充滿疑慮。

猶如在責怪我破壞如此快樂的一天。

我默然搖頭。

這大概是很冷酷的動作。

「我想妳可能想聽這些吧。妳不想聽嗎?應該不會吧?」

「……」

「同時我也希望妳能夠瞭解——我是多麼差勁的不良製品。」

「什麼不良製品……這種說法太殘酷了,竟然這樣形容自己。」

「正因為是自己,才能這樣說。如果不是不良製品,那就是人間失格了。妳不覺得嗎?其實常常有人這麼說。只要是跟我熟一點的人,就會這麼形容,說我『脫離常軌』。『異常』、『異端』、『奇怪』、『惡劣』——而且這些都是對的。」

「總覺得……」巫女子坐立不安地說:「伊君好像哪天會自殺似的。」

「我不會自殺的,因為已經答應別人了。」

「……答應別人?」

「答應自己第一次殺死的人。」

一瞬間。

我將骰子牛排放進嘴裡,「騙妳的。」然後如此說。

「很可惜,我的人生沒那麼戲劇化。而且我也沒有浪漫到可以答應別人這麼了不起的事。我只不過缺少某種重要元素,其餘就是平凡的人類。之所以不會自殺,哎,只是因為太難看了。就像在逃避自己的缺點。嗯啊,當然我本來就在逃避,不過被別人發現也未免太悲慘了。」

「……我知道伊君跟其他人不太一樣……可是如果伊君自殺，我會哭的喔。一定會哭的。什麼良不良的，這又怎麼樣？伊君現在不是也活得好好的？」

「壞掉的東西可以修，但欠缺的東西是修不了的。」

「……啊啊……」巫女子嘆息。「總覺得好像在跟小智說話。」

「喔？妳跟智惠常常聊這種事嗎？」

「唔——不是這樣……小智不會跟別人談得這麼深入。但是，如果**真的**跟小智聊的話，大概會是這樣。」

「這樣的話——」

這樣的話，那真是太可惜了。

我應該跟江本智惠多聊一點的。

這樣的話——／——這樣的話？

這樣的話，又能怎樣呢？

你以為自己會因此有一點救贖感嗎？你以為誰會因此而得救嗎？

基本上。

基本上，**正因為跟她交談過，正因為談過了，她才會**——

「智惠大概……」我移開目光說：「並不怨恨犯人。大概一點都不怨恨犯人吧。」

「……伊君為什麼這樣想？」

「第六感。除了第六感之外，沒有任何理由。只不過是無謂的感傷。可是，智惠也許是這樣想。以那個女生的性格來看，肯定不會怨恨他人。」

我故意不用過去式，而以現在進行式說道。

現在進行式。

「基本上……既然是從後方勒頸，也看不見犯人的臉。縱使想要怨恨，也不知該恨誰吧？」

「……犯人的臉……」巫女子重複我說的話。「殺死智惠的犯人——」

「不過，智惠也許對這種事根本沒有興趣。因為**不論被誰殺，結局都是一樣的**。被殺害終究只有死路一條。不論是誰下的手，死亡之事都不會改變。而智惠也跟我一樣，對死亡本身並沒有太大的抵抗吧。我對這件事有某種程度的自信。智惠似乎不太喜歡自己。那一天她也跟我說了——假使能夠投胎轉世，真想變成巫女子。」

巫女子聽到這裡，驀地。

露出泫然欲泣的神情。

儘管終於忍住淚水，接著卻輕輕呢喃了一陣子：「小智……小智——小智……」

我無動於衷地看著她。

真的、真的沒有任何感觸地看著她。

「……妳認為誰是犯人？」

「……你對這件事真的很在意呢。」巫女子略顯訝異地說：「莫非伊君在調查事件的犯人？」

「沒錯。」

我坦然答道。

「與其說是調查，倒不如說是我想知道。想跟犯人見面，然後詢問對方。不，是想質問對方哪。」

「——質問對方能否容許自己的存在。」

「伊君……」巫女子悲傷不已地說：「真可怕，好可怕，真的好可怕。」

「會嗎……我自己倒不這麼認為，不過搞不好是這樣。」

「伊君是可以將自己內心的規則投射到他人身上的人。該怎麼說才好呢？不但將自己視為世界的零件，也只將他人看成世界的一個齒輪。唔——不是齒輪，齒輪只要少一個，整座機器都會停頓，伊君則是認為別人少一、兩個也無所謂。」

「……我應該沒有這樣想。」

「我還是不認為伊君能夠若無其事地殺人。可是，伊君大概可以毫不猶豫地叫別人『去死』。」

「……」

「我說得沒錯吧？呃……向殺死小智的犯人質問那種問題，就跟宣告『你沒有生存的資格』是一樣的吧？很殘酷的，這是非常殘酷的。伊君，你明白嗎？」

「我明白。」我立刻回答。「就是明白才這樣說。無論是自己的罪孽深重、自己的所作所為，抑或是自己的戲言程度，我都猶如墜落地獄深淵般地理解。曾經有人告訴我，所有的殺人都是出於『無技可施』、『一時衝動』，然而對於這種情況——我可以自覺性地殺人，不是為了自我肯定、自我欺騙、自我否定、自我滿足，我就是可以出手殺人，殺死稀有、低劣人類。」

「伊君真是有自虐傾向。」

「我是被虐狂嘛。」我輕佻地答道：「而且是極度惡質的被虐狂。不過，這是我的風格、主張、個性，沒有任何讓步的打算。」

「我想也是。」

巫女子看起來，有一點寂寞。

彷彿看著遠方的人，

彷彿看著既已死亡的人，

剎那間，

目光無限悲傷。

表情。

情緒。

沒有隱藏任何情感，

因為她從不隱藏自己。
我明白。
我理解。
宛如，
瞭解他人心情的，
錯覺。
「可是我……」
若要打比方的話。
溫柔的心情。
愛憐的存在。
思慕的話語。
渾樸自然的氣息。
若無其事的氛圍。
唯一一個不可能。
宛如教人無法置之不理。
令人頭暈目眩的惡夢。
宛如現實即將歪曲損毀。
眺望對方。相對而立。

猶如被毆打的快感。
猶如被刺穿的快樂。
猶如被肢解的愉悅。
彷彿支離破碎、四分五裂。
彷彿某種重要之物遭人掠奪。
心臟被緊緊揪住。
心靈被冒犯的，
微笑。

「我最喜歡這樣的伊君。」

3

某個不良分子般的傢伙獨自蹲在公寓前面。我半信半疑地走近一看，哎呀呀，一如所料，正是哀川小姐。上次見面是星期三，她好像剪了頭髮，髮型略顯不同。瀏海齊眉削成一直線，就像藝人偶爾會留的個性髮型。哀川小姐的身材比例原本就很好，加上這個髮型，看起來更像模特兒了。當然前提是假使她沒有坐得跟不良高中生一樣。

「喲！」哀川小姐一看見我，就起身走來。
總覺得她笑得像是貓仔般。
「約會如何啊，伊君？」
「……妳跟蹤我們嗎？」
「只是碰巧在新京極看見你們。想要取笑你，才先繞回公寓。」
「……報復嗎？」
莫非這個人其實很閒？我有點傻眼。真是教人摸不著頭腦的人。完全無法推測她下一步會做什麼。真可說是神出鬼沒。
「……剪頭髮了啊。改變心情？」
「正確地說，應該是被剪了。」
哀川小姐玩弄著瀏海說。
「……喔，這樣說也對啦。」
「嗯，被求生刀這麼一劃。要是再慢一秒鐘，左眼就沒了呢。就連我都不禁吃了一驚。」
「……」
真是討人厭的美髮師。
「既然如此，乾脆趁機剪個大膽的短髮……你覺得如何？適合我嗎？」
「哀川小姐留什麼髮型都很適合，因為原本就是美女。」

「小哥真會說話——不過我不是叫你別用姓氏叫我，要說幾次才懂？」

哀川小姐伸臂拽住我的脖子。半開玩笑地用拳頭磨蹭我的頭頂，好半晌才鬆開。

接著露出邪惡的笑容。

這個人真是教人無法怨恨。

而且假使真的怨恨她，下場更加可怕。

「所以呢？怎樣呀？約會的情況？你把那個妹妹怎麼了？嗯？嗯？嗯？跟大姊姊說說看呀。有困難的話，我可以給你建議喔。」

「妳好像誤會了……潤小姐，她是這次事件的關係人。」

「……嗯？咦？是這樣嗎……那麼，她……莫非那個小妞是葵井巫女子？」

我對哀川小姐點點頭。「喔……」她略顯坦然地應道。

「原來如此……哎，不論如何，既然在這種時間回公寓，那就是沒戲唱啦？」

順道一提，現在是十一點。

巫女子後來發瘋似的攝取酒精，結果當然是醉得一塌糊塗，在店裡睡著了。我揹著醉醺醺的巫女子回到堀川通跟御池通的交叉口，扶她在房間裡的床鋪躺下，鎖好門，再搭巴士返回公寓。她這次似乎並不是裝睡。

「真可惜哪——未成年。大姊姊來安慰安慰你嗎？」

哀川小姐打從心底愉悅似的揶揄我。

「所以，就說不是那樣了……而且……」我趁情況尚未失去控制前轉移話題。「那個，剪潤小姐頭髮的美髮師，莫非是零崎？」

「……」

哀川小姐的表情猛然一歪。

更加愉悅地說：

「……啊啊，他真是了不起的小鬼哪。以殺人鬼來說，只能算是二流，不過要刀技巧已經是一流的了。本能上理解如何運用全身每一塊肌肉，才能發揮人類的極速。你看看這個。」哀川小姐說著捲起右手袖子。上面纏著繃帶，紅色的血液從繃帶內側滲出。「而且他幾乎沒有受傷。真是了不起的小鬼，不愧是姓氏裡有『零崎』這兩個字——」

「……零崎比潤小姐更強嗎？」

「這不是強弱的問題。就單純的力量關係而言，我有自信比他高強數段。我承認那小子有『駭人聽聞』的極速，不過要與我為敵還早一百年。」

喔喔，自戀狂哀川。

真是了不起的自信家。

「只不過，呿，那小子只是一味逃亡……想不到是頗為冷靜的小子。我以為殺人鬼都是逞血性之勇的傢伙。不過，真的跟你說得一樣。」

「什麼事？」

「那小子跟你『一模一樣』。並非有什麼相似之處，而是真的一模一樣。」哀川小姐諷刺地說：「超級變態被虐狂和超級變態虐待狂，真是的，你們果然是一對。」

「換句話說……」我盡量慎選詞彙地說：「那個，總之潤小姐雖然發現零崎，結果卻讓他給逃了？」

「嗯？」哀川小姐用令人畏懼的神情笑著擰我的臉頰。「剛才說話的是這張嘴嗎？咦？什麼？哀川潤是虛張聲勢、耍嘴皮子的女孩？」

「不，我沒這麼說。基本上說女孩也已經超齡了……」

痛痛。

喔喔，沒想到人類的臉頰竟如此有伸縮性。

「……嗯，算了。」哀川小姐突然撒手。然後百般無趣地搔頭。「……小哥說得沒錯。我的修行還不夠……那個顏面刺青，現在還在京都嗎？」

「如果我是零崎，確實會逃到其他縣。」

「說得也是。」哀川小姐香肩一垂。

「哎呀呀，麻煩死了……原本根本不想讓他逃走的啊。」

看見哀川小姐說這句話時的冷峻目光，忍不住開始同情零崎。畢竟哀川小姐很難纏哪……

「那麼，打擾了。」哀川小姐伸伸懶腰，準備離開。今天似乎沒有開車，而是走路來的。「不，是原本想打擾，結果沒辦法打擾嗎……哎，怎樣都無所謂。晚安，祝你我都有好夢。」

「……潤小姐，我可以問一個問題嗎？」
我朝她的背影問。
哀川小姐只有轉動脖子說：
「什麼事？」
「潤小姐容許殺人行為嗎？」
「……嗯？什麼跟什麼？是什麼比喻嗎？」
「呃，總之……更直接一點說，是啊……潤小姐覺得殺人也無所謂嗎？」
「對啊。」
她立刻肯定答道。
「假如是該死的人，那傢伙就該死。」
哀川小姐揚起諷刺的笑容。
「舉例來說，殺死我好了。安啦！這個世界不會因此有任何改變。」
哀川小姐帥氣地說完，輕輕揮手，然後離開了我的視野。
「……」
真是的……
倘若可以看得跟她一樣開，倘若可以跟她一樣譏嘲，那是多麼好的事。
「我這種傢伙真是……」
不上不下。

自己對自己傻眼。

何止傻眼，根本是輕蔑。

「……可是，不論如何，這都是戲言哪，哀川小姐。」

我進入公寓，沒碰上任何人就抵達房門。將手伸進口袋找鑰匙，突然摸到異物。取出來一看。是巫女子房間的鑰匙。

「……」

為了進入巫女子的房間，我擅自從她的包包裡拿出鑰匙。畢竟不能不鎖門就離開，就逕自借了鑰匙鎖門。原本打算將鑰匙扔進信箱，可是鑰匙圈除了房間鑰匙外，還有偉士牌的鑰匙，因此一起帶了回來。我打算明天跟偉士牌一起送回她家。哎，我真的不是單純想騎偉士牌喔。

「……而且，必須還她的也不只有偉士牌跟鑰匙嗎？」

不管我是多麼不通情理、目中無人、卑鄙無恥，既然對方如此直言不諱，我終究無法視若無睹。

葵井巫女子。

「……我想起來了，巫女子。」

進入房間，沒鋪被褥就直接躺下，我喃喃自語。

從那個驚世駭俗的小島返回京都，初次上學的那一天。對日本大學系統一無所知的我，第一個出聲招呼我的就是巫女子。

「你好！有什麼不懂的地方嗎？」

一臉燦爛笑容。

對遲到的同學，伸出援手。

我對這件事，感到極度鬱悶，同時略微感謝。

因為那種活潑開朗、天真爛漫的氣氛，跟我某個重要的朋友有些相似。

「……真是傑作啊。」

我模仿零崎說完，

閉上眼睛。

無力思量明天。

亦無心思索事件。

甚至不去想隨機殺人魔。

也不去想承包人和唯一的友人。

什麼都不想思考。

第六章　異常終了————（以上・終了）

葵井巫女子
AOII MIKOKO
同學

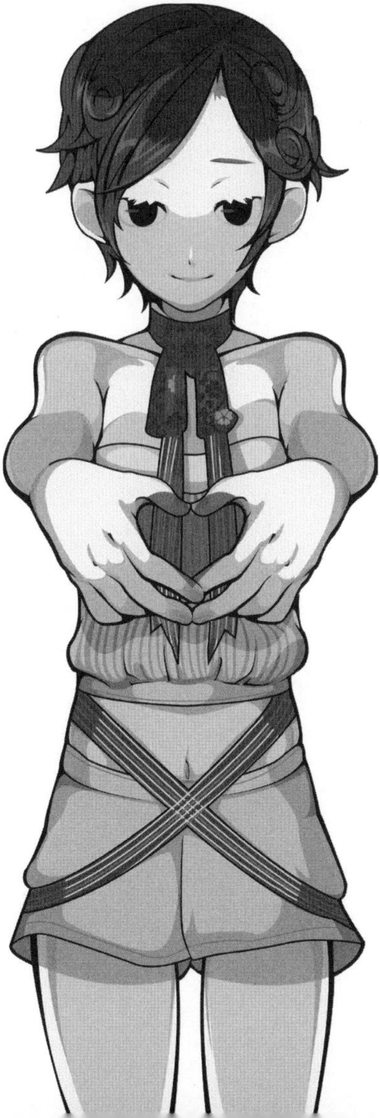

10

我求求你，別讓我再有所期待。

「我明天再來。十二點左右。那時給我答案。」

這是我留在巫女子房間矮腳桌上的紙條。騎摩托車的話，不到十分鐘就能抵達她家，時間十分充裕。

早上八點起床。為了打發時間，稍微晨跑片刻，事後卻感到後悔。美衣子小姐約我吃早餐，因此到她房間用餐。與其說是日式料理，幾乎都是素食，雖然沒什麼山珍海味，不過分量充足，至少可以填飽肚子。

「那麼，我去打工了。」

美衣子小姐在十點左右離開公寓。

我返回自己的房間，打發時間。原本打算像先前那樣玩八皇后，不過思考回路一直不順，到第五個皇后就放棄了。接著改玩傳教士與食人族的遊戲（註35），但也沒兩下

35　如何讓三名傳教士和三名食人族平安渡河的問題。前提是船一次只能載兩個人，以及傳教士人數一旦少於食人族，將有生命危險。

就膩了。假如有電腦的話，至少可以打打電動。果然應該跟玖渚要一臺嗎……不過只為了打發時間，就讓房間面積變小，總覺得不是高明的想法。而且既然是空閒時間，打不打發不都一樣嗎？就像我跟巫女子說得那樣，我並不討厭無聊，也很習慣等待的時間。

「……」

一如知識淺薄的孩子們的最佳選擇，我從很小的時候就看過小王子的繪本。當時完全看不懂內容。

周圍的人對我說：「你長大以後，就會明白這本書的好處。」

前陣子想起這件事，又重讀了一遍。

果然還是一頭霧水。

「零崎……已經離開京都了……我也沒辦法聯絡哀川小姐……玖渚又是家裡蹲廢柴……」

我真的沒有一個正常的朋友。儘管我打從一開始對此就沒有任何期待。

有時仍不免會想。

我以為自己是一個人孤獨地生存，其實只是被豢養在牢籠裡。

「想也是白想。」

終歸只是世界登場人物之一的我，不可能俯瞰整個世界。尤其我既非主角，亦非配角，不過是哀川小姐所說的戲劇旁白。在與世界毫無關聯之處，拙劣地講述故事裡的篇章。
基本上。
這種程度的事實，甚至稱不上是自虐。
「出發了嗎……」
現在時刻是十一點。雖然有點早，不過早一點也不是壞事。如此決定後，我離開公寓，走向停車場。發動舊款偉士牌的引擎，戴上安全帽。安全帽是昨天巫女子放在房間裡的半罩式帥氣款。我再如何努力都很不搭，不過因為尺寸剛好，至少可以達到安全帽本身的保護目的才對。
出發。沿著千本通前進，在丸太町通轉向東方。抵達堀川通再往南走，就這樣一路馳騁。
破風而行的感覺舒暢無比。
可以略微遺忘，活著這件事。
跟預定一樣花費十分鐘就抵達御池通。將偉士牌停在巫女子公寓的地下停車場，鎖好車子。從停車場出來，轉到公寓前門。
「上次在這裡浪費了一個多小時哪……」
非常丟臉的回憶。我的記憶力就只有這種事情無法遺忘，真是傷腦筋。既然如此，至少善用這個記憶，切莫重複相同的失敗嗎？
我腳步未停，直接進入公寓。向監視攝影機輕輕打過招呼，走進電梯裡。

到了這時。

到了這時，我還是什麼都沒思考。

對巫女子的告白，該如何回覆呢？

對她的好意，又該如何回報呢？

這一切，我什麼都沒思考。

「騙人的。」

其實我早已決定了。

回答她的話語，只有一句。

是故，根本無須迷惑。

一旦考量自己是何種人類，巫女子是何種女生，答案就像數學公式般呼之欲出。

話說回來，現實畢竟無法一如演算式簡單。若要舉例來說，就像思考圓周率的最後一位數是奇數或偶數。對於一直遊蕩在乘以高除以二就能算出三角形面積的底邊附近思考的我，不論是方程式、公式解答或演算，都再愚蠢不過了。

每次決定一件事，總是在最後的最後改變意見，這就是我的風格。既然如此，現在思考什麼都沒有意義。

我在四樓下電梯，走在走廊上。

三號室。

「……好像是這裡吧……」

雖然記不太清楚，不過好像是這裡。

巫女子已經起床了嗎？看起來也不太像低血壓，可是從遲到大王這點來看，實在不像有早起的習慣。

我按下電鈴。

「……」

沒有回應。

「……咦？」

這個意義，並非只是室內沒有回應。

反應的主體，以及聲音的形體，一切都不存在。

「……這個……應該不是我多心吧？」

再按一次電鈴。

還是一樣。

室內沒有任何動靜。

焦躁。焦躁。焦躁。

心跳加速。

身體機能出現異常。

「……」

我悶不作聲地不停按著電鈴。

一次、兩次、三次、四次。
超過五次時，我放棄計算。
我察覺到了。
不是多心，而是某種預感。
這個感覺與其說是預感，更加接近預知。
「就好像永無止盡地觀賞著業已熟知情節的電影。」
那個預言者好像是這麼形容的吧？
絕對無法觸及的顯像管後方。
縱然不願理解，如今亦能理解那種心情。

葵井巫女子。
同學。
總是樂觀開朗　　偶爾也會悲傷
告訴我
她喜歡我的女生。

這是印象。
彷彿遺忘在某處的情景。

勾起鄉愁的風景。
不知何時開始，過於接近自己
甚至忘了它的存在
亦沒有想起的必要
邪惡
令人避諱的
光景。

死亡。

虛無。

「……、……」

我畏懼某事似的低語，
開啟巫女子房間的門。
然後，

葵井巫女子死了。

2

殘酷的情景。慘厲的情景。
我杵在巫女子房間的中央。
完全無法移動。
噁心。噁心。噁心。噁心。
噁心。噁心。噁心。噁心。
作嘔。作嘔。作嘔。
極度不適。
按著胸口。
想吐。
將絕對無法消化的東西壓進腹內的感覺。
目光望著床舖。
巫女子橫躺在那裡。
沉睡。

應該是沉睡吧。

即使那具身軀失去機能。

即使心臟不再跳動。

即使那纖細的玉頸，

殘留著無情的布痕。

即使再也無法睜開雙眼。

我也不願用其他說法來表現。

砰咚。砰咚。砰咚。砰咚。砰咚。噁心。頭昏腦脹。頭昏腦脹。頭暈目眩。暈頭轉向。頭暈眼花。某種東西瘋了、瘋了、瘋了、瘋了。

不，發瘋的是我嗎？

即使是現在，

在這裡，

　　也彷彿即將倒地不起。

心跳急促。

呼吸困難。

難以生存。

彷彿即將窒息。

眼球深處發熱。

心臟深處發冷。

「……」

試圖讓自己冷靜，我努力吞了一口唾液，卻失敗了。痛苦。痛苦。苦不堪言。

「葵井巫女子……」

我開口說了。

宛如說給自己聽一樣。

「被殺死了。」

砰咚一聲。

我真的一屁股倒在原地。

我早已習慣人類的死亡。

也已習慣自己朋友被殺。

對我而言，死亡是很接近的事。

然而。

難過。痛苦。苦不堪言。

痛心疾首。

我大概永遠都無法忘記。

進入房間的瞬間，巫女子躍入視網膜的「死亡本身」。她那具沒有殘留任何意識的屍體，我大概永遠都無法忘記。

「唔——」

竭力喚醒猶如墜入無底深淵的意識。

然後目光再次轉向巫女子的身體。

仰躺在床鋪上的巫女子。

痛苦扭曲的臉孔。

發紫瘀血的側臉。

見過她那開朗笑容的我，

這實在太過殘酷。

服裝並非昨日的吊帶褲。

雪白的露背襯衫，以及同樣是白色但偏奶油色系的褲裙。實在不像準備赴死的服裝。

「……」

我想起來了。

這是巫女子昨天瘋狂採購的服裝之一。

她生前最後購買的衣服。

巫女子試穿後問我：「適合我嗎？」

之前一直含混過去的我，終於拗不過她，「很適合。」

忍不住如此回答的這件衣服。

昨晚將巫女子搬進來時，我當然不可能幹出替她更衣的事。只有將她放在床鋪上。換言之，巫女子曾經醒來一次，換過衣服吧。

然後，在那之後……

她究竟是在何種心情下換穿這件衣服呢？

她又是在等誰呢？

這個時候，我的思緒既已停頓。

然後。

在她的頭部旁邊。

紅色的文字。

X／Y。

寫著

跟智惠房間裡相同的式子。

「……真是一派戲言哪。」

我取出手機。

接著按下記憶中的號碼。

第一聲響到一半，對方就接起電話。

「你好，我是佐佐。」

「喂……」

我正想報上姓名，但沙咲小姐搶先說道：「啊啊，是你啊？」似乎光憑聲音就記住對方。而且我跟她只說過一次話。假使不是現在這種情況，我應該會感到欽佩不已。

「怎麼了？你想起什麼了嗎？」

沙咲小姐的聲音很冷靜。

這讓我感到內心不悅。

不愉快。不愉快。

「……沙咲小姐，那個……我……葵井她——」

「什麼？抱歉，我聽不太清楚，請你說大聲一點。什麼事？葵井同學嗎？」

「是的……葵井她被殺死了。」

「……」話機另一端的口氣驟變。「你現在在哪裡？」

「葵井的公寓——」

「我馬上去。」

通話猶如一個生命般輕鬆切斷。我維持手機擺在耳畔的姿勢片刻。眼前依舊是巫女子。

「真是……」

我向沉默的巫女子攀談。

無謂之事。

不但無謂，而且不像樣。

「……真是的，我究竟打算對妳說什麼呀……」

巫女子。

肚子吞下異物的噁心感依然。完全也沒有轉好的跡象。

不到十分鐘，警察就趕到了。

「你還好吧？」

沙咲小姐問完，抱住我的身體。我的神情大概非常絕望，沙咲小姐似乎真的很擔心。

「你還好吧？」

沙咲小姐又問了一次。我無法用言語回應，只好抬起手臂示意。沙咲小姐看見後，認真地點點頭。

「你先到外面。來，快點。」

我扶著沙咲小姐的肩膀，一起走到走廊。電梯那頭來了一群警察模樣的人物。咦？數一先生不在。那個人沒來嗎？或者是在其他地方做其他事嗎？或許是這樣，又或許不是。

「嗚……」胸口氣悶。胸口氣悶。胸口氣悶。「嗚嗚嗚嗚嗚……」

噁心。噁心。

極度噁心。

胸口彷彿即將燃燒，彷彿將要從內側引爆，某種東西在內臟翻攪似的不快感乘著血液流竄全身。悶熱、悶熱、悶熱、悶熱。

發狂似的痛苦。

沙咲小姐將我帶離公寓，讓我坐在豐田皇冠的後座，自己坐進駕駛座。接著回頭問我：「你冷靜下來了嗎？」

我默默搖頭。

「……是嗎？」

沙咲小姐對這樣的我投以怪異的視線。

「……我以為你就算看見屍體也無所謂的，即使那是朋友的屍體。」彬彬有禮的語氣略變，沙咲小姐說道：「你比我想像得更纖細。一臉快要死的表情呢。」

「……就當成妳對我的讚美——」

正想說「收下了」時，突然一陣噁心，連忙伸手摀住嘴巴。再怎麼說，也不能在沙咲小姐的車子裡吐。我努力控制內臟器官。該死的！連句玩笑都說不出口了嗎？

「喔——」沙咲小姐一臉無趣地頷首。「雖然是潤小姐的寵兒……想不到如此沒骨氣啊。」

……

啊啊，這麼說來，哀川小姐好像說過她跟沙咲小姐是舊識……想著這種無關緊要的事，努力轉移注意力。我抬起低垂的身體，將全身體重靠在椅背上，然後用力深呼吸。

「……嗯，沒錯，我的人格其實非常脆弱。不過，我自己也不曉得究竟是脆弱、靠不住，或者只是卑劣——」

「你在說什麼？我聽不太懂。」

「……哎，請期待下次機會……下次機會哪。這次是非常情況……我是何種人類，請下次再判斷吧……總之這次真的很不妙……」

咕嚕一聲，我再度閉上眼睛。

「……」沙咲小姐沉默半晌後說：「總之，我接下來要問你事情經過。因此現在要開往府警……你忍得住嗎？」

「慢慢開的話，我應該沒問題。」

「好，那我盡量開慢一點。」

她說完，轉回前方發動車子。巫女子的公寓沒一會兒就從窗外消失。從我的角度看不見儀表板，不過這個體感速度，實在不像是慢慢開。

「……沙咲小姐可以不待在現場嗎？」

「我的工作是以動腦為主。」

「那真是……」原本想說「跟我很合」，終究放棄了。再怎麼想，我都不可能跟她合得來。「……那個，沙咲小姐。」

「嗯，什麼事？」

「妳跟哀川小姐是什麼關係？」

「……」沙咲小姐緘口不語。很想知道她此刻的表情為何。「……偶爾會請她協助辦案。嗯，只是這樣而已。你看過刑警連續劇嗎？」

「略知一二。」

「嗯，主角的刑警不是有非法線民嗎？大概就像那樣。工作上的關係。」

很簡略的說明。或者該說，沙咲小姐似乎並不打算說明。那個紅色承包人是難以表現的人，或許也是莫可奈何之事。

「不是這種，不是這種具體的事，我是想問抽象一點的事。從沙咲小姐的眼光來看，哀川小姐是怎麼樣的人？」

「有必要現在說這種事嗎？」

「轉移注意力嘛。」這是老實話。倘若不用其他方法轉移注意力，這副身軀彷彿就要從肚子炸開了。「拜託了，隨便說一說呀。」

「……無論如何，這也是很難回答的問題哪——」沙咲小姐頓了一會兒才說：「舉例來說，你相信有人在近距離被散彈槍擊中腹部還存活的故事嗎？在來福槍的掃射下照樣旁若無人地揚首行走的故事，從失火的四十層大樓一躍而下卻毫髮未傷的故事等等，就算聽了也不會相信吧？每次跟別人說起潤小姐的事，對方總認為我在胡說八道……故而難以說明。」

「……」

我對沙咲小姐的那種心情感同身受，因此並未繼續逼問。

十分鐘左右，我們抵達府警。沙咲小姐帶我進入建築物。

「剛好十二點……已經中午了，要不要吃什麼？」

「可以吃炸豬排飯嗎？」

「無妨。不過事後會跟你請款。」

國家權力十分囉嗦。「那就算了。」我搖搖頭。現在無論吃什麼，鐵定都會吐出來的，足以說是具有確信的預測。

「喔……那麼，你到那個房間等一下。我去通報一聲，兩分鐘回來。」

沙咲小姐將我推進小會議室似的房間，便從走廊離開。我心想至少不是偵訊室，整個人癱坐在椅子上。

突然想要抽菸。

明明沒有抽過菸。

這是打發時間？

還是逃避現實？

抑或者，只是單純想自殺？

無論何者，對我都是相同的價值。

別去想那種毫無益處之事……

這樣下去，事情大為不妙嗎？

只要再一步，

我這個存在，

自己這個自我，

就要發狂。

「久等了。」沙咲小姐回來了。手裡似乎提著粉紅色的包袱。「沒事吧？你的臉色越來越差了。滿臉都是冷汗喔。」

「……對不起，請問廁所在哪裡？」

「走廊右手邊。就在盡頭，很好找的。」

「謝謝。」我狂奔而出。

摀著胸口，忍受胸口的氣悶。

在她說的地點找到廁所，進入室內，將肚子裡積存的東西全部吐出。

「嘔……嘔……」

從自己的喉嚨逸出完全不像自己的聲音。

酸味殘留口中。

甚至懷疑內臟莫非整個翻轉似的吐出所有東西後，我緩緩調整呼吸，站起身，用手帕擦拭嘴角。

按下馬桶的沖水鈕。

呼……

走到洗手臺，洗把臉。用手掬水漱口。看著映照在鏡子裡的自己。現在確實也是一副瀕臨死亡的模樣，可是，跟剛才相比，心情好上百倍……

「……好，復活。」

低語之後，我離開廁所。走過走廊，返回房間，沙咲小姐彷彿等得不耐煩地問道：「你沒事嗎？」

「嗯，沒事。吐了以後舒服多了。」

「是嗎？這個……」她把拿來的包袱放在我的前面。「是我的午餐，你要吃嗎？」

「……可以嗎？」

「我不會跟你請款，放心吧。」

她聳肩說完，拉了把椅子在我對面坐下。我心懷感謝地享用沙咲小姐的便當。那是沒什麼特殊的普通便當，可是因為肚子空無一物，感到非常美味。

沙咲小姐等我吃完之後說：

「那麼，是怎麼一回事？」

「我也很想知道。」

「……」她似乎不太能接受我的說法，默然地盯著我。畏懼那道視線，我若無其事地轉開目光。「……那麼，請簡單說明當時情況。」

「呃……這必須提及昨天的事，不是三言兩語說得完的。」

「請別在意。在事件解決以前，再久都奉陪到底。」

沙咲小姐微微一笑。不過因為眼睛沒笑，看起來相當可怕。我打消說笑的念頭，決定認真回答。

「昨天，我跟葵井一起出去，到新京極附近。後來，葵井有一點喝多了。」

「是嗎……然後呢？」

那股銳利的視線宛如在探查我的弱點。當然不可能是對未成年喝酒這檔事吹毛求疵。我暗忖絕對不可大意。

「然後，我送葵井回那棟公寓的那棟房間。自行從包包裡拿出鑰匙，把她放在床鋪上。最後，我就搭巴士返回我的公寓。」我想大概不用說遇見哀川小姐的事，就決定略過此事不提。「之後，就跟平常一樣在自己的房間睡覺。」

「你有鎖門嗎？」

「有鎖。因為葵井的偉士牌停在我的公寓旁邊，原本打算明天一起……是今天啊，打算今天一起送還給她。所以騎偉士牌到那棟公寓。開門進去一看，就是那種狀況。」

「喔……鑰匙呢？有上鎖嗎？」

「咦？」

我略顯吃驚地抬頭。接著擺出搜索記憶的姿態，沉默約莫五秒。

「……不，**沒有上鎖**。我不記得自己有使用鑰匙。」

「……是嗎？」

沙咲小姐一臉詫異，但終究點點頭。

「那棟公寓不是有很多監視攝影機？我想應該可以證明我剛才說的不是謊言。」

「應該是。我們也已經跟保全公司聯絡了。」沙咲小姐冷靜地說：「……為了以防萬一，我再問一次，你沒有碰現場任何東西吧？」

「嗯，雖然很丟臉，該怎麼說？我真是六神無主。甚至沒辦法跑到葵井旁邊。」

「這是相當正確的處置。」

她說完，閉上眼睛思考。

她好像說過自己的工作是以動腦為主？加上上次造訪公寓的事，我自然非常瞭解。那個決定性的敗北意識，想忘都忘不掉。

「……我沒有碰葵井也無法確定，她……真的死了嗎？」

「嗯，這我可以斷言。差不多死亡兩、三小時。詳細情況要解剖以後才知道，不過犯案時間大概是上午九點到十點左右。」

「也許不是什麼重要的事——」

「請說。這世界上沒有不重要的事。」

這也是我想說一次的臺詞，不過大概沒什麼機會吧。

「我昨天把她放到床鋪上時，葵井穿的是吊帶褲。但現在不是，換句話說，她在早上或者昨晚，不論何時曾經醒來過一次。我昨晚已經鎖門了，因此搞不好是葵井自己讓犯人進去的。」

「原來如此——」

「對了，那件衣服是我們昨天一起去購物時買的。」

「是嗎？」沙咲小姐頷首。我突然發現，她從剛才就沒有抄筆記。這麼說來，上次也只是聆聽我的話，完全沒有記錄。

「……妳記憶力真好。」

「什麼？啊，嗯，還可以。」

彷彿這點小事對她來說根本算不了什麼，沙咲小姐無所謂地應道。然而從我的角度來看，這真是令人羨慕的優點。

「還有，呃……九點到十點的期間，我在隔壁大姊的房間吃早餐。所以是有不在場證明的。」

「啊啊，是嗎？」

她興致索然地點點頭。宛如在說：本小姐正在思考比這種芝麻小事更重要的事情。比我的不在場證明這種無聊事更重要的事情。

「……接獲通報的時候，我以為你是犯人。」

「……」我對她突如其來的言論感到啞口無言。「……還真不拐彎抹角……我有一點吃驚。」

「嗯，哎，吃驚也是正常的。可是，我是說真的。我這麼想是事實，沒有騙你。我當時以為是你殺死她，再裝成第一發現者。不過，你確實顯得非常不舒服……況且，即使不管死亡時間，現場也沒有凶器的細布條。換言之，就物理性來說，你不可能犯案。」

「……」

「假使你的衣服某處此刻沒有隱藏布條的話。」

「要搜搜看嗎？」

「不、不用了。」

沙咲小姐如此說，但絕不是怠忽職守。她將我帶出巫女子的公寓時，既已完成了那項作業。將肩膀借給因身體不適而無法行走的我的那個時候。

潛藏在親切裡的精明幹練

我倒也不討厭這種個性。

「那真是多謝了……」

「監視攝影機的影像和死亡時間確定後，你的清白就毫無疑問了……可是，這麼一來……」

她重新坐好，直勾勾地盯著我。

開口問道：

「犯人究竟是誰呢？」

這是我上次問過她兩次的問題。

「呃……不知道。」

「真的不知道是誰嗎？」

「不知道。」我立刻回答。「……我本來跟葵井就不是那麼熟的朋友。直到最近才開始一起玩、一起吃飯。」

「我開門見山地問吧？」沙咲小姐說：「你跟葵井同學是男女朋友嗎？」

「對這個問題的答案是否定。是否定，也只能否定。如果重新回想，說我們是朋友也怪怪的。」

「啊啊……原來如此。這麼說來，潤小姐對你的為人也說過是『**這種風格**』。」

她一個人在那裡頻頻點頭。

「哀川小姐嗎？哀川小姐說了我什麼嗎？」

「這我不能告訴你。」

儘管非常在意沙咲小姐那種引人遐思的說法，可是這或許也是她的作戰方式，於是審慎地放棄追問。基本上，我大概也猜得出哀川小姐對我有何評語。

沙咲小姐接著問我一些比較詳細的問題，然後說道：

「我知道了。那麼……你有什麼問題要問我嗎？」

「不，這次沒有。」我略微思索後回答：「我只想早點回去休息。」

「是嗎？那今天你可以先回去了。我送你一程吧。」

她說完站起身，走出房間。我跟在她後面離開建築物，接著跟剛才一樣，進入豐田皇冠的後座。沙咲小姐以比剛才略微猛烈的勢子發動引擎。

「……中立賣通嘛？千本通那裡。」

「是的。」

「身體恢復了嗎？」

「嗯，吐了以後舒服多了。」

「我……」

沙咲小姐邊開車邊說。

極度壓抑感情的聲音。

「總覺得你還有所隱瞞。」

「……隱瞞？我嗎？」

「我是這麼說的。」

「……沒有。一如所見，是人畜無害、極端乖巧、光明正大的男生。」

「喲，是嗎？」沙咲小姐難得語氣略帶譏笑。「實在是看不出來。既然本人這麼說，大概不會錯吧。」

「……妳好像話中有話。」

「沒這回事。如果聽起來是這樣，就是因為你的內心某處有所隱瞞。可是，我不認為光明正大的男生會非法入侵殺人現場。」

「啊……」

完全被識破。

這種程度的危險性當然早有覺悟，話雖如此，沙咲小姐的發言仍然令我感到意外。根據玖渚的資料，這件事不是根本沒有任何記錄嗎？正因為如此，我才認定沒有被識破，即使識破了，也不可能確定入侵者的身分。

彷若看透我的這種想法，沙咲小姐頭也不回地說：

「總之你可以暫且放心。這個情報目前只有我知道。」

「……只有沙咲小姐知道？」

「我是這麼說的。」

語氣完全沒有抑揚頓挫。可是含有某種不懷好意的感覺。對，就是讓人想起那個人類最強的紅色承包人的語氣。

「我不知道你為什麼要非法入侵江本同學的房間……不過最好不要輕舉妄動，這是我的忠告。」

「不是警告嗎？」

「不不不，是忠告。」

可是「輕舉妄動」聽來恐嚇意味非常重。不論怎麼想，那種行為確實過於輕率，或許這才是正確的表現。

「沙咲小姐，我姑且問問看……為什麼這個情報『**目前**』只有妳知道呢？」

「嗯……有許多內情。詳細情況不能告訴你。不過希望你記得一件事，就是我握有你的一項把柄。你千萬別忘記這個事實。」

「……」

我只能嘆息。肩膀自然下垂，感到一陣虛脫。呿……又是這個模式嗎？為什麼我的周圍淨是這種人呢？

「……我的朋友不是腦筋好，就是性格差……全部都是令人嘆為觀止的角色，偶爾也希望出現一、兩個雖然腦筋不好，可是性格善良的人——」

「哎呀哎呀。」沙咲小姐皮笑肉不笑。「那真是抱歉了。我並不打算放棄這項優勢。」

我們抵達千本通與中立賣通的十字路口。我問她：「妳要進房間嗎？」可是沙咲小姐以有工作在身為由拒絕。我既沒有覺得特別可惜，也沒有感到欣喜。

最後，她搖下車窗問我：「你覺得X／Y是什麼？」

我頓了一下，只回她一句：「天知道。」沙咲小姐應該不可能因此滿足，可是她只是說：「是嗎？」就靜靜點頭搖上車窗，揚長而去。

我在原地站了片刻，醒悟到這種行為一點意義都沒有，便返回公寓。走過二樓走廊，進入房間。

安靜的空間。

沒有任何聲音。

沒有任何人。

葵井巫女子曾經，

造訪這裡兩次。

第一次我請她吃八橋，第二次她請我吃自己做的地瓜燒。

「——」

我沒有陷入感傷主義的嗜好。

當然我亦不是悲觀主義者，更不是浪漫主義者，而是決定性錯誤的瑣事主義者。

「不，可是，即使如此啊……」我嘟囔道：「也不能說是出乎意料。嗯啊，不能說。我沒有這麼說。」

我想起昨天跟巫女子的對話。

想起再也無法

跟巫女子說的對話。

「……一切都是戲言啊。」

就來猜想巫女子是否怨恨殺死自己的人吧。她大概不會怨恨。或許只會責怪對方。我想她是這樣的女生。

真的沒有嗎？

我應該對她說的話語。

昨天應該說的話語，究竟是什麼？

「……這才叫馬後炮。」

殘酷、冷漠的獨白。

內心暗忖一般人這時或許會哭泣。

肩頭上的另一個自己如是想。

到了晚上，美衣子小姐擔心地造訪我的房間。
「快吃。」她將雜燴粥端到我的眼前。表情仍舊木訥，可是目光極為真摯，明顯是發自內心掛念我，讓我感到非常慚愧。
真是的。
我活著究竟要對多少人造成無謂的影響？
「謝謝。」
我用美衣子小姐帶來的湯匙（我的房間只有免洗筷）舀了雜燴粥，送進嘴裡。美衣子小姐並不是很會做菜，不過這碗粥相當入味，非常好吃。
「發生什麼事了？」
美衣子小姐並未出言相問。她就是這種不多管閒事的人。只是默默守在對方身旁的人。是真正意義上的鄰居。儘管這種感情與溫柔不同，但我覺得美衣子小姐是溫柔的人。
這麼說來，巫女子也是這樣評價我的嗎？
說我很溫柔。
「巫女子她啊……死了。」
我在毫無預警下開口。
「是嗎？」美衣子小姐點點頭。

宛如毫無感觸的語氣。

「那天晚上……」美衣子小姐說：「那天晚上是指那丫頭在我房裡過夜的晚上。早上起床後，她似乎極度心情不佳。一開始以為是宿醉，不過好像不是這樣。」

「……」

「我問她：『妳感覺如何？』那丫頭回答：『人生最差勁的早晨』……唔，只是這樣而已。」

「……不，這就夠了。」我應道：「謝謝妳，美衣子小姐。」

「話說回來，你的人生……還真是多災多難哪。雖然不至於危機重重，可是非常容易崩塌的人生道路。難得你可以一路走到現在，我真的很佩服你。」

「我早就一腳踏空了。可是這條路的重力異常強大，才黏在外側沒掉下去。」

「總之，現在是最難走的一段。」美衣子小姐略微放低聲音，威脅似的說道：「此時踏空可就萬事皆休了。你不斷忍耐，累積至今的一切都將化為泡影。你大概這樣也不在乎，可是你的人生不是由你一人形成的。別忘了這世上也有因你活著而得到救贖的人。」

「才沒有那種人。」

這種語氣或許太過自虐。也許因為如此，美衣子小姐對我投以略微哀傷的目光。

「你揹負太多事了。別認為自己如此容易影響他人。近朱者赤，只不過顯露出被染者的懦弱。只要能夠律己，就不會被他人影響。你活著絕對不會造成任何人的麻煩。」

「……也許是這樣。」
反正只是自我意識過剩。
因為我活著與否都沒有差異。
我生存的場所，縱使有殺人鬼的存在，世界亦不為所動。
「即使如此，還是有喜歡你的傢伙吧。確實有願意無條件愛你的存在。這就是世界的環狀跑道。你現在可能無法理解，好好記住我說的話。總有一天你會明白的，至少給我活到那一天為止。」
願意無條件愛我的人。
這種人今天死了一個。
那麼，究竟還剩幾個人呢？
「我不會叫你提起精神，因為這是你必須獨自解決的問題。只不過，那丫頭並非因你而死。這件事我可以保證。雖然沒有任何根據，但我深信如此……亡者終究只是死亡而已。」
「可是……巫女子就像是我殺死的。」
「是你殺死的？」
「……不，不是。可是，如果……」
如果……
如果我沒有將她一個人留在公寓。如果我沒有返回自己的房間。或者，如果我將她帶回自己的房間。

結果就不一樣。

「這就叫做揹負太多。這種思考毫無意義，你也是知道的吧？」

「我知道……但是，美衣子小姐，我還有一句話沒跟她說。」

最後的一句話。

最後的一句話，我還沒跟她說。

「悔不當初是沒有用的，我能說的也只有這一句……」美衣子小姐這時視線略微游移。「……對了，我早上忘了說，鈴無有留言給你。她要我一定要跟你說。」

「咦？鈴無小姐的留言？」

「嗯。」她點點頭。我聽了重新坐好。鈴無小姐並不在這裡，我也知道不必如此費心，但她就是這種讓人不禁要正襟危坐的人。

鈴無音音這個人。

美衣子小姐開口。

「人類有兩種：一種是不知會做出什麼而讓人恐懼，另一種則是知道會做什麼才讓人恐懼。可是，你並非讓人恐懼之人，因此無須在意這些。」

「……我會銘記在心。」

「記好了……她下次好像會下山，到時三人一起吃頓飯吧。她很想對你說教。」

「姑且不管說教云云，吃飯倒是無妨。可是——」

「嗯？」

「不，沒事。謝謝妳的招待。」

我將雜燴粥的碗還給美衣子小姐。

她接過之後，「那麼，晚安。」就離開我的房間。甚平背面的文字是「無常」。這是我第二次看見這件甚平。

「真是的……」

我獨自嘀咕。

真是麻煩的存在呀。

我這個傢伙。

確實應該讓鈴無小姐說教一整天比較好。

不過。

「不過那間餐廳啊，這陣子都不想去了……」

這次的精神論何時結束？

我不知道。

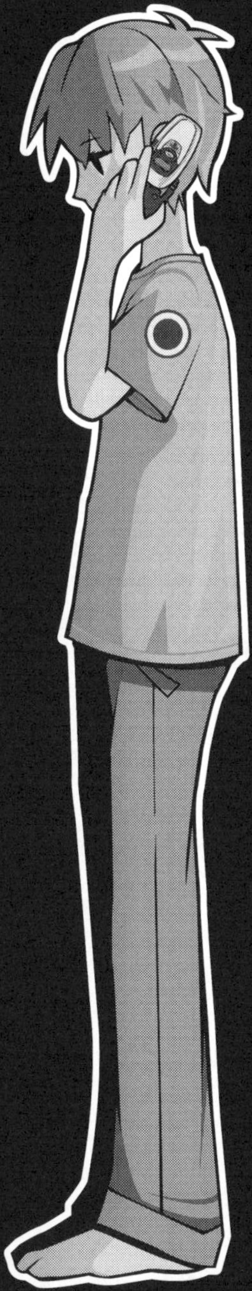

我（旁白）
男主角

第七章 陷入死亡——（冷嘲熱諷）

殺光所有可疑的傢伙。

最後剩下的傢伙就是犯人。

0

1

經過三天，五月二十五日星期三。

我在上午十一點五十分醒來。

「這樣子說『還沒下午』真的很沒面子啊……」

哎呀呀，我悒悒不歡地起床。最近老是這種感覺。完全無法跟以前一樣早起。該說是身體拒絕醒來嗎？睡過頭的話，勢必不想去大學上課；不想去的話，當然不可能去。

如此這般，從上星期五到今天連續五天拒絕上學。一年級從五月開始就這樣，被留級也很正常，不過我對留級本身也沒有什麼抵抗。反正學費也是我自己出的。

「……」

從那次開始，沙咲小姐跟數一先生在星期一跟星期二都相偕到我的房間。詳細詢問巫女子的事件，相對下亦提供了一些似乎頗為重要的情報。

巫女子的死亡時間限定在上午九點半到十點之間。殺害方法肯定是利用細布條的絞殺。犯案所使用的布條跟殺害智惠時的布條相同——警察於是依公式判斷殺害智惠的犯人跟殺死巫女子的犯人必然是同一人物。

「不同於江本同學的事件，犯人似乎是從正面勒死葵井同學。」

「從正面？」

「嗯，江本同學是從後面，從勒痕就可以判斷——」

「換句話說，巫女子遇害時看著犯人的臉孔嗎？」

「有這個可能性。」

沙咲小姐無關痛癢地說。死亡者有沒有看見犯人，對她來說大概都無關緊要。是非常合理的判斷。

至於這個事件發生時的不在場證明，無伊實（註36）跟妹妹（聽說名叫『無理』）一同前往京都觀光。秋春君沒有不在場證明。我跟美衣子小姐在一起。不過智惠遇害時，三人都有不在場證明，是故早已排除嫌疑。

「雖然我不這麼認為，但高層好像也有考慮偶發的強盜殺人，或是偏激的跟蹤狂。」

「……這樣子的話，就不會變成連續殺人啊。歸咎於偶發實在不合邏輯，況且什麼都沒被偷吧？也沒有被強暴。」

36　無伊實的日文發音「MUIMI」剛好和「無意義」相同。

「的確，但若是單純的怨恨，『敵人』實在太少了。江本同學和葵井同學都是如此。『全世界之敵』也就罷了——現在這樣終究只能歸咎於隨機殺人。」

順道一提。

隨機殺人魔事件目前暫時停止，被解體殺害的人數停留在十二個人。換言之，自從哀川小姐跟零崎接觸後，就未曾出現新的被害者。正如那個哀川小姐所言，零崎大概已經離開京都了，說不定也不在日本了。倘若與哀川小姐為敵，我應該會逃到南極吧。說不定會逃到宇宙呢。

「話雖如此，還是有奇怪之處。」沙咲小姐說。

「奇怪之處是指什麼？」

「監視攝影機。你不是也說過那棟公寓裡有防宵小的監視攝影機嗎？」

「嗯啊。」

「那些攝影機的影像——**沒有拍到任何一個像是犯人的人物**。」

「——這是什麼意思？」

「就是這個意思。那天晚上十點半，葵井同學回家——或者該說葵井同學被你運送回去後的所有影像我們都檢查過了，裡面只有公寓居民以及隔天早上前去的你。只有這些。」

這究竟是什麼意思？那棟公寓變成了巨大的密室？這真是胡鬧。未免太脫離現實。不過，如果這就是我們的現實，或許也是莫可奈何之事。

「……可是，攝影機也並非完全沒有死角吧？」

「嗯，我們試過了……是有可能在不被拍到的情況下潛入葵井同學的房間。因為攝影機會這樣轉動嘛。不過，事前若沒有經過相當練習大概辦不到……成功機率也不高。基本上，會有人做到這種地步嗎？」

「就算沒有……做到這種地步，比如從陽臺潛入之類的。」

「不可能的。因為相當高，太危險了……總之……」

沙咲小姐居然疲憊地嘆了一口氣。

「接下來就是一場消耗戰了。」

她如此說道。

她此刻恐怕亦是身處在消耗戰的正中央。

「……消耗戰嗎……」

然而，縱使有沙咲小姐告訴我的新情報，我既已停止思考這一連串的事件了。儘管沒有徹悟到完全不會掠過腦海，依然竭力抑制意欲思考的自己。

說不定。

說不定現在的我根本不希望事件真相大白。不論是何種形式，我都不願再與事件發生關係。

不過，這大概是不可能的。沙咲小姐是出類拔萃的優秀刑警。幾次與她交談後，我對此毫不懷疑。該說她不愧是哀川小姐的朋友嗎？若是她的話，應該不久之後就能掌握所有的真相。即便不是所有，也能夠看穿大略的真相吧。

是故，我已經沒有思考的必要。或者該說，倘若說得更直接一點，我幾乎已經看穿了所有真相；可是正因為如此，正因為再一步就可以理解一切，我才不想踏出那一步，也不想指責犯人。

非法入侵智惠的房間，甚至借用玖渚的力量，如今這種結果只能說是虎頭蛇尾，但或許這就是我的風格。對任何事都半途而廢。無法盡心竭力，也無法沉迷其中。

「好……」我伸伸懶腰，一口氣轉換腦內頻道。「要去看看好久不見的小友嗎……」

那個自閉丫頭一天到晚都在家，現在去也肯定不會白跑一趟。因為是白天，或許還在睡覺，不過也無妨。向她抱怨先前把我出賣給哀川小姐一事好像也不錯。

而且——

只要跟她在一起，我的心情鐵定可以轉好。

決定之後，我先換好衣服，將手機放進口袋。向美衣子小姐借飛雅特嗎？還是走路？騎腳踏車？煩惱了一會兒，最後決定走路。總覺得很想走走路。雖然要走三小時以上，偶爾為之也不壞。

離開房間，鎖好門，出了公寓。

天氣真好。難得一點濕氣也沒有，晴朗的好天氣。要是永遠都是這種感覺就好了，但「永遠」的定義太過曖昧，我也不太懂。

「咦……」

走了一段路，我看見似曾相識的人影。究竟是誰呢？總覺得好像在哪見過……有如不良少年的淡褐髮，以及街頭風格的服裝。右肩上跟那身打扮不太相稱的大包包格外醒目。可是，日本人為何如此不適合街頭風格的服裝呢？與其說不適合，對，就是有一種裝模作樣的感覺。啊，就是那種吧？那種搞錯國家文化的傢伙？

姑且不管這些……究竟是誰呢……

就在此時，那個人物發現我，向我奔來。

「喲！」

對方甚至親暱地向我打招呼。

「你好。」我禮貌性地回應，但記憶依然沒有恢復。儘管猜出對方大概跟鹿鳴館大學有關係，不過，我認識這種傢伙嗎……

「你沒事呀？哎——我對這附近的地形不太熟，還迷路了呢。」

「啊啊……嗯。」我隨口應道：「是啊，這種事常常發生。」

「你也來上學嘛。因為你不來，我才必須到這種地方呀。我也知道葵井的事對你打擊很大。可是這樣下去會留級喔，留級！咱們就要被別人稱為雙截龍兄弟（註37）囉。」

葵井？他剛才說了葵井嗎？

啊啊，原來如此。我想起來了。

37 指的是日本街機遊戲「熱血硬派國雄」系列裡的雙胞胎兄弟服部龍一和服部龍二。作者是以「ダブリ（留級）」代替「ダブル（double）」開的諧音玩笑。

「你是秋春君嘛。」

「喔喔，什麼什麼，還假裝現在才想起來。」

他嘻嘻哈哈地大笑，我卻像被人識破內心般冷汗直流。

「……你是來找我的？」

「就是這樣。因為有一點俗事嘛，哎，就順便來囉。」

秋春君接著開始邁步。雖然他說得有頭無尾我完全無法理解，還是跟在他後方。依舊是容易隨波逐流的我。

「秋春君，你要去哪裡？」

「嗯？北野天滿宮。我停在那裡。」

「什麼停在那裡？」

「到了那裡你自然明白。」他大有深意地笑了。「……不過，雖然你本來就很陰沉，總覺得現在臉孔越來越陰沉啦——」

「你倒是很有精神。」

「哎，那當然了。或者該說，因為發生過江本的事嘛？大概是忍耐度提升了吧？畢竟還沒忘記那次的震撼。啐，人生真無常啊。」

儘管語氣放蕩不羈，不過，看起來也像是在掩飾情緒。究竟有什麼事？我略微思索，但依舊一頭霧水。

「……秋春君，現在是基礎專題的課吧？跑到這裡來浪費時間沒關係嗎？」

「嗯啊，沒關係啦，學校什麼的已經無所謂了。」秋春噗嗤一笑。「要是不趕快解決『別人拜託的事』，那才真是坐立難安。就像想死也死不了嗎？哎，這不重要，本大爺本來就很討厭豬老，老實說也不喜歡基礎專題。」

順道一提，豬老是豬川老師的簡稱。

「是嗎？我倒覺得他是個好人。」

「好人跟獨善者是不同的喔！不光是守時的問題，那個老師不是也很喜歡強迫他人接受自己的價值觀？我不太欣賞這種行為。呃，我也不覺得他是偽善者喔。大概就是這種感覺吧？」

「……喔。」

「反正蹺個一、兩堂也不可能被當。那間大學很好混嘛，是出了名的閉著眼睛也能畢業的大學喔。關西第二好混。」

「第一是哪裡啊？」原本想這樣問，最後還是打消主意了。這種事還是不提為妙吧。

到北野天滿宮大約五分鐘。即使是國寶或什麼了不起的事物，一旦在徒步就能抵達的範圍，價值彷彿也隨之降低，因此這是我第一次造訪。

「這裡這裡。」秋春君帶我到停車場。「喏，這個啦。」

秋春君略顯驕傲地指著一輛白色的偉士牌。舊款車型。我暗忖天下豈有如此巧合，一看車牌，果然是巫女子騎的，而且是那天我騎回她公寓的那輛偉士牌。

「……」

「這是……」

我不知所措地說，秋春君先將鑰匙遞給我，再從包包裡取出安全帽交給我。原本還想他的包包真大，原來是裝著安全帽。

「秋春君，這是——」

「啊——該怎麼說？就是那個嘛，分配遺物？就是這樣。」

「換句話說……這輛偉士牌是給我的？」

「對，你不是喜歡嗎？」他輕鬆說完，一屁股反坐在椅墊上。接著嘻嘻哈哈地露出天真的笑容。「葵井說過喔。對任何事都不以為意的伊君，居然為了偉士牌生氣呢。」

「倒也不是這樣……不過，我真的可以收下嗎？這應該很貴吧？還是應該還給她的家人——」

「他們已經同意了，別擔心。」

「可是，為什麼是我？我跟巫女子也才剛認識不久——」

「沒關係啦。因為這是葵井的意志。啊，現在該說是遺志吧？反正發音也差不多。」秋春君想了一下。「哎——該怎麼說呢？總之，就是這麼一回事。」

「巫女子的遺志是什麼意思？」

「啊啊，總之呢，前陣子……上星期吧？她就說了。要是自己發生什麼事……要是跟江本一樣被殺死的話，要我代她把偉士牌給你。很過分吧？我也很想要呀。結果我一說『我也想要』，你猜那個女人說什麼？『絕對不要。去死吧。不，去活吧。』真不夠意思，虧我們還有高中三年的交情。」

「要是自己發生什麼事……」什麼事？什麼事究竟是什麼？「這是什麼意思？」

「天曉得。葵井也有她自己的想法呀，畢竟江本也被殺了。不過，應該不可能真的認為自己會被殺吧。」

不……不對。

不對，秋春君。

那不是如此單純的意思。

你……是真的沒有發現嗎？

「哎，反正你就收下吧。就當作她給你的禮物。」

「是啊……」

我在掌心玩弄偉士牌的鑰匙，接著收入口袋裡。

「保險那些你自己去辦喔。這些手續我也不太清楚。話說回來，啊——」

秋春君跨坐在偉士牌上，雙臂朝天空一伸。用力伸展背脊後，脫力似的垂下肩頭。

「——事情變得很不妙哪。」

「是啊。」我的感受完全相同，就如此回答：「無伊實她怎麼樣？」

「……啊啊，那傢伙呀……那傢伙呀……非常不妙。這種說法或許很不應該……老實說，真教人不忍目睹。」

他轉開目光，如此說道。也許是想起無伊實，也許不是。無論如何，從迄今的交談中發現，秋春儘管言行輕浮，卻是十分關心朋友的好人。
原來如此，他是這種人啊……因為人太好了，自己無法承認這件事。故意讓別人認為自己不是什麼好人，為了隱藏羞怯而裝成偽善者的偽惡者。
跟我這種裝成偽惡者的偽善者正好相反。
「還有啊，葵井被殺之後，我有去過貴宮的公寓一次。她住在千本通和寺之內通的交叉口後方……就連江本被殺的時候，葵井都沒有她那麼低落喔。唉，或許也是莫可奈何的。她們倆畢竟是從小認識的朋友。這是叫青梅竹馬嗎？」
「……這麼嚴重嗎？」
「嗯啊，一臉凶狠地瞪著我喔。我喔！是我喔！這種事瞪我又有什麼用？真是的……她那個樣子，肯定沒有好好吃飯，大概也沒有好好睡覺吧。不理她的話，搞不好真的會死掉耶。雖然也很想幫她做什麼，可是呀……」秋春君說：「我又能跟她說什麼？我跟她終究是高中才認識的嘛。」
要這麼說，我是從大學才認識的。即使不是如此，我也不可能知道該跟無伊實說什麼。
「……該不會是想殺死犯人吧？」
「你說無伊實？」
「嗯啊，嗯，很正常吧？朋友不就是這麼一回事？」
「可是就算對方是殺人犯，殺人還是犯罪喔。」

「……嗯，是沒錯啦。伊君說的是沒錯。可是呀，你沒有嗎？那種一般法律啊、常識啊，突然化為烏有的瞬間？」

「化為烏有——」

「對，哎，也只是一瞬間而已。之後反撲的力量就會襲來。告訴自己，要是幹出這種事，下場可就難看囉……啊啊，不過，搞不好伊君沒有這種瞬間。」

秋春君不知為何把握十足地說。

「什麼意思？」

「因為伊君好像早就化為烏有啦。」秋春君指著我竊笑。「其實這也只是跟葵井學的……呃……喏，現在跟你提到葵井，你會不會不舒服？」

「不，不會。」

「既然如此，你就讓我說一下吧？我現在有點想講她的事。」秋春君說道：「她好像第一眼看見你就這麼想了。『我大概會喜歡這個人』……你已經知道她愛上你這件事了吧？」

「嗯……」

「老實說，我當時不太明白。身為朋友的我這樣說也許有點怪，那傢伙是個好女人。不光是外表好看。外表這東西不是好女人的基準，只能算是美女罷了。」

「秋春君不喜歡美女？」

「不喜歡，因為美女看起來好像有所企圖。」

這好像不是美女的責任。

可是我決定不反駁他。

「可是，她別說是有所企圖……那女人根本是打從一開始就主動洩漏自己的企圖。毫不隱藏感情。沒有表裡之分。不，根本就是雙面膠一樣的女人。」

莫名其妙的比喻。

「我活到現在啊，就算包括小學時代，也只認識她這麼一個毫不掩飾內心的人。哎，我一開始還以為她是呆子。看見她那副模樣，任誰都會這麼想吧？嗚哇，這傢伙真誇張之類的。」

「我同意。」

「嗯啊，可是她不是呆子嘛。也不是怪胎。更不是精神年齡或智能指數低落。她倒也是相當聰明及敏銳的。」

「這我也同意。」

「……發現這件事時，老實說，我很嫉妒哪。因為……我們不是沒辦法嗎？雖然很單純，可是在想哭時哭，在想笑時笑，這種單純的事情對我們來說，根本沒辦法嘛。莫名其妙地堅持歪理、故意逞強。或許鬧彆扭是最正確的說法吧。所以，真的很羨慕葵井能夠一遇上討厭的事就發火，一遇上有趣的事就開心。然而，就連那種羨慕的感情，我都無法坦率承認。結果轉化成一股怒氣。」

「……課堂上好像教過這個。」

「嗯啊，什麼教育論的課嘛。我也有修。它說什麼？現在的年輕人徹底欠缺表達能力，沒錯吧？的確是這樣。因為欠缺表達能力，我們甚至不知道自己在對什麼東西生氣。其實只是感到悲傷，卻把這種感情轉換成生氣的語言。但是，葵井她不是。那傢伙可以直接將感情化為言語。」

「……我沒有任何惡意，」我盡量保持平靜地說：「秋春君沒有想過跟巫女子交往嗎？」

「啊……」秋春君神色略顯複雜地羞赧一笑。「……哎，我也是男生嘛。我可沒說我沒有這種心情喔。況且那時還是正值發情期的高中生哪，再加上我也不相信所謂男女之間的友情。」

「啊啊，確實有那種人。」

至於我個人，連同性間的友情亦不相信。

「可是哪，也不是那樣的。我對貴宮和江本也是如此。一看見她們，當然外貌是不賴啦，可是，該怎麼說？就好像沒有熱情？或者感到萎縮？」

「萎縮這個表現不錯。的確不難理解。」

「就說吧？所以……總之她是個好女人，江本當然也是。江本雖然比較有距離感，不過這也不是她的錯。」

「……」

「哎，總之啦，我是基於沒有任何戀愛情慾的立場，喜歡葵井這個人。儘管沒有到希望她幸福的程度，是啊，不過我倒是真的認為她不能不幸。認為自己不能容許這種事情。而葵井竟然也有了喜歡的對象，當然必須助她一臂之力囉。」

「喔。」

「而這個對象，就是你耶。」

「嗯，我知道。她跟我說過。」

「是嗎？」秋春君用力點頭。「……這件事，我也不知道該不該說。」

「你不用勉強自己說。」

「不，讓我說。一開始啊……我是反對的。不光是我，貴宮跟江本也都是反對的。尤其是江本，還生氣地說『唯獨那個人最好不要，如果妳跟那個人交往，我就跟妳絕交』呢。」

「……她大概很討厭我吧。」

「你好像一點也不吃驚。」

「我已經習慣被人討厭了，反倒不習慣被人喜歡。」

「是嗎？可是，我並不是討厭你。別說什麼討厭，我當時根本沒跟你說過幾句話嘛。不過……我的意見到現在還是一樣……總之，即使現在知道你這個人不錯……總覺得你有一種危險的感覺。」

「……」

「該說是可以從容不迫地殺人嗎？」

「喂喂喂，你饒了我吧。」

「不是啦，我不是說你什麼人都殺。明明可以從容不迫地殺人，卻拚命壓抑自己，過著普通人的生活嗎？彷彿肚子裡裝了咱們這種普通人十個人都　不下的怪物。偽裝成人類的姿態生活。」

「……喔？」

我假裝鎮定地應道，內心卻很想吹口哨。如果可以的話，真的很想拍手讚美秋春君。不到一個月的觀察，就能被對方看穿到這種程度，還真是新鮮的經驗。

是嗎……話說回來，秋春君跟那個智惠也是朋友。

「可是葵井其實相當頑固，非常堅持自己的主張，我們也拿她沒轍。既然如此，我們就要她讓我們見識見識。找機會試試你是否真是適合她的男人。」

「結果就是那場生日派對？」

「就是這樣。哎，那天真的是江本生日喔。」他誇張地垂下肩膀。「可是，死了就沒意義了，無論是對江本或是葵井。」

「你……」我故意保持平靜說道：「認為是誰殺了巫女子？」

「我怎麼可能知道？或者該說，可能的話，我真的不願意知道，一點也不想知道。因為要是知道誰是犯人，我肯定會怨恨那傢伙。會恨之入骨。我對這種事很棘手的。這種討厭或憎惡某人的事。不是會很——不愉快嗎？」

「是嗎……」我咀嚼似的在腦中反覆他的話，接著緩緩點頭。「是嗎……說得也是。」

原來如此。原來秋春君的人生亦是遷就著許多事情嗎？可是，話說回來，我又是如何？對於這些事情，我的人生又該如何妥協呢？

「……」

就在此時。

我感到一股視線，回頭一望。然而，那裡只有觀光客和一群畢業旅行的學生。

「咦？怎麼了，伊君？」

「不，就覺得有人在看我。」

「喔？你多心了吧？」

「大概是吧。不過最近一出公寓，偶爾會感到一股視線。」

「是那個吧？葵井的幽靈之類的。」

「也許。嗯，也許是那樣。」

秋春君應該是在開玩笑，可是對我來說，卻是相當寫實的情況。

「嘿咻。」他邊喊邊從偉士牌躍下。

「沒想到聊了這麼久。那麼，我已經把機車交給你囉。」

「嗯，我收到囉。」

「好好保管，畢竟是葵井的遺物哪。」

「嗯，我就叫它巫女子號。」

「咦？」秋春君愕然張嘴說道：「還是別這樣比較好。別給交通工具取名字啦。小心投入太多感情。」

「既然是遺物，自然不免要投入感情吧？既然如此，怎樣不都沒差？」

「是嗎……」他點點頭，然後說：「可是別取什麼巫女子號。」

接著又伸伸手。

「啊——偉士牌也交給你了……葵井的事也聊過了……這樣就了無牽掛啦。」

「嗯？」我對他的說法有些在意，自然發出詫異的聲音。最後，我還是直接問他。「什麼意思？你的說法好像是準備去赴死。」

「哈哈哈，沒這種事，只不過……」他露出略顯自虐，同時又帶著某種達觀的微笑。「總覺得下一個被殺的多半是我哪——」

「……這是什麼意思？」

「就是這個意思，或者根本沒有意思。」

他並未直接回答我的問題，「掰了。」揮揮手離開北野天滿宮。我原想叫住他，伸出手，欲待出聲，最後還是放棄了。

然後嘆了一口氣。

被遺留下來的偉士牌。

即便懷疑自己是否真的可以使用，然而，又有一種能用者唯我而已的奇妙確信。

有了這種交通工具，確實很方便。而且有了它，也可以減少向美衣子小姐借車的機會。

莫非這正是巫女子的目的？

這種想法讓我稍感愉快。

只有一點點愉快。

「這麼一來……就得租個停車位了……」

雖然不曉得承租手續，但我想這種事問美衣子小姐即可，於是返回公寓。

2

咦？妳不是巫女子嗎？

嗯，是呀。好久不見了，伊君。

呃……啊啊，原來如此，我在做夢嗎？

哈哈哈，你這麼快就發現啦？嗯，這倒也是，伊君是現實主義者嘛。不過又有點浪漫派傾向？或者該說是古典派？一半一半。因此是三成的悲觀主義者。

這個總和好像怪怪的。

說得也是。

話說回來，妳不是巫女子吧？

啊，被發現啦？那麼，你覺得我是誰？

嗯——是誰呢？

你說是誰就是誰囉，這是伊君的夢呀。

那妳就是智惠吧。

為什麼如此認為？也許不是喲。也許是玖渚小姐，也許是哀川小姐，也許是無伊實，也許是秋春君，也許是美衣子小姐，也許是鈴無小姐，也許是其他人。

因為跟其他人隨時都可以聊天，跟妳就再也沒機會了。有話想說卻不能說的，目前就只有妳了。

騙人！明明還有很多人。

哎，不不不，我早就不想跟那些傢伙說話了。

是嗎？好吧，既然如此，我就是智惠吧？那麼我們聊天吧，聊許多那天來不及說的話。

是嗎？是啊。既然如此，我想先問妳一件事。

什麼事？

我想問妳恨不恨？

殺我的人？這就跟伊君想的一樣喔。嗯，一點也不恨的。那天我也說了吧？我想投胎轉世。我討厭自己。所以，對死亡一事毫不後悔。

是嗎？不過聽起來也像是藉口。

當然是藉口呀。只要化為言語，一切都是藉口。伊君有在看推理小說吧？本格派的推理小說之類的，有在看嗎？

我很少看書。以前倒是有看，現在只是用來打發時間。不過，我知道推理小說是怎麼一回事。

是嗎？我很喜歡這類東西。什麼小說都看，不過最喜歡推理小說。因為很容易理解。可是，我不太喜歡太過重視犯案動機的小說。殺死他人的犯罪行為，也許真的需要相當理由。畢竟風險很高嘛。

嗯，我的同類也是這麼說的。風險高，報酬卻少。不過，那傢伙是只能用殺人行為證明自我的人間失格。

可是呀，動機云云終究只是解釋，不過是辯解而已。仔細一想，殺人理由為何都是個人的價值觀。舉例來說，有這麼一句話『紳士不會為了自己殺人。紳士是為了別人、為了正義而殺人』。不過等一等，什麼叫為了別人？正義是什麼？我可是一頭霧水。

就連我也不明白。終歸只是將自我正當化的手段吧。我不知道殺妳的犯人如何，不，或許只是不願去理解罷了。

為什麼？

因為感受不到任何計畫性。關於巫女子的死亡雖然還不夠瞭解，可是殺死妳的方法全然沒有經過計算。根本就是一時衝動。

也許是這樣。不過，不是很好嗎？因為我真的並不怨恨犯人，也不覺得死了很可惜。真的喔。我沒有說謊，是真的一點也不恨對方。

所以妳接下來就要投胎變成巫女子？

嗯。

但那個巫女子也死了喔。

的確。

妳對這件事作何感想？姑且不管妳自己的事，對逼巫女子走上絕境的「犯人」作何感想？也是一點也不恨對方嗎？

果然還是無法怨恨對方。

這樣是不是太冷淡了？妳們不是朋友？

沒想到會從伊君的口裡聽到這種話。

我也是有朋友的。

那是玖渚小姐？或是美衣子小姐呢？應該不是無伊實跟秋春君吧？話說回來，我是那種即便朋友身亡也無法感到悲傷的人，我想伊君也是如此。知道悲傷的方法，但無法抵達那個領域。對了，想必是缺乏感情的絕對量。

我可以理解。

這是叫被害妄想症嗎？總覺得致命性地無法信任他人。只要受過他人一次迫害，餘下的人生就絕對無法相信他人。

我覺得妳說得太過火了。

騙人。

真的。

騙人。

對。

明白人類最喜歡歧視他人的人，是無法信任他人的。日本人尤其如此。舉例來說，某人的一個朋友受到集團的迫害。一對多數。這時應該怎麼做才好？當然應該當朋友的戰友囉。可是，大部分的人都不會這麼做，反而選擇加入集團。人類需要朋友，但那個朋友是誰都無所謂。重要的只是自己是別人的朋友，自己有其他朋友，但那是怎樣的集團都不重要。或許可以說沒有意義、沒有價值。一旦知悉如此殘酷的事實，自然再也無法相信任何人。舉例來說，伊君你有家人嗎？

如果沒有，我現在就不會在這裡了。

我不是這個意思。

嗯，還健在。大概住在神戶一帶，不過已經好幾年沒見了。話說回來，巫女子也說過，我不是孝子型的人。確實從國中開始就一直沒有見面，被說是不孝子也是莫可奈何之事。

你的家庭好像問題滿多的。

倒不是這樣。不是這樣，反倒是一點問題也沒有。倘若可以認為有一丁點的問題，我大概也不會變成這種人了。那智惠妳又是如何？有家人嗎？

嗯——實在不覺得他們是家人。因此故意選擇跟老家相距很遠的大學，自己搬出來住。巫女子好像也是這樣。

甚至連家人都無法信任嗎？

對呀，就是這麼一回事。不只如此，連自己都無法信任。「這世界上沒有一件事是確定的」這句話我忘了是誰說的，老實說就是這種感覺。這世界很脆弱，好像一壓就會崩塌的感覺。但其實並非如此，脆弱到一壓就會崩塌的是我自己。

因為妳是不良製品嘛。

就是這麼一回事。你想想看，出生迄今從來沒有哭過一次的人，可以定義是正常人嗎？不能展顏歡笑的我還能稱為正常人嗎？

我也是一樣。不過以前一直告訴自己這就是個性。

你現在不是這樣想嗎？

不是。個性云云根本就是狗屁。跟別人不同沒有任何好處。跟他人極度不同這種事，在群體中代表何種意味？只要考慮過一次，肯定無法說出那種戲言。例如所謂的「被揀選者」，留名青史的天才。這種人多半有毛病。然而，他們是普通人，絕對不是異端。既普通，又有毛病。不過智惠，按照妳的說法，妳連無伊實、秋春君、巫女子都不信任，都不可能信任了。

對呀，我不否認。或者該說，嗯，我承認。那個，伊君應該不會誤解才對，這是非常嚴重的自卑感喔。正如你所知，巫女子是個好女孩。秋春君人也很好，無伊實的重感情在現今來說非常難得。無法相信這些人，再如何努力都無法打從心底將他們視為自己的朋友，總覺得自己非常骯髒。因為儘管被眾人深愛，自己卻無法回報相同的東西。

我懂，妳感到很抱歉。

就是這麼一回事。所以很好，像我這種不良製品死了最好。

那巫女子呢？

那是巫女子的問題。既然已經死了，我說什麼都無法挽救。況且，伊君現在想問的，其實不是這件事吧？

嗯……想跟妳說的話很多。不，或許只有一點點？說得更明白，其實只有一件事。

沒關係，你說。

我可以活下去嗎？

啊啊……這個問題真是妙極了。

身為人類這種群體的一部分，卻對組織沒有任何利益的我，活著也是毫無意義，即使如此，我還可以活下去嗎？

對我而言，這亦是宿命的問題呢。哎，既然已經死了，就無所謂了。是啊，是啊……不論如何，我對這個問題，能說的只有一句話。

咦？是什麼？

那就是「　　　　」喔——

嗶嗶嗶嗶嗶嗶嗶嗶嗶嗶嗶嗶嗶嗶。

被惱人的電子鈴聲吵醒。

「啊啊……」

一陣嘟囔後，

坐起身。

看來我並未鋪被褥，而是直接睡在榻榻米上。

做了討厭的夢。極度恣意，讓人陷入自我厭惡的狂妄夢境。我跟智惠只說過一小時左右的正經話，又何以能夠理解她的深層內心世界？

另一方面，內心卻又覺得這大概就是真實。

「話說回來，跟死人爭執又有何意義……」

還有什麼末了之事嗎？嗶嗶嗶嗶嗶嗶嗶嗶嗶嗶嗶嗶嗶嗶——換言之我——嗶嗶嗶嗶嗶嗶嗶嗶嗶嗶嗶嗶嗶嗶——到了這個時候——嗶嗶嗶嗶嗶嗶嗶嗶嗶嗶嗶嗶嗶嗶——

不，這種事先不管。

這不是鬧鐘，是手機鈴聲。我不喜歡手機鈴聲，因此維持在初始設定，但這也不是什麼令人愉快的聲音，我邊想邊按下通話鍵。

「喂。」

「……」

咦？沒有回應。可是有氣息聲，不可能是收訊不良。

「喂？聽得見嗎？」

「……」

「喂——聽得見我的聲音嗎？聽不見嗎？」

「……」

真是怪了。或者是手機壞了？因為前一陣子放在褲子口袋裡就直接丟進投幣式洗衣機。不過，現在的精密機械應該沒這麼容易壞。既然如此，是那個嗎？惡作劇電話？

「再不說話的話，我要掛電話囉。可以嗎？」

這麼說來，巫女子上次打電話來的時候，好像也以為自己打錯電話而慌亂不已哪——我不由得想起不相干的舊事。

「那我掛了。倒數計時，五、四、三、二——」

「……　　　　　。」

喔？好像說了什麼。可是那個聲音太小，聽不出究竟在說什麼。

「對不起，我聽不清楚，請再說一次。」

「……壓穿攻圓。」

「什麼？鴨川？」

「……　快點來壓穿攻圓　……」

宛若即將煙消雲散，人類聽覺容許範圍極限的音波。就連對方是男、是女、是大人、還是小孩都搞不清楚。語氣毫無抑揚頓挫，難以判斷裡面藏有何種感情。

「什麼東西？請再說一次。話說回來，你是誰？」

「……巫女子。」

對方扔下這句話就掛斷電話。

我將電話拋向地板，接著站起來伸懶腰。因為天花板很低，用力伸手就可以碰到。住在我樓上的是誰呢？對了對了，是十五歲的哥哥和十三歲的妹妹。那對兄妹感情好到讓人禁不住要會心一笑。不過，畢竟當事人只是在拚命求生，這種話當然不能對他們說。

這棟公寓有三層樓，每層樓有兩間，共計六間房。目前有兩間空房。三樓除了兄妹之外，還住著一個拋棄塵世的老爺爺。老爺爺喜歡基督教風格，跟喜歡日式風格的美衣子小姐多有衝突，但兩人絕非交惡。一樓的兩個房間目前都是空房，不過房東說下個月就有新房客搬來。居然有這麼多人想搬來這種破爛公寓，真令人萬分感佩。

「……逃避現實到此結束。」

我盤腿坐下，撿起拋出的電話。查看來電紀錄後，不用說當然是非顯示。既然如此，好好想一想吧。

「壓穿攻圓……應該就是鴨川公園。」

快點來？這沒問題，這個暫且沒問題。問題是在那之後。在那之後，我問對方的名字，對方怎麼回答的？

「巫女子……應該就是巫女子沒錯。」

這麼古怪的名字不可能是別人。話雖如此，對方也不可能是巫女子。她業已死亡。倘若死人可以打電話，電話線路肯定早就爆了。

「……」

我試圖思考，然而這一丁點情報完全無法統整。這才叫做思考謬誤哪——我試圖自我解嘲，卻感到一陣空虛。

消除來電紀錄，將液晶螢幕切回時間顯示。

下午十一點半。

五月二十五日，星期三。

「……」

呃……我今天一整天是怎麼過的？

我確實是在接近中午醒來，正想去玖渚那裡，出了公寓就遇見秋春君，接收巫女子的偉士牌當遺物，然後返回公寓，向美衣子小姐詢問停車場的事情，對那個複雜的手續感到厭煩，於是賭氣睡覺。

「……喂！什麼叫賭氣睡覺呀。」

你是小孩子嗎？

總之，那是下午兩點多。從那時到現在的記憶無法連貫，意思就是我睡了將近十個鐘頭。就連睡美人都要啞口無言的睡眠時間。五月二十五日的二十四小時裡，我清醒的時間不到三小時。

「最近這一陣子都在睡覺啊……」

總之，有一通電話。怪異、令人摸不著頭緒、毫無脈絡可循、只有單字的電話。搞不清楚意義，不，應該是只知道意義的電話。

「所以……總而言之，究竟是怎麼一回事？」

有兩條選擇：一是依對方要求前往鴨川公園，一是置之不理。基於常識判斷，當然是選擇後者。然而，我不知道任何常識。而且既然對方說出那個名字，我也不能不有所行動。到決定為止，所費時間極短。

洗好臉，脫下家居服換成外出服。

「好久沒聽過這種戲言哪。」

我留下遺言，離開公寓。跨上尚未租用停車位，直接違規停在巷道的偉士牌。走路赴約亦無妨，但鴨川公園有一點遠。儘管對方並未指定時間，但早到總比晚到好吧。

在今出川通轉向東方，直線急駛。我的思緒再度轉回先前的夢。那場夢境究竟是什麼意思？幽靈、靈魂或死後的世界這些東西，我既沒有不信，也沒有相信。擁有的靈異經驗跟普通人差不多，我的腦筋也沒有僵硬到只相信自己知道的事。話雖如此，又不是什麼古典文學，自己的夢境裡也不可能出現別人的意志。那終究只是我的意識，理應沒有摻雜任何其他的元素。

「……是依戀？還是心願？」

無論何者，那都只是錯覺。無須在意。更重要的是，夢裡出現的居然不是巫女子，而是智惠。我肯定是罪孽深重。

「請面對自己的罪行，這就是懲罰喔。」

不知何時，二月左右，鈴無小姐對我這麼說過嗎？又不是什麼千里眼，那個人竟識破一切……一方面讓人覺得「無法與之為敵」，卻絕對不讓對方產生自卑感。或許這也是相當稀有的人格。

穿過堀穿通、烏丸通、河原町通，抵達了鴨川。儘管是深更半夜，公園內畢竟不能騎機車，於是我將偉士牌停在橋邊，下了河堤，沿著河川，總之就是走下鴨川公園。

「啊啊……怎麼辨呢？」

光是一句鴨川公園，這個範圍也未免太大了。與其說大，或許該說是細長。而且河川對岸的沿岸也是鴨川公園。在京都裡絕對沒有不說正確路名，就跟別人約在鴨川公園的傻瓜。

「……嗯，也罷。」

對那種隨隨便便的邀約電話，我判斷也沒有認真理會的必要，便開始沿著河川流水向下走。一看時間，剛過十二點。這樣子就是二十六日，星期四。五月也剩不到幾天了，我開始胡思亂想。這麼說來，差點被零崎殺害也是在鴨川沿岸，那次是在四條大橋下嗎？當時智惠跟巫女子都還沒死。
彷彿是很久以前的事。
應該不是我多心了。
——嗯？
我回頭一看。視野黑暗難辨，不過，似乎沒有任何人。可是，我確實感到了。
一股視線。
「……嗯——」
白天跟秋春君在一起時也感受到了。秋春君說大概是巫女子的靈魂，不過還是朝現實方面想想吧。最有可能的情況是警方在監視我，因為我肯定是巫女子事件的嫌犯。
「可是，即使如此，這麼晚了也未免……」
況且，也沒有理由這樣偷偷摸摸吧。那麼，就是其次的可能性了。主使者不明的邀約電話，以及在約定地點感到的視線。這麼一來，答案就只有一個嗎？
「……」
我略微提升警戒心，繼續步行。然而，接下來都沒有感到那股詭異的視線。抵達丸太町通時，覺得自己實在愚蠢至極。我究竟為何要做這種事呢？
「……回去嗎？」
我重新爬上河堤，走上道路。過橋抵達對岸，下到對岸的鴨川公園。為了換換口味，決定從對面的河岸走回去。朝河川一看，有鴨子在游水。莫非這條河就是因為有鴨子游水，才取名叫鴨川？我陡然懷疑起來。不過，當然不可能有這種蠢事。

心想趕快回公寓睡覺，但想想我也才剛睡醒，於是作罷。既然來了，乾脆騎著偉士牌在京都繞繞。沿著河川一直騎到舞鶴附近也不錯。一來必須習慣騎車，二來也可以打發時間。

我邊想邊前進，抵達今出川通附近時，看見前面坐著一個可疑人影。那道人影旁邊倒著一臺腳踏車。光線黑暗無法辨識，不過人影並非坐著，似乎只是倒在地上。說得更詳細一點，那只是人的形狀。背對著我，一動也不動。我想也許是流浪漢在那裡睡覺，可是這樣的話，旁邊應該不會有腳踏車才對。或許是在木屋町通附近或某處喝酒，騎車穿越鴨川公園回家時，不小心跌倒了吧。儘管不覺得值得同情，可是把對方扔在這裡也不太好。既然是黑長髮，大概是女的吧？

「妳還好嗎？」

我先開口問她，但對方一點反應也沒有。宛如死亡似的。不，仔細一想，也有這種可能性。就算只是騎腳踏車摔倒，一旦撞到要害，也很可能死亡。喝醉的情況更是如此。我猶豫是否該置之不理，最後還是跑到她身旁，拍拍她的肩膀。「妳還好嗎？」重新問了一次，對方仍舊一動也不動。

「妳還好嗎？」

一邊問第三次，同時將她肩膀向後一推的瞬間，原本一動也不動的身體，竟以難以置信的速度翻轉，朝我的臉孔噴灑某種煙霧。

無法忍受的我想要向後躍開，還是遲了一步。左頰一陣劇痛。當我察覺自己被對方毆打時，整個背脊已經直挺挺地撞向河濱。

對方起身。

該死的，是因為臉部被毆？抑或是煙霧的影響？視線極不穩定。那究竟是什麼？若是催淚瓦斯，我的眼睛並不疼痛。鞭策搖晃不堪的身體，我左手按地欲待撐起；可是，對方卻毫不留情地逼近。我放棄起身，在地上翻滾避開追擊，繼續翻滾必要以上的距離，在十公尺外的地方單膝跪地。

人影在前方不遠處停步。身材高䠷，體格……咦？看不太清楚，視力尚未恢復嗎？然而，不穩定的不僅是視力。雙腳、膝蓋、頭部，現在也搖搖欲墜。並非身體不適，彷彿即將墜落某處……對，若要更加明白表現這種感覺……

……很疲倦。

就連抬起的那側膝蓋都咚的一聲落下。

麻醉瓦斯嗎……而且不是對付色狼的那種簡易藥品，是非常強效性的種類。別說是視力，甚至足以掠奪肉體行動力。在美國也就罷了，我完全沒想過會在日本親眼目睹（還真的是親眼！）這種東西。

對方向我步步逼近。以加速度持續模糊的視力仍然可以看出對方的右手握著刀子。刀子。零崎人識。京都隨機殺人魔。不行了，思考一陣混亂。

「……為什麼……」

究竟是誰？目的為何？不過當前的問題不是這個。現在昏厥是多麼不妙的一件事，就連此刻的思考能力都能理解。縱使沒有被殺，肯定也會淪落至瀕臨死亡的下場。

啊啊，媽的！我知道現在不是猶豫的時刻。話雖如此，自己傷害自己的行為，生理上終究不太喜歡。無論如何都會遲疑。對方的腳步很悠閒。這也是理所當然的，即使袖手旁觀，我都會自行昏睡。而從我的角度來看，這才是唯一的求生法。

右手還是左手？

我只有迷惑一瞬間，最後選擇右手。「啊啊，真是的……我是念佛之鐵（註38）嗎？」左手握住右手的大拇指。接著再迷惑一剎那，用力將關節往反方向一扭。「好痛啊啊啊啊……啊啊啊！」連自己都不忍聆聽的哀號，響徹鴨川公園。

不知是骨折？或是脫臼？總之這下子睡意全消。意識猛然清醒，視力和活動能力也復甦了。彷彿全身都變成痛覺神經。我立刻伸腿站起，與對方對峙。

對方全身穿著黑色服裝，頭部戴著黑色毛織面罩，看不見前額的頭髮。那頭長髮看來應是假髮。再加上皮手套。儘管視力恢復，但對方彷彿與黑夜融為一體，模糊難辨。一開始會看成影子，也是這個原因嗎？完完全全是準備襲擊他人的打扮。既比零

38　日本時代劇必殺系列「必殺仕置人」中的角色，平時以接骨為業，同時暗地利用接骨技術殺人的殺手。

崎更像殺人狂，亦比零崎更像隨機殺人魔。

我質問對方，當然沒有回應。只聽見令人不舒服的呼吸聲。接著用刀子指著我，緩緩走近。我沒有帶任何可以當作武器的東西。手機也留在房間裡。就連求援都無法辦到。

「混帳……你是誰？」

「沒辦法了……啐……」

我數秒後下定決心，主動走向對方。黑衣客似乎被我的行動嚇了一跳，握刀的手臂頓時一緩。我伸掌推向黑衣客的下顎，終究沒有擊中，黑衣客向後退開。接著重新握好刀子。

接下來採取行動的是黑衣客。刀子朝我揮來。宛如外行人的那個攻擊——完全無法與零崎相比的外行動作，輕而易舉就可以避開；然而，轉動身體的時候，右手大拇指不慎觸及自己的側腹，劇痛驟然攀升。

「啊！」

折斷大拇指果然太過頭了嗎？我感到有些後悔。早知道用指甲摳一下就好了。不然的話，要折也應該折小拇指。幹麼選大拇指？白痴嗎？我是白痴嗎？做事也該有個限度呀。

黑衣客當然不會放過我停頓的瞬間。全力向我撞來，失去平衡的我向後仰倒。黑衣客利用這個機會，跨坐在我身上。啊啊，上個月好像也發生過這種事哪——冷靜異常的我忽而尋思。當時是如何打破這種狀況的……

在我想起的瞬間，刀子已然揮下。目標是臉孔嗎——不，是頸動脈。我竭力將頭部向右一扭，避開刀刃。正所謂千鈞一髮。我感到頸部出血。黑衣客拔出沒入河濱的刀子，重新握好。正當我暗想這次肯定避不開時，黑衣客的刀子停在半空。就這樣，彷彿在觀察我似的低著頭，接著像是想到了什麼，「噹啷」一聲將刀子向後扔掉。

我還來不及思考這個行為的意思，那隻拳頭就已朝我的臉頰毆來。跟剛才一樣是左臉頰。下一剎那，另一邊的臉頰也挨了一記。接著左臉頰又挨了第三記。右臉頰。黑衣客手勁不減，接二連三、連續不斷、沒有瞬間停歇地持續毆打我的臉頰。

痛楚這種感覺早已消失。

腦部被人搖晃的感覺。

「……」

突如其來。

黑衣客停止毆打。

然而，我立刻就知道這並非由於同情。黑衣客雙手按著我的左肩。我馬上猜出對方的圖謀，也打算抵抗；可是，無法任意移動身體。那個麻醉瓦斯業已侵蝕我的身心。只要再施加一點點痛楚，我的意識就將完全消失。

然而……

「喀啦」一聲惱人的聲音，以及左肩傳來的劇痛，再度喚醒我的意識。黑衣客毫不留情地卸下了我的肩關節。而且，還用力毆擊脫臼的關節部分。「嗚……哇啊啊啊啊啊啊啊啊啊啊啊啊啊啊！」猶如野獸咆哮般的悲鳴。好久沒有感受過自己喉嚨的這股驚人破壞力了。

這傢伙在搞什麼？為什麼要幹這種事？並不是想殺我。這不是殺人行為，只是單純的破壞行為。只是將我視為純粹的破壞對象。彷彿拆解九連環似的卸除我的關節。

黑衣客接著將目標轉向右肩。

「嗚……」

所有醒轉的意識一起抵抗。我側身甩開黑衣客的手臂，然後直接握拳毆打對方的心臟部位。彷彿打在雜誌上，沒有任何觸感。看來那件黑上衣的內側也藏有某種防禦物。

因為大拇指骨折，我也沒辦法打得更用力。黑衣客輕鬆甩開我的右臂，再度將手按住我的右肩。

我的腦內已經沒有足夠意識可以揮開對方的手臂。「喀啦」一聲悶響事不關己地響起，可是痛楚並非與我無關。刑求般的感覺從雙肩傳至大腦。那股劇痛昇華至連大腦麻痺感都無法掩飾的等級。

接著跟剛才一樣，毆打脫臼的關節。然後不知是否為了報復，反手繼續毆打我的心窩。骨頭喀啦作響。那股衝擊傳達至脫臼的雙肩，遲了一瞬間的悶痛。

「……啊啊……啊……」

我自然而然地張嘴吸氣，毆打的衝擊亦對肺部造成莫大的傷害。不管這是否是黑衣客的目的，但他並未放過這個良機。黑衣客緊緊揪住我的下顎。喂喂喂，真的假的？這可是痛覺裡的最高境界喔？我還來不及詢問對方。既然如此，乾脆一口咬住對方手指，可是我對這種行為終究感到一陣躊躇。

接著，黑衣客猛力一拉握住下顎的手臂。比肩膀脫臼時略小的「喀啦」聲響，可是難以比擬的劇痛。然後照例從下方毆打我的下顎。

「……」

我並未出聲。已經不想出聲了。

訂正一下吧。

這果然是殺人行為。什麼破不破壞的，早就不是這種程度之事。這個黑衣客確實想要將我──將我這個存在本身凌虐至死。在給予各種痛楚之後，打算將我殺死。

打算將我解體。

黑衣客迷惑片晌──大概是在思索如何給予下一種痛覺──接著抓住我無力下垂的右臂手腕，抬了起來。

然後用力握住大拇指。

已經折斷的大拇指。

「……」

「呵呵呵。」

忽然。

聽見一陣笑聲，

就在這時，

我真的感到毛骨悚然。

將別人毆打至斯，

還能發出嘲笑的存在。

這是我在這個世界上，最害怕、最恐懼的對象。

「……　　……」

黑衣客用幾不可聞的聲音低語，鬆開握住的大拇指，改握住食指。我醒悟對方打算將之折斷。不光是食指。中指、無名指、小指，接下來是左手。接下來是腳趾嗎？或許黑衣客打算折斷我全身骨頭也未可知。下一步大概打算割我的肉。如此這般徹底破壞後，才終於肯將我殺死嗎？

我完全失去抵抗的意志。不，基本上也不明白自己當初抵抗的理由。早知道一開始被噴麻醉瓦斯時乖乖昏迷就好了。這麼一來，就不用嚐到這些痛苦。還自作聰明地折斷大拇指，我究竟在搞什麼？不，或許不是這樣。反正我終究還是會痛醒的。肯定會遭遇刑求般的處境。既然如此，結果還是一樣嗎？只不過過程路徑不同罷了。跟那時一樣，一場預定和諧的鬧劇。

我忽然有種從遠處觀察一切的感覺。
彷彿從對岸的河濱，看著此刻即將被殺死的自己。
看著自己，我又在想什麼呢？

啐……真是的！
有夠無聊。
極度微不足道、不值一哂。
真是戲言——

「你這混帳在幹什麼啊啊啊啊……啊啊啊！」

狂嗥。
我將空虛的目光轉向聲音的方向——對岸。那裡既已空無一人。那個矮小的人影踏入河川裡，正朝我的方向奔來。
我甚至無須思索來者何人。
那就像自己的事情一樣清晰。
「吼……吼吼吼吼吼。」
零崎他。

零崎人識他。

零崎人識他一邊怒吼，一邊在河邊跳躍，奔上河堤。由於突如其來的闖入者，黑衣客一時顯得有些怯懦，但立刻認清情勢，鬆開我的食指，離開我的身體。他大概也察覺到了，零崎並非坐在地上所能應付的對象。

在尚有一段距離之處，零崎施放一把飛刀。那把飛刀並非對準黑衣客，而是為了讓黑衣客離我遠一點。抵達河濱的零崎，庇護似的擋在我跟黑衣客之間。黑衣客拾起剛才扔在地面的刀子，慎重其事地擺好架式。

「呼……」

零崎調整呼吸似的用力吐了一口氣。

「……你幹麼故意讓別人欺侮？少在那兒玩被虐狂的遊戲！」

接著語氣輕佻地對我說道。我本想還嘴，但下巴脫臼也無法出聲。

「……哎，也罷。首先要搞定你。」零崎轉向黑衣客。「你是什麼東西？由我這種人來說或許很奇怪，這可是犯罪喔？暴力傷害殺人未遂。你懂嗎？有些事可以做，有些事不能做。」

破綻百出的臺詞，但因為無力吐槽，我只有沉默。

黑衣客畏懼地向後退了一步。面對這個狀況，全身顯得一派從容……或者該說，先前看來弱不禁風的零崎，而今卻讓黑衣客感到莫名的威脅。

「……說得也是。從狀況看來，這個不良製品的傷勢相當嚴重。現在的我也不適合公然殺人。你要逃的話，我可以放你一馬喔。」

零崎略微考慮後，如此說道。黑衣客又退了一步，彷彿在評估情勢。似乎還無法下定決心。

「怎麼啦？我都准你逃了，你就快點走嘛。喂喂喂，動作快點！」

黑衣客沒有回答。

零崎故意嘆了一口氣。

「——既然你一定要幹，我就陪你玩到死吧？在你來不及感到痛苦之前將你肢解。對於主動尋死的低能對手，我可沒好心到饒他一命。好吧，你就是幸運的第十三個被害者。快快讓我殺死、肢解、排列、對齊、示眾吧。」

這是決定性的關鍵。

黑衣客轉身朝今出川通的方向奔去。「哈哈哈，快走快走。」零崎開懷大笑，接著轉向我。令人懷念的臉頰刺青映照在我的視野，但旋即模糊。麻痺與麻醉似乎開始生效了。

「嗯？喂，你別在這睡呀。要睡的話，先告訴我住址再睡。」

零崎扶著我的肩膀搖晃。因為肩膀關節脫臼，所以非常疼痛，但現在這些都無所謂了。

「啊……」

我凝聚所剩無幾的意識，

用脫臼的下顎拚命，擠出公寓的住址。

3

我的下一個記憶，是在二十七日星期五上午九點整。

「喲！你醒啦？」

零崎就在我的枕畔。我一臉愕然，完全無法理解情況，努力瞅著零崎的臉孔。零崎顯得十分輕鬆，單純為我的甦醒感到欣喜。

「哎，不過你住的地方還真誇張哪。不但住址超難找，鄰居也很怪異。我向隔壁那個大姊借繃帶，她是頭一個見到我的臉竟然沒被嚇到的。不，不過你還睡得真久。該不會是那個吧？睡眠不足？你最近很疲倦吧？」

「呃……」

我右手按地想要撐起上半身，立刻感到一股劇痛。「嗚哇。」我忍不住縮手，再度倒在榻榻米上。最後勉強以左臂撐住，總算沒跌倒。

「你還真笨耶。手指已經斷了喔。肩膀和下巴的關節我隨便幫你壓回去了，可是骨頭斷掉的話，我也沒轍了。我替你做了急救處理，不過你還是去一趟醫院比較好。」

我聽他這麼一說，目光轉向自己的右手，只見大拇指被金屬零件、鐵絲以及大量繃帶半強迫式地固定。完全無視基本醫療規則，但確實不能算是錯誤的治療法。臉上也覺得有些怪怪的。看來是用紗布和膠帶之類的東西固定。在我睡覺的時候，零崎似乎一直在照顧我。

「——謝謝。」我向他道謝。

「不用客氣啦。」零崎不耐煩地揮手。「不過右手大拇指可不太妙哪。未來的生活會變得很麻煩喔？」

零崎揶揄似的笑道。樂於踐踏他人的痛苦，無論普通人或殺人鬼都是一樣。

「沒問題的，我是左右開弓。」

「真的嗎？」

「原本是左撇子，結果被矯正成右撇子。不過，因為討厭教我『拿筷子要用右手』的老師，所以又變回左撇子。那是在小學三年級的時候。」

「騙人。」

「嗯，抱歉。」

我努力將意識提升至正常水準。起床的感覺還可以，但總覺得有些頭重腳輕。

「……對了，偉士牌呢？」

「咦？什麼？」

「……不，沒什麼。」

大概還停在橋旁邊吧。日後再去牽車即可，如果還沒被拖吊的話。話說回來，如此矮小的零崎，居然獨力將我揹回公寓，該說是欽佩嗎？總覺得萬分敬仰。真是力大無窮的人。

零崎本人似乎對這種小事毫不在意，莫名其妙地向我抱怨起來。

「可是那個狀況究竟是怎麼一回事？你明明跟我打成平手，卻被那種窩囊廢搞成這樣。」

「跟你那次是特殊情況。嗯——情況不同。」我一邊留意大拇指，一邊抬起上半身。「昨天——啊啊，已經是前天了嗎？我接到電話。對方我要去鴨川公園。現在回想起來，很明顯就是陷阱……唉，因為上鉤了，才變成這種結果。」

「什麼東西？你是白痴呀？」

我亦無法反駁。

「唉，我也覺得很白痴。」我自虐地說道：「現在換我問你了。你為什麼還在京都？你不是離開了嗎？」

「咦？你怎麼知道的？」

「因為隨機殺人魔事件也停止了。」

「啊啊，原來如此。不，我只是暫時離開。被一個奇怪的紅女人襲擊，一個腦內麻藥全開的瘋狂女人，被機車碾過還若無其事地走過來哪。一千CC的重型機車喔！真是可怕的身體結構……總之，她好像是來抓我的，因為敵不過她，我就逃到大阪去了。結果那個女人居然一路追來。最危險的地方，就是最安全的地方嘛，所以我才折回京都，沒想到回來當天四處閒逛時，就聽見小狗哀哀叫，我向來以愛狗自居，當然不能置之不理，一走到聲音源頭，就看見你被黑怪客打得不成人形。」

「……原來如此，我知道了。」

零崎說到半途就開始失去耐性，後半部說得又急又快，不過還是聽出了那傢伙出現在那裡的理由。總而言之，我只不過是單純的運氣好。

或者該說，只不過是黑衣客的運氣差呢？

「嘖……話說回來，那個紅女人究竟是什麼來頭？老子還以為她是怪人紅斗篷（註39）咧。」

「她是哀川小姐。」

我說道。並不是要報答他的救命之恩，總覺得向哀川小姐透露零崎的情報，卻不告訴零崎哀川小姐的情報有失公允。雖然有失公允這種話從我的嘴裡說出來好像怪怪的。

「哀川……」零崎的刺青猝然詫異一歪。

「你剛才是說哀川？莫非是那個哀川潤？」

「啊啊，原來如此，你知道她嗎？那就沒有特別說明的必要了。」

「不，我也只是以前聽**老大**說過……該死，為什麼偏偏是哀川潤。」零崎忿忿不平

39　出現在日本國中學校廁所的幽靈。怪人紅斗篷會問上廁所的人：「你想要紅斗篷嗎？」如果回答想要，刀子就會從天花板掉落，刺中回答者，將身體染成紅色。

地咂嘴。「這樣當然沒有出手的餘地了。」

「哀川小姐很有名嗎？」

「什麼有名沒名……你不知道大家怎麼稱呼哀川潤的嗎？『疾風怒濤』、『一騎當千』、『赤笑虎』、『千人斬』、『沙漠之鷹』……老大特別交代我別跟她扯上關係哪。」

「你還忘了一個。」

「嗯？」

「人類最強的承包人。」

我說完，零崎默不作聲。那是我迄今未曾看過的認真表情。一旦知道敵人是**那個**哀川潤，就連零崎似乎都束手無策了。「不妙啊……這也未免太傑作了……」零崎輕聲低語，神情異樣地頷首站起。「那我先走了。」

「搞什麼，你要走啦？」

「嗯，我也沒辦法在這裡悠哉下去了，因為必須思考許多事。而且我也不是來找你的，現在不是與你促膝長談的時刻。況且我還是被警察通緝的身分，不能待在別人家太久啦。」

「啊，是嗎……」

這倒也是。在我將零崎的長相告知哀川小姐時，他的敵人就不止哀川小姐了，也包括警察權利本身。在這個房間逗留超過一天，對零崎來說不啻是踏入了紅色警戒區。

「乾脆去自首吧？」

「不錯的提議，但否決。」零崎不懷好意地笑道：「話說回來，你也好好處理自己的事喔。我看過報紙了。你說的那個葵井，不是被殺了嗎？」

「……是啊。」

「看來我們兩個都很辛苦呢。」

「嗯啊，沒什麼比這更麻煩的了。」

「我也是。沒辦法嘛，因為是在這種鐵軌上。那麼，我先走了。」

「這次大概真的沒機會再見了。」

我說完，「沒錯。」零崎笑了。

「永別了。」

他說完，就離開房間。獨自留在房間的我，再度躺在被褥上。不知道是零崎治療得當，或者原本就不是什麼嚴重的傷勢，躺下來以後就沒什麼疼痛。可是既然骨頭斷了，還是必須到醫院檢查吧。

不過，現在非常睏倦。麻醉還沒退嗎？不，應該不是這樣。換言之，只是單純的睡眠欲望。最近這陣子都睡個不停，究竟是怎麼一回事？

「啊……原來如此，身體睡著了，可是沒有休息嗎……」

所以終於到了界限。我決定先睡一覺再去醫院，於是閉上眼睛。最近煩惱太多了吧。明明告訴自己不要想太多，還是無法忘記智惠和巫女子的事。那個夢就是最佳證據。結果那個事件甚至無法在我的內心解決。

總之，現在必須休息。無論是那通電話，還是那個黑衣客，我都決定等醒來後再說。

「喂！」

可是……

就連睡眠這件事都不被容許。敲門聲和呼喚聲響起。我坐起身，不情不願地移動。一開門，零崎回來了。

「原來是你啊……忘了什麼東西？」

「差不多。忘了跟你說一件事。」

零崎回到房間，盤腿坐下。我回到被褥，並腿坐著。

「所以是什麼？虧你走得那麼帥氣。」

「忘了所以沒辦法嘛。喏，那個手機。」

零崎指著我扔在榻榻米上的手機。

「嗯，怎麼了？」

「你睡覺的時候響了好幾次呢。」

「……喔，什麼時候？」

「今天早上。嗶～嗶～嘎～嘎～的吵死了，真是的。你這樣還醒不來呀？」

我一邊聽他說，一邊確認來電紀錄。有見過的號碼。這個號碼我記得是——

「啊啊，是沙咲小姐。」我想起來了。這個號碼屬於目前正處於消耗戰之中的佐佐沙咲刑警。而這個號碼從今天八點到九點為止，一共有七通來電紀錄。「……有什麼事呢？」

「我沒接所以不知道。我不接比較好吧？在意的話就打過去吧。」

「正有此意。」我按下沙咲小姐的號碼。

「沙咲是誰？我好像也聽過這個名字。」

「大概是在卡拉ＯＫ時跟你說的吧？優秀的女刑警。」

「啊，是嗎？」零崎露出複雜的神情。刑警這個詞彙對現在的零崎來說，肯定不是很愉快吧。當然我對這個單字亦沒什麼好印象。

電波似乎接通了，來電答鈴響起。我就這樣等待數秒。

「你好，我是佐佐。」沙咲小姐的聲音。

「喂，是我。」

「嗯，剛才發生什麼事了嗎？」

「不，我睡著了。」

「……是嗎？那就沒事了。」

聽來格外冷靜的聲音。

彷彿強迫自己冷靜下來的語氣。換句話說，現在的沙咲小姐一點都不冷靜，就是這麼一回事吧。

「沙咲小姐，發生什麼事了？或者妳又想要問我什麼？」
「是有事情發生。」沙咲小姐說：「宇佐美秋春同學被殺了。」
「……」

冷不防。

一切。

全部連接了。

「——宇佐美嗎？」
「是的。」
「沒有錯嗎？」
「我不是連這種事都可以開玩笑的人。今天早上被學校的同學發現了。跟江本同學和葵井同學的時候一樣是絞殺……我目前正在現場。」

這麼一說，沙咲小姐的說話方式確實像在窺伺周圍、顧慮旁人。附近大概有其他警察、法醫，甚至是看熱鬧的人。

秋春君。

他好像說過下一個被殺的多半是他？

沒想到居然一語成讖。

「……是嗎……」

不過，這恐怕不是單純的巧合。假設秋春君已經洞悉一切，就有明確的理由預測自己的死亡。而且一如他的預測，被犯人無情殺害。

「我想順便問你一點事——」

「沙咲小姐，先等一下。」我語氣強硬地說：「我有一些關於秋春遺體的問題，方便嗎？」

「……嗯嗯，請說。」儘管不是面對面，沙咲小姐似乎從聲音察覺我的異常，未置一詞地催我發問。「只要是我能夠回答的範圍，一定告訴你。」

「我想問的只有一個。這次現場也有遺留那個『X／Y』嗎？」

「是的。」沙咲小姐沉默片刻後，以低沉的聲音肯定我的問題。

「但這次很不可思議。目前還無法確定，可是跟江本同學和葵井同學的時候不同，宇佐美同學的時候有**被害者本人**書寫這個式子的痕跡。」

「……」

「……就是這麼一回事。有什麼奇怪的嗎？你想到了什麼？或者你已經知道『X／Y』的意思？」

不是，不是這樣。

我早就知道這個式子的意思了。可是，事到如今這個式子根本就沒有任何意義。問題不是這個。

「……不，不是這樣。我知道了。待會去府警報到就可以了吧？」
「這樣最好。你幾點可以到？」
「今天白天……不，傍晚左右。」
「那就這樣決定——」
我沒等沙咲小姐說完就掛斷手機。要是再繼續說下去，好像會不小心吐露不該說的話。此刻的我就是如此激動。我異於平時的粗魯動作，將手機扔向榻榻米。
「喂喂喂，你在幹什麼？」零崎驚訝地說：「白痴啊？丟手機又能怎樣，手機真可憐。」
「——這就是一般社會所說的遷怒行為。」我淡淡說道：「換言之，透過亂扔東西，抑制自己心中的憤怒。」
「不，這我知道。」
零崎愕然拾起手機。看來並未損壞。他檢查過後，將手機放在跟我相隔一段距離的地方。
「發生什麼事了？」
「秋春君被殺了。」
「那真是……啊……」零崎事不關己地發出讚佩之聲。「這樣子不是就三個人了？還真是了不起哪。究竟是何時發生的？」
「姑且不管何時遇害，屍體似乎剛發現不久。因此遇害時間是介於星期三白天到今天早晨。」

「喔……這可真是傑作。短短十多天就絞殺三個人。真是亂七八糟。啊，不過我也沒有立場指責別人嗎？那犯人呢？絞殺的犯人究竟是誰嘛？」

零崎。

一副與他無關的態度問道。

我。

一臉不屑地回答。

「犯人？你是指殺死江本智惠、殺死葵井巫女子、在鴨川公園襲擊我、殺死宇佐美秋春的那個犯人？」

「也沒其他人了呀？」

「這種事還用說？」我以連自己都不寒而慄的冷酷語氣唾罵那個名字。「那一定是貴宮無伊實。」

靑宮無伊實

ATEMIYA MUIMI

同學

第八章　審理——（心裡）

10

其實你早就知道了吧？

雖然現在的性格也沒有好到值得讚譽，可是在被眾人喚為少年的那個時代，我是異常令人厭惡的小鬼。以為自己腦筋好、智商高，自然而然鄙視周圍的那個時代。知道大家都不知道的事，發現大家都沒發現的事，不知從何時起，這種自覺讓我變得傲慢。

或許是這個原因嗎？

一旦有疑問，不解決就無法安心。我有這種能力，思考解除疑問後，確實亦有一種成就某事的心境，彷若變成某人的感覺。

然而……

不斷解決連番出現的困難問題之際……不，是將連番出現的困難問題盡數解決**以後**，徒留予我無限的空虛。

其他傢伙不用做這種事也過得很快樂。即使沒有提出答案，或者甚至沒有感到疑問，他們都過得很幸福。

歡笑，哭泣，時而發火。

我當時以為這是因為他們很無知。

認為他們只是天真無邪地在布滿地雷的草原上奔馳，他們總有一天會對自己的愚蠢感到後悔。

當踩到地雷，一切都結束後，他們一定會感到後悔的。

然而事情並非如此。

我只不過是在自己創造的世界裡，解決自己產生的疑問，並因此洋洋得意的孤獨小鬼。真的以為理論可以彌補經驗，認為只要祈禱，自己也能夠獲得幸福。

我搞錯了少年的本質。

即便如此，世界亦沒有結束。

遊戲依然持續。

明明決定性地落後，毫無贏面可言，但人生依舊持續。我也曾經一度以為自己即將結束，事實上亦曾試圖終結自我，可是我連這件事都失敗了。

事實上。

我並不是旁觀者。

而是敗北者也未可知。

只不過是悲慘的敗北者。

因此我不知何時開始，再也不對疑問積極提出明確的答案。與其說是變得消極，倒不如說是對疑問感到無力。

解答根本沒有深刻的意義。

就算曖昧，

含糊不清，

模模糊糊。

這樣也無所謂。

這樣反而比較好。

決定性地改變情況這種行為，乃是人類最強的紅色或學者的藍色——那種超越世界、真正的被揀選者們的職責，絕對不是我的任務。

隨處可見的敗北者。

這不是戲劇旁白的工作。

即使踩到地雷仍舊一無所覺的生存方式不也很好？

明知地雷存在，還假裝遺忘，最後真的忘懷的生存方式不也很好？

即使已經遲了一步、即使終究是一種妥協，即使被說是偽裝成人類的姿態生活，我亦如此認為。

鏡子的另一端。

注視著沒有失敗的自己，我如此認為。

不是很簡單的事嗎？

沒有失敗只不過，

因為失格而已。

若要淪為殺人鬼，寧可身為敗北者。

他大概亦會這麼說。

若要淪為敗北者，寧可身為殺人鬼。

無論何者都是戲言。

既是戲言，亦是傑作。

無所謂，這樣就好。

一切這樣就好。

問我是否感到自己是不良製品的她。告白她喜歡我的那個女生。預言自己是下一個被殺的他。以及批評我很遲鈍的妳。

我明白了。

改變情況並不是我的職責，

可是結束因我而生的無謂戲言，確實是我本人的工作。

按照我的風格，漂亮地結束這件事吧。

無伊實。

我向零崎借用那把尖錐的刀械，插入鑰匙孔，喀啦喀啦地轉動。一分鐘左右響起鎖匙鬆脫的聲音。握住門把向後一拉。因為掛著門鍊，所以只能拉開數公分。

「——」

我猶豫一下，揮刀砍斷那個鍊子。鍊子比想像中更脆弱，一下子就散落開來，其中一個打中我的臉。但我並不在意。拉開從束縛中解放的門扉，進入房間。

眼前是令人啞口無言的光景。

被撕得體無完膚的壁紙，散落一地紙片中摻雜著食器碎片。脫鞋進房似乎好不太安全，儘管感到抱歉，還是穿鞋進去了。進房一看，慘狀更加嚴重。純粹的破壞。這個空間裡的物品，無論多麼微小，恐怕沒有一件還保持原本的形狀。所有東西都被破壞殆盡。損毀散亂的衣服。毀壞的家具。撕破的書籍。破裂的電視。粉碎的電腦。沾滿髒汙的地毯。從中央裂成波紋狀的鏡子。翻倒在地的垃圾桶。滿地散落的燈泡碎片。肢離破碎的倉鼠。被挖空的枕頭和床舖。被肢解到甚至喪失意義的蔬菜。被翻空的電冰箱。中央深深凹陷的冷氣機。寫滿塗鴉的噁心茶几。出現裂痕的水箱，以及附近的熱帶魚屍體。沒有一根完整，全部斷成兩截的筆。喪失功能的時鐘。被撕光的月曆。被絞首的熊布偶。

還有。

「妳在幹什麼……」

蹲在窗邊，詛咒似的瞪視我的她。

這個房間裡破壞得最徹底的，

絕對就是，

她。

「……無伊實。」

沒有回應。

唯獨忿忿不平的視線，刺穿般地朝我射來。

髮絲，

那頭長長的細捲褐髮，

被無情地剪去了。

仔細一看，房間到處都是頭髮。我並不認為頭髮是女人的性命，可是，從某種意義來說，這也相當駭人。

這個狀況。

這裡完全是她的領域。

成立在隨時都可能毀於一旦的平衡感下的無伊實結界。

鑲嵌在空間中的詛咒，全部衝著我而來。刺穿我的不只是無伊實的視線。被徹底破壞的房間，全都對我投以敵意、惡意、害意和殺意。

彷彿與全世界為敵的心情。

「……妳可不可以別這樣瞪我？」

「……閉嘴！」她低聲說：「……你是來做什麼的？無恥！」

「放心吧。我不是來救妳的。我既不是這種好人，更不是男主角。」

我移動右腳，踢開散亂一地的東西，撥出一個空間，在無伊實的正對面坐下。仔細一看，我旁邊有一個被破壞的手機。

「……啊啊，原來如此。這麼一來，沙咲小姐就沒辦法跟妳聯絡了。既然如此，他們大概很快就會趕來。現在不是悠哉的時候。」

「……你來幹什麼的？」

「我大概都已經知道了。」

我故意淡淡說道。一方面固然是認為現在最好不要刺激她，另一方面則是因為此刻的我也只能這麼說話。

「或者該說是已經猜到了？可是有件事無論如何都不明白。可以告訴我嗎，無伊實？」

「……」

「妳的沉默我就當成默認。」我頓了一下。「……到襲擊為止我都明白。可是，妳為什麼要殺秋春君？這件事我搞不懂。」

「……」

「妳應該沒有非殺秋春君不可的理由。」

「……哈哈哈哈哈哈哈哈！」

無伊實突然狂笑不止。非常冷酷地狂笑。毫無一絲感情地大笑。瘋狂大笑。「受了那麼重的傷……」她接著睨視我道：「受了那麼重的傷還敢來，你是白痴嗎？這裡可沒人會碰巧現身救你囉。莫非有誰在房外等你？」

「啊啊……不是這樣。那傢伙的登場原本就是意外，不用介意。」

我想起那天晚上的事，同時大拇指按著臉上的紗布說道。肩膀和下顎當然都還稱不上痊癒，身體狀況根本不適合與他人硬拚。

「……針對那天晚上的事，我一開始也無法確定。那個黑衣客戴著毛織面罩，不可能是長髮。因此我起先認為黑衣客不是無伊實，但既然頭髮剪成這樣，就說得通了。莫非是為了這個理由才剪短？」

「少臭美了！這種事豈能當成理由？」

「我想也是。」我聳肩。

「……不過，你比我想像中更加謹慎。跟蹤沒兩下就察覺了。那棟破爛公寓的牆壁太薄，也沒辦法在房間襲擊。」

「嗯，絕佳的環境吧？」

我模仿哀川小姐的語氣自嘲，可是，自己也覺得不是很帥氣。

「話雖如此，藉巫女子之名把我引出去是違反規則喔。實在稱不上漂亮的手段。」

「……別把她的名字掛在嘴上！」

無伊實面目猙獰地破口大罵。

「你沒有這種資格。」

「……那真是失禮了。」

「我一點都不想跟你說話，不過還是賞你一個問題。你為什麼甩掉巫女子？」

「我不覺得自己有甩掉她呀。」

「為什麼？」

無伊實用力擊牆。整個房間震動不已，完全沒有顧慮自己身體的猛力一拳。儘管不是自己被打，我卻感到背脊一陣冰涼。

面對殺人鬼比現在好太多了。

比面對這種壞人好太多了。

「為什麼？為什麼不回應巫女子的心情？明明是很簡單的一件事。為什麼連這麼簡單的事都做不到？為什麼連這點事都不肯替她做？」

「是我先問妳問題的。妳也先回答我啊？我重新問妳，幾次都可以。妳為什麼要殺秋春君？明明沒有理由。其他一切都很清晰，唯獨這件事完全猜不透。我剛才也說過了，到襲擊我為止，我都可以接受喔。妳有這樣做的理由。我也不是不能理解。可是為什麼用襲擊我的那雙腿，跑去殺死秋春君？」

「如果我回答你，你也可以回答我的問題嗎？」

「好。」

無伊實又繼續嗔睨我片晌。

數分鐘之後。

「很簡單。」無伊實說：「因為我覺得這樣做最自然。」

「自然——嗎？」我一邊窺視無伊實的表情，一邊說：「可是，秋春君不是妳的朋友？」

「沒錯。我喜歡他。不過，沒有喜歡到無論發生什麼都可以不絞殺他的地步。」

那句話語裡、那個動作中，不帶任何一絲謊言。

「朋友並不構成不能殺死對方的理由，這單純只是優先順位的問題。」

她發自內心老實說。

我瞇起雙眼，緩緩點頭。優先順位。朋友。順位。朋友。在腦筋裡咀嚼她的話語，接著，思考該如何回答她才好。

「難道你是絕對不殺朋友的人？無論任何理由，絕對不殺朋友的人？」

「可能殺死的存在，我不會稱之為朋友。」

「那還真是了不起啊。」無伊實嗤笑。「你這個偽善者！為什麼不將那個偽善分給巫女子？現在輪到你回答我的問題了。」

「……」

我在腦中重複三次自己想說的臺詞，接著從脣間吐出。

「大概是因為不喜歡吧。」

我以為無伊實會一拳揮來，然而，她一動也沒有動。直勾勾地盯著我，文風不動。

「……原來如此。」無伊實靜靜說道：「你既不是卑鄙，也不是遲鈍，只不過是殘酷而已嗎？」

「所以呢？」

「我應該說過了。應該說得很明白了。要是你敢傷害巫女子，我絕對不會放過你的。」

面對彷彿即將炸裂的無伊實，我半閉上眼睛。我再度聳聳肩。

「話說回來，妳又是如何？我是完全無法理解。雖然明白妳的行動理念，但不知道是否真的是為了巫女子。」

「我不是叫你別把她的名字掛在嘴上？別自以為是地講述巫女子的事！明明什麼都不知道。」無伊實說：「我什麼都知道。只要是巫女子的事，我什麼都知道。我跟她從小學就認識了。對她的事比自己的事還明白。若說有什麼事搞不懂的，就只有她為何會愛上你這種殘酷的王八蛋！」

「我想答案很簡單。」這次我立刻回答。

非常簡單，對我來說是再明白不過的事。

「誤會。」

「……」

「錯覺。誤解。錯誤。錯估。迷戀。被愛沖昏頭的美少女，總之就是沒有識人的眼光吧。」

「……你想說的就只有這些？」

無伊實的語氣帶著昭然若揭的怒火。這股怒火何時爆發都不奇怪。現在這樣對話，光是這樣交談恐怕都已抵達極限。

「不，還有一件事。這畢竟是跟巫女子的約定，還是完成吧。無伊實。」

我最後開口問了。

妳能否容許——

「妳能否容許自己身為殺人犯的存在？」

「有什麼容許不容許的！」無伊實終於大發雷霆。「我沒有做錯任何事！絕對沒有！為巫女子做的事怎麼可能會錯？最替巫女子設想的人是我！你有什麼資格指責我？這一切都是為了巫女子！只要是為了她，我什麼都幹得出來！就算是殺人，就算是自殺，根本算不了什麼！」

「……」

為了正義。為了信念。為了真理。

為了助人。為了夥伴。

為了朋友。

殺人。

「我喜歡巫女子，跟你不同！明明無法喜歡任何人、明明不肯替任何人著想，別活得那麼逍遙自在！明明沒有替任何人做過任何事！你這種沒有任何人類感情的不良製品少給我大放厥辭！」

因為是為了其他某個人。

毫不躊躇。沒有疑惑。

沒有一絲猶豫。

甚至沒有後悔。

不愧對他人，不顧慮自己。

殺人。

「如果沒有你就好了！這樣子我、智惠、巫女子、秋春就能跟以前一樣快快樂樂地生活！你沒有出現就好了！我們一直過得好好的！從小學開始、從高中、上大學以後也是！因為你的出現，我們才變成這個樣子的！」

因為妨礙。

因為阻撓。因為麻煩。因為礙事。

因為鬱悶。因為不安定。因為不愉快。

殺人。

「全部都是為了巫女子！巫女子是我的，我是巫女子的！我跟她是好朋友！我為了她，連父母都能殺死！她為了我，連你都能殺死！」

因為是為了重要的人。

誰都能殺死。
幾個人都能殺死。
不論是幾十個人、還是幾百個人。
不論是自己、還是別人。
連死黨都能殺死。
「我沒有錯！我是對的！所以要我說幾次都可以！就算時光倒轉，我也會做相同的事！巫女子也一定會原諒我的！」
並不是一時衝動。
也不是無技可施。
猶如呼吸一般。
猶如隨機殺人魔一般、猶如殺人狂一般。
猶如不良製品一般、猶如人間失格一般。
殺人。
「我——可以原諒我自己！」
無伊實一腳踏在滿是碎片的地板，如此咆哮。
「……喔。」
注視著怒不可遏的無伊實，
我的雙眸想必是非常冷靜。

「妳想說的只有這些？」

她對我怒目而視。

這種事根本無所謂。

「那就好了。我求妳，別再說話了。妳的聲音很刺耳，妳的存在很礙眼……說完所有想說的話，做完所有想做的事，這樣就滿足了嗎？妳完完全全地壞了。肯定是要失敗的。」

「……失敗？我嗎？」

「什麼為了巫女子？無伊實，妳只不過是把責任推給巫女子，不是嗎？」

「別說得一副自以為是……」

我知道無伊實正努力克制意欲朝我撲來的身體。倘若我沒有說出巫女子的名字，她鐵定早就這麼做了。

現在。

能夠讓無伊實保持清醒的，

只有葵井巫女子這個存在。

「既然如此……」她彷彿在地獄底端呻吟，沉聲說道：「既然如此，你又是如何？你對巫女子的死，沒有感到任何責任嗎？回答我！」

「沒有。一點都沒有。亡者終究只是死亡而已。」

「……」

無伊實的臉孔瞬間變得蒼白。她的精神既已逾越發怒的階段。我雖然察覺到了，可是並未停止說話。猶如機械般地繼續開口。

「我沒有傲慢到干涉他人的人生。想做什麼、做了什麼，畢竟只有當事人應該負責。妳應該也不例外，無伊實。」

「你……究竟是什麼東西？為什麼能夠這樣想？為什麼能夠有如此噁心的想法？你瘋了。你不是人。」

「我只不過是無法苟同硬要將他人塞進自我裡的黏稠人生。我是為了誰、為了誰……這種凡事歸咎他人的人生，簡直無聊透頂。」

宛如正在凝視自己。

「我好像曾經說過你跟智惠很像……我重新訂正。」無伊實宛如畏懼惡魔似的說：「智惠疏遠他人的性格是自卑感的表現……而你只不過是對敵人的憤慨。」

「唉……」

我裝模作樣地嘆了一口氣。既無法否定，也不想否認，反倒想問她為何事到如今才察覺。似是而非的東西，終究還是非。這是簡單至極的道理。

「……算了，妳喜歡怎樣就怎樣。我和妳是毫無關係的陌生人，所以沒有干預妳的意思……可是殺秋春君就不太好了，無伊實。妳很快就會被逮捕囉。雖然我不認為巫女子希望看到這種事——」

「這種事根本無所謂。我也不懂法律。被逮捕？大概吧。可是，到那為止還有時間。還有足夠的時間可以痛毆你、殺死你。」

無伊實單膝跪地，配合我的視線高度。不知何時出鞘的刀刃，對我閃著白晃晃的光芒。那天晚上，黑衣客使用的那把刀。掠過我的頸動脈的那把刀。

「沒有人會來打擾了。」

「殺了我又能怎樣？」

「關我屁事？你或許覺得莫名其妙，不過我要你負起傷害巫女子的責任。」

「……」

啊啊，是嗎？

無伊實妳終究不瞭解最重要的事。嘴裡一直說是為了巫女子、為了巫女子、為了巫女子，那分明只是藉口、辯解、託詞。

促使妳行動的，

是對我的嫉妒，

對巫女子的平凡後悔，

對自己的無聊罪惡感。

只不過如此啊。

「戲言也別該適可而止，無伊實。」我一無所懼地說：「所以呢？要繼續上次的事？毆打我、毆打我、攻擊我、攻擊我，讓我體驗所有稱為痛苦的痛苦，最後還想殺我？」

「沒錯。」

「是嗎？」

我，

以左手握住自己的右手食指。

「例如像這樣折斷手指？」

接著順勢將手指向後一扳，指骨應聲而斷。

猶如，

折斷樹枝的聲音。

無伊實的表情悚然僵硬。

隨時都要發狂的劇痛在斷指處奔馳，可是我表情毫無變化，向她展示折斷的食指。

「這樣滿足了嗎？」

「……」

「不對。妳不可能這樣就滿足。妳不可能這樣就釋懷。因為妳對我恨、恨、恨之入骨，不可能這樣就罷休。因為只要是為了巫女子，連道德、法律、常識都不放在眼裡。」

「唔、唔唔……」

動搖。

無伊實的感情裡第一次摻雜了動搖。

就連這種事，我都不在意。
「接下來是中指嗎？」
我說完，用力握住中指。
彷彿將自己的身體當成木偶。
因為是木偶，所以沒有神經。
因為是木偶，所以不需要心靈。
所以能夠若無其事地折斷。
喀啦。
「接下來是無名指？」
將無名指扳向不可能的方向。
喀啦。
「最後是小指？」
將小指彎成不可能的形狀。
喀啦。
「這樣右手就徹底破壞了。這樣我就再也無法抵抗了。」
「啊……啊……啊……」
無伊實面無血色。與其說是恐懼，倒不如說是慌亂。打從心底忌憚自己無法理解的事物。某種凌駕一切怒氣的致命性感情。

「那接下來是左手?」
我將四隻手指朝向地板。
接著毆打地板似的將體重加在手臂上。
喀哩喀哩喀哩喀哩。
美妙愉悅的四重奏。
「再扭轉看看。」
喀啦。喀啦喀啦喀啦。
「接著將兩隻手並攏——」
「你……你在做什麼?」無伊實冷不防尖叫,扔下刀子,握住我的手腕。「你……你的腦筋有問題嗎?什麼?你在做什麼?」
「替妳做妳想做的事。這跟妳自己做是一樣的。再說得白一點,這跟巫女子做是一樣的吧?要是讓妳來形容的話。」
我向她展示八隻詭異扭曲的手指。即便是神經異於常人的她,似乎亦不忍目睹這番景象,無伊實反射性地撇開目光。
「不……不痛嗎?你的手!」
「還好。」我從容不迫地答道:「對我來說,這種事算不了什麼。無論如何毆打、攻擊,我都沒有任何感覺。妳想殺我就殺吧,聽憑尊便。可是對我來說,死亡是一種解放,只是解放而已。」

「胡說八——」

「我已經膩了。對活著這件事、對周圍的人和不在周圍的人、對構成世界的各種意志和沒有構成世界的各種意志、對妳、對巫女子、當然對自己也是。感到非常不耐煩。不好的是我。對活著這件事只感到痛苦。對我來說，這裡是沒有任何價值的地方。就算明天世界滅亡、就算今天我自己死亡，這種事怎樣都無所謂，這樣反而比較好。所以殺死我一點意義都沒有。就算那天晚上被妳殺了也無所謂。」

「——……！」

「話雖如此，只要殺死我，妳就得償所願了吧？但這既不是復仇，也不是正義，更不是對好友的俠義之心。這只不過是妳的消愁解悶。只不過是排遣鬱悶罷了。這樣妳的心情就會舒坦，只不過如此。藉由讓我痛苦，消除對我的嫉妒；利用讓我難過，遺忘自己的後悔；透過殺死我，排除自己的罪惡感。」

「不是！」無伊實抱住自己的頭，發狂般地拚命搖動。「不是不是不是不是不是！別岔開話題！別岔開話題！自己在那裡胡說八道！我是為了巫女子——」

「那麼殺了我吧。用自己的雙手殺了我吧。就算這樣，世界也不會改變的。」

單純為了自己。

別說是為了任何人。

沒有任何解釋、辯駁的餘地。

單純基於自我意志殺死我吧。

觸犯沒有任何利益的罪行吧。
「唔唔唔唔……啊啊啊啊啊啊啊！」
無伊實撿起刀子。接著以激忿填膺的神色、鬼氣逼人的目光、忍受詛咒般地緊咬櫻脣，然後全力掐住我的喉嚨，反手一刀貼著我的頸動脈，刀刃刺破一層皮。
迷惑、茫然、呆滯、迷惑，
「嗚、嗚嗚——」
接下來，
她仍舊一臉迷惑。
「…………」
我閉上眼，
暫時任時間流逝。
不過很快就厭了。
「什麼跟什麼啊……」
我輕輕揮開她的玉手，刀子遠離頸部。站起身，低頭俯瞰蹲坐在地、喃喃自語的無伊實，接著猛力一伸懶腰。
「能夠替自己做些什麼的人類，究竟是何時消失的呢，無伊實？」
什麼使命感、正義感。
什麼群體意識、友情。

「妳不覺得根本是一派戲言嗎？」

無伊實並未回答。話說回來，我也不知道自己是否有資格問她這種問題。別說是替自己，我甚至未曾替任何人做過任何事。甚至未曾替任何人做過任何事。

「那你要我怎麼辦……」無伊實哀求似的說：「我究竟能夠替巫女子做什麼……你說我該替她做什麼才好？你究竟要我怎麼做才好啊……」

這種事問我又有何用？

一旦思考這種事，結局終歸是死路一條。

自己可以替誰做什麼，這種事畢竟只是一種幸福幻想。而今察覺一切都是虛幻的妳，業已無路可走了。就跟智惠和我一樣無路可走。大幅逾越絕望，此刻在你面前的是徹底黑暗的絕對虛無。

業已無路可走了。

然而，對我也好，對她也罷，這都是再明白不過的道理，我並不打算點破。即使她不明白，我也不打算主動告訴她。

「如果要我說真心話……」

我背對無伊實說。

「我來這裡是為了讓妳殺死，是想讓妳殺死才來的。有人想殺我，而我也期望被殺，因此覺得這樣也好，打算就這樣結束這件事。可是，我改變心意了。我不想被妳這點程度的人殺死。」

「既然如此……」

無伊實垂首說道。

我移開視線，朝玄關前進。

無伊實悲痛萬分、彷彿已經被緊繃的線割得四分五裂、泫然欲泣、嗚嗚咽咽、意欲傾吐腹中物似的說：

「既然如此，現在殺了我啊。」

「誰管妳？自己去死。」

簡短回答，我並未回頭。

一點都不想回頭。

2

「喲！結束了嗎？」

剛離開無伊實的公寓，靠著電線杆的零崎揚手向我說道。我腳步不停地走過他身旁說：

「嗯啊，結束了。」

「是嗎？」零崎說完，追到我身旁跟我並行。

「嗚哇！你的手怎麼了？怎麼一回事？是我多心了嗎？骨折量暴增九倍囉。」

「嗯啊。」

「被她折斷了？嗚哇——貴宮這女人是念佛之鐵呀，不可不慎。」

「不，全部都是我自己折的。」

「你是白痴嗎……這麼說來，那天大拇指好像也是你自己折斷的嘛。被虐狂嗎？你是被虐狂嗎？不痛嗎？無痛症嗎？腦葉切開術（註40）嗎？」

「不，痛得非常厲害。因為太過疼痛，甚至沒辦法昏厥。就快飆淚了。其實現在正要去醫院……西陣醫院就在附近吧……我也不是被虐狂。只不過當時需要驚嚇療法。」

「……骨折這種傷未必能夠痊癒喔。搞不好一生都不能打棒球了。」

「那時我會踢足球，沒問題的。」

「騙子……」零崎傻眼嘆道：「……所以呢，結果如何？」

「天曉得。接下來只是後續處理。這是沙咲小姐和數一先生的範圍，他們應該也可以應付。無伊實被逮補，一切公諸於世，大概就是這樣吧。」

倘若無伊實那時還可以保持清醒。

不，基本上還不知道她能否活到那時。

零崎一臉無趣地將手枕在後腦勺說：

「唉——一點都不浪漫哪。不能再浪漫一點嗎？」

40　對腦的一葉或數葉進行外科手術，將該處的神經傳導路徑，與其他部位分開，以根治精神分裂症。

「因為很現實嘛，沒辦法。」

「啊——或許是吧……你有父母嗎？」

零崎驀地冒出一個毫無關聯的問題，不過我已猜到零崎大概會問這個問題，故而並未感到訝異。

「喔——那麼，感謝嗎？」

「有，在神戶。我想應該還健在。」

「嗯？」

「總之，你對父母有什麼感覺？」

「關於什麼？」

「關於他們把你生到這個世界。」

「……零崎，你怎麼了？不過這或許根本用不著問。」

「這種事想當然耳囉。」

「是啊，想當然耳。」

我們相互瞟了一眼。

「活著——」「真抱歉。」（註41）

「太宰果然比芥川好嗎？」零崎笑了。

41 太宰治《二十世紀旗手》的副標題。

「我最喜歡武者小路（註42）。」我沒有笑。
「菊池寬（註43）怎麼樣？我搞不好很喜歡。」
「沒看過……我不是很喜歡閱讀這種事。」
「啊，你說過了嗎……喔——」零崎不知為何同意似的點頭。「話說回來，刀子快還我吧？那把刀很珍貴的。」
「啊啊，這個嘛。喏，零崎，我有一個小小的要求，這個可以給我嗎？很方便呢，不用任何技術就可以開鎖。」
「白痴。這很貴啦。你現在付得出一百五十萬圓日幣嗎？」
「呿！這種小錐子為什麼這麼貴？」
「囉嗦！要怎麼辦？」
「一百五十年左右的分期付款如何？」
「可是我們大概不會再見面了。」
「啊，說得也是。那就沒辦法了。」
我老大不願地將刀子還給零崎。零崎拿著刀柄轉了一圈，收進背心裡。看來他全身都藏滿刀械，萬一跌倒了該怎麼辦呢？
「對了，或許不是什麼重要的事，不過我很在意。現在是我問問題的時間了。」

42 武者小路實篤（1885-1976），日本小說家、劇作家。
43 日本小說家、劇作家，設立芥川賞和直木賞。

「喔——什麼事？」

「我記得江本被殺的時候和葵井被殺的時候，貴宮都有不在場證明。江本的時候是在卡拉ＯＫ，葵井的時候是跟妹妹在一起嗎？姑且不論宇佐美和你的時候，既然如此，她要怎樣殺她們倆？而且你好像跟刑警講沒兩句就知道殺宇佐美的是貴宮了，感覺上也好像早就知道在鴨川公園襲擊你的是貴宮。話說回來，你為什麼認定貴宮是犯人？究竟是從什麼時候開始，你就認定貴宮是犯人了？」

「嗯——不是很好說明。」

「喔？」零崎不可思議地頭一歪。

「什麼？只是單純的第六感？或者因為其他關係人都死光光了，所以剩下的貴宮一定是犯人？又不是金田一！」

「不是這樣，可是一定要說明嗎？聽起來不太合理喔。」

「喔，無所謂。你不是從我這裡問了很多隨機殺人魔的故事？有借有還。送我一點帶上黃泉的禮物吧。」

「帶上黃泉的禮物，你要死了啊？」

「搞不好快死囉？我可是被紅色怪物追捕的人。」

嗯，這的確很有可能。現在這一瞬間，哀川小姐也很可能突然出現。這麼一想，零崎的生命宛如風中殘燭。

「說得也是……那你想問什麼？」

「當然是從頭開始說明了。所以說，你為什麼知道殺死江本、葵井、宇佐美，和襲擊你的人是貴宮？」

「你在這裡就已經搞錯了。」我說：「無伊實並沒有殺智惠和巫女子。她有不在場證明，當然不可能殺她們。」

「咦？」零崎詫異說道。

「所以說，無伊實只有殺死秋春君一個人，另外就是對我的暴力傷害，其他什麼都沒做……嗯，不過大概也沒辦法向她討醫藥費了。」

「等一下。」零崎繞到我面前，雙手放在我的肩膀。滿臉笑意，但絕對不是在笑。

「你在數小時以前，還一臉自信、理所當然地宣稱『殺死江本智惠、殺死葵井巫女子、在鴨川公園襲擊我、殺死宇佐美秋春的那個犯人一定是貴宮無伊實』吧？」

「嗯。」我淡淡答道：「可是，當時只不過是一臉自信、理所當然地說謊。因為說明太浪費時間，才假裝這樣。事情其實更複雜一點。」

「……等一下！所以這幾個小時就只有我一人在凝神苦思『貴宮究竟是如何殺死那兩人的？唔——真是不解之謎』嗎？」

「你不是也說過了？我是騙子嘛。」

「……不是她殺的。」

零崎喃喃說著不吉利的話語，兜回我的旁邊。我微微跟他拉開一步的間距。

「呃……那我換一個問題好了。殺死江本的犯人是誰？既然不是貴宮，究竟是誰？」

「葵井巫女子。」

我只有回答名詞。也許是已經猜到了十之七八，零崎並未訝異出聲。不過，還是略顯意外地蹙眉，刺青一陣扭曲。

「……那麼，殺死葵井巫女子的又是誰？該不會是你吧？」

「不是，那只是單純的自殺。」

「……自殺？」零崎這次真的嚇了一跳。「你說葵井是自殺？」

「對。因為監視攝影機沒有照到犯人，很合理吧？這是理所當然的，因為沒有犯人。結果，巫女子自殺後，無伊實就抓狂了，不但殺了秋春君，還想殺死我。可是因為我不喜歡被殺，就先下手為強。如此這般，QED（證明完畢）。」

「不，這裡用QED是錯誤的喔。」零崎先吐槽，接著抱頭苦思片刻。「……等一下、等一下，你按照順序說明。這樣講得沒頭沒尾的，我還是一頭霧水。」

「我知道了。就來好好說明吧。呃……巫女子殺死智惠，這件事沒問題吧？」

「沒問題。不！有問題啦。替葵井做不在場證明的不是你嗎？或許不是你，是你的鄰居。莫非你跟她是一夥的？」

「不是啦，你為什麼這麼懷疑我？如果只限那天晚上，我是完全被騙了。美衣子小姐也被騙了。與其說被騙，應該說是沒發現嗎？」

「是怎麼一回事啦？」

「你自己想想看嘛。殺死智惠的是巫女子。既然知道這件事，能夠想到的可能性就相當侷限了吧？」

「啊——」零崎略微思考。「……她跟你一起離開了江本的公寓嘛？接著在西大路通和中立賣通交叉口附近接到江本的電話。一起走到你的公寓。接著將她交給隔壁的淺野小姐。然後，葵井第二天早上起來，先到你的房間，再到江本的房間……所以，是那個嗎？那個『發現時』，第二天早上殺死的嗎？」

「這也不對。別忘記死亡時間已經確定了，遇害時間肯定是半夜。」

「那麼，莫非是半夜溜出來？從淺野小姐的房間裡。」

「這也不可能。美衣子小姐對聲音很敏感，即使想要溜出來也會被發現。況且美衣子小姐沒有包庇巫女子的理由。」

「既然如此，是遙控詭計嗎？不過密室也就算了，絞殺應該不可能有什麼詭計吧？」

「所以答案就只剩一個了。」

「是什麼嘛？跟那個X／Y有關係嗎？」

「沒有。那個東西不用去想，那就像是附贈的炸薯條，扔到一旁就好了。」

「……趕快告訴我嘛。真是拐彎抹角的傢伙哪。」

「很簡單。我們離開公寓之後，巫女子沒有時間可以跟智惠接觸。既然如此，就是在離開公寓以前下手的。」

「……咦？這是什麼意思？」零崎狐疑地說：「這麼一來，前提條件就不成立了。江本遇害的時間不是限定在跟你通完電話之後，到三點為止？」

「假設……」我說：「假設沒有那通電話，巫女子就可能殺死智惠了吧？」

「不可能吧？因為她是跟你一起離開公寓的。」

「問題就在這裡。我們是一起離開公寓，不過，並不是同時出來的。雖然差距非常短暫，但我先離開智惠的房間了。」

「嗯？」

「不是要穿鞋？離開房間的時候。那個時候，我當然是背對房間。換言之，我背對著巫女子和智惠，看著自己的鞋帶。」我抬起一隻腳，向零崎展示鞋子。「說得更仔細一點，走廊和房間隔了一扇門。因此無論她們在做什麼，我都沒辦法看見。」

「等……等一下，應該有慘叫或撞擊聲吧？再怎麼說，有人在背後被殺，怎麼可能沒發現？」

「刺殺或撲殺或許是這樣，但絞殺的話，根本沒辦法呼叫。有撞擊的聲音喔。可是誰又知道那是殺人的聲音呢？我以為是巫女子撞到什麼而已。」

「啊——」零崎按著太陽穴附近。硬要說的話也有點像是能瀨慶子（註44），但這種想像終究太過勉強。

「等一下！你穿個鞋要花十分、二十分嗎？不可能嘛。假設就像你說的那樣，是葵

44　七〇年代後期曇花一現的日本玉女偶像，獨樹一幟的難聽歌聲讓聽者為之瘋狂。

井絞殺江本，也不可能立刻死亡啊。人類就算不呼吸也可以撐個十分鐘吧？」

「零崎，你是專門用刀的殺人鬼，因此才有所誤解吧？絞殺未必是窒息死。只要阻止血液流向腦部，人類就會死亡。只要這樣吊起來勒住就好。勒住頸動脈的話，不用一分鐘喔。順利的話，數十秒就可以了。」

「……是這樣的嗎？」

「就是這樣。之後，巫女子若無其事地開門，走出玄關。這時巫女子用身體擋住，不讓我看見房間內部。於是我們一起走出智惠的房間，離開公寓。」

「確實合情合理……」零崎似乎仍不滿意。「可是這是沒有電話的情況吧？事實上江本有打電話給你。意思就是江本在你們離開公寓後還活著。難道要說是她突然間復活這種非現實的理由嗎？」

「你的假說還真是充滿戲言哪。這怎麼可能？智惠是當場死亡。理由很簡單，非常簡單。仔細一想就能明白。智惠打電話的對象是我，不過並沒有打到我的手機吧？」

「……啊啊，是葵井的手機。但這是因為江本不知道你的手機號碼吧？」

「這裡回到基本點吧。基本上手機的優點是什麼？就是**在哪裡都可以打**。那通電話也不一定要從智惠的房間裡打。而且還有一點，電話基本上也看不見對方的臉孔吧？」

「換言之，葵井有共犯嗎？使用江本的手機，假裝成江本——」

「沒有共犯。我想那原本就是臨時起意的犯罪。光看凶器也可以明白。」

「凶器是指細布條囉？」

「對，那大概是秋春君交給智惠的禮物外面包的絲帶。絲帶這種東西其實很適合用來勒頸。因為柔軟，很容易貼合皮膚。比繩子更適合絞殺……總而言之，從沒有事先準備凶器，使用手邊東西這點來考慮，那實在很難說是計畫性犯罪。」

「……那麼，那通電話是誰打的？」

「所以就說沒有其他共犯了，當然是巫女子本人。」我說道：「在口袋裡按智惠的手機，用快速撥號鍵撥通自己的手機就好了。對方當然不可能說話，只是她假裝成是智惠打來的。然後交給我。」

「可是你有跟對方說話吧？對方好像說什麼有事情忘了跟你說之類的。」

「所以說，**那個對象就是巫女子**。那時我走在巫女子前面一步。跟公寓的時候一樣。就算巫女子在後面拿著智惠的手機嘀嘀咕咕，我也不知道。回頭的時候，巫女子已經把手機收進口袋裡了。」

殺死智惠的方法。

以及製作不在場證明的方法。

兩者都是相當危險的行為。萬一我無意間回頭，一切就結束了。可是只要略微思考，就知道這個可能性極低。失敗時的損失很大，但成功的可能性非常高。光從價值問題來看，是十分值得冒險的一種危險。

「總之，巫女子就是這樣確保不在場證明。隔天只要前往智惠的房間歸還手機，然後報警。雖然有第一發現者的嫌疑，可是她有不在場證明，而且前往智惠公寓之前，她大概已經將凶器藏在自己家裡之類的了。」

詳細情況只有巫女子本人知道，也只能問她，但這已經不可能了。不過，我想情況大概差不了多少。儘管不可能全部正確，但具有稱之為推理亦不為過的真實性。

巫女子寫下那個「X／Y」，應該是在隔天早上。因為晚上應該既沒有這個時間，也沒有這種想法。

「——這樣說的話，葵井確實很像犯人。不過這也只是葵井有犯案的可能性，並沒有葵井是犯人的證據。」

「嗯，就是這麼一回事。」關於這點，我很老實地承認。「老實說沒有證據。說得也是，說不定只是普通的強盜殺人。」

「……什麼都沒有嗎，非殺她不可的理由？」

「就是找不到。智惠的事件到此為止，你還有什麼疑問？」

「啊——」零崎一副悶悶不樂的模樣，欲言又止，不知該如何表達。「唉，算了。」

「那接下來是葵井的事件。為什麼是自殺？警察他們也說過那是殺人事件吧？」

「其中當然有很多理由……自殺的動機不言而喻了吧？就是殺死智惠的良心譴責。」

「……殺人的傢伙會受到良心譴責嗎？」

他最後說。

「不是所有人都跟你一樣啦。」我半開玩笑地說：「至少遺書上是這麼寫的。」

「原來如此，既然寫在遺書上，就沒辦法了……至少葵井是基於這個原因才選擇死亡。喔——我就沒辦法理解哪。哎呀呀，世界上還真有各式各樣的殺人者。既然如此，又何必當初……喂，等一下！」
「咦？什麼？」
「遺書是什麼？」
「遺書就是自殺以前試圖將自己的思慕之情遺留在世上的東西。跟遺言又不太一樣。」
「多謝啦，神探可倫坡。」
零崎邊說邊踹我的手。因為手指骨都斷了，當然是痛得要死。
「你幹什麼？要是骨頭沒辦法癒合還得了？」
「那你就去踢足球啦！總之，遺書是怎麼一回事？這件事我可是第一次聽你說喔。」
「嗯，在此之前……你先思考看看啊。零崎，你就不覺得奇怪嗎？」
「什麼事？」
「還要說嗎？」
那當然是，
沙咲小姐指出的那件事。
「我——」
我這個早已毀壞，

我這個人間失敗。

全身神經盡數斷光。

極端渴望死亡的我。

「——我不可能因為看見朋友的絞殺屍體，就身體不適到那種程度吧？」

「……啊……換句話說，因為不是他殺屍體，而是自殺屍體，你才那麼不舒服嗎？」

「不是。自殺也好，他殺也罷，我對屍體沒有任何感覺。」

「……」

「我抵達巫女子的房間，按下對講機。沒有反應。基於經驗察覺事態有異，立刻進入房間。這時我看見了什麼？是在床舖上，巫女子**自己將自己勒死**的屍體。」

絞殺。

智惠從後方，而巫女子從前方勒死的理由就是這個。

「自己將自己勒死……這種事辦得到嗎？」

「實際上也有不少人是這樣自殺的。不過這種情況下，勒住的不是頸動脈，而是氣管。非常痛苦。臉部也有瘀血，稱不上美麗的死法。」

若非有相當決意，

人類大概不會選擇這種死法。

這種情況下。

葵井巫女子的決意是？

「然後床鋪旁邊留有遺書，寫給我的。寫了很多東西……例如殺死智惠的事，還有希望我替她做的事。」

「……替她做的事？」

「她好像不希望被別人認為自己是自殺的。自己死是無所謂，可是不希望被別人當成殺死智惠的殘酷人類。」

「……莫名其妙，你說得具體一點。」

「總之她拜託我湮滅證據。從現場偷出來的手機頸繩、遺書，還有用來自殺，同時也是殺死智惠的凶器——絲帶。其他還有很多。」

「啊啊……原來如此。」零崎緩緩點頭，接著仰頭望天。「我終於明白了。所以說，你接受了她的拜託。原來如此……因此才會出現那麼奇怪的反應啊。我明白了，問題就是『時間』吧？你十一點出門，十分鐘後抵達葵井的公寓，警察十分鐘抵達，你們十分鐘後到了府警，這時正好是十二點的話……約莫有**三十分左右**的空檔。因此問題就是你在這三十分之間做了什麼嗎？」

「嗯，話雖如此，走廊上有一堆監視攝影機，也不能離開房間，更不能不報警。那麼，你覺得我是怎麼做的？」

「你離開公寓時確實被搜身了……那麼……莫非你……**吃掉了嗎**？」

「嗯。」我點點頭。

說到這裡，任誰都應該搞懂了。

更何況是零崎人識。

「吃掉了嗎？」

「嗯，很好吃。」我輕描淡寫地說：「聽說做這種事的人有一種專門用語叫『stuffer』。不過這不是重點，哎，就算是我，無法消化的東西也吃不下肚。我忍著想要嘔吐的衝動報警。原本打算一直忍到回家為止，最後忍不住在府警吐了。」

「把證據全部吃掉咧……」零崎傻眼道：「這包括凶器的絲帶吧？意思就是你連殺人道具都吃掉囉？你這樣還算精神正常嗎？」

「對啊，我想是不太正常。」

「為什麼要答應葵井的要求？假裝沒看見不就得了？何必幹這麼危險的事？」

「嗯，這是因為……該說是自尋煩惱嗎？這就像是一種贖罪。」我將視線移開零崎說道：「總之，葵井巫女子的死亡真相到此為止。就是自殺。老實說，所有事件原本應該就此結束的——」

「你的意思是沒想到會發生後來的事件？」

「嗯。」我嘆了一口氣。「真是的……這完全是意外。」

「所以是怎麼一回事？貴宮那件。貴宮為什麼要殺宇佐美？」

「這完全是我個人的推測。這是發生在我的範圍外的事件。可是，我的推測大概差不了多少。因為是經常發生的無聊殺人事件。」我說：「關於巫女子的死亡，無伊實可能早已察覺事情有異。嗯，說不定巫女子自殺前就對她坦承一切了。無論如何，我們就假設無伊實發現殺死智惠的是巫女子，巫女子的死是自殺。」

「喔。」

「所以該怎麼辦？這個情況——」

為了其他某人。

為了不是自己的某人。

「——自己能夠為了巫女子做什麼？零崎，是你的話會怎麼辦？」

「不怎麼辦。因為葵井已經死了嘛。」

正如他所言。

而且零崎就算對方還活著，也不會替對方做任何事吧。我也不會做任何事。只不過如此而已。

「然而無伊實卻想要替她做些什麼。一個是復仇，一個是守護她。」

「——復仇是指**殺死你**嗎？嗯，畢竟你甩了葵井嘛，這也是很正常的。就跟我說的一樣吧？葵井愛上你了。」

「別說得洋洋得意的樣子。這種事其實我也略有所覺。」

「發現了還假裝沒看見嗎？這樣被殺還真是沒理由怪別人了。這先不管，『守護她』是什麼意思？殺死宇佐美為什麼就可以守護葵井？」

「就跟我做的事一樣。無伊實想要守護巫女子的名譽。簡單說……如果發生『第三個事件』，就沒有人懷疑第二個事件的被害者巫女子是殺死好友的犯人了。總之就是這麼一回事。」

「……就算你說得沒錯。為什麼是宇佐美？既然如此，殺其他人也無所謂吧？沒有故意殺死朋友的必要。」

「**正因為是朋友**啊。智惠、巫女子接連被殺，接下來如果殺死毫無關係的陌生人，搞不好不會被當成『第三個事件』。因此被害人**若不是宇佐美秋春……就是我了**。嗯，我也知道你在想什麼，零崎。既然如此，殺死我不就好了嗎？正是如此。不過……我可不是為了耍酷或好奇才住在那種骨董公寓裡的喔。沒有任何地方比那裡更難被殺的了。」

單薄的牆壁，以及無法掩蓋腳步聲的走廊。

不論是想偷偷潛入、與他人爭吵，或者殺死任何人，在那棟公寓裡都是不可能的任務。

「所以第二條路就是殺死宇佐美？可是……就算葵井對貴宮來說是朋友，宇佐美也是朋友吧？怎麼會做這種事？」

「我原本也對此感到疑問。而且智惠應該也是無伊實的朋友。居然原諒殺死智惠的巫女子，這究竟是什麼心態？因此我就問她了。結果無伊實這麼回答我：『優先順位的問題』。總之在無伊實的心裡，死亡的巫女子比活著的秋春君重要，犯人巫女子比被害者智惠有價值。」

「……真是差勁透頂。宇佐美這小子最可憐了。」

「或許是這樣……」

預測自己將被殺死的秋春君，表示自己了無牽掛的秋春君，他究竟預測到多少的真實？我並不知道。老實說我也無從猜想。此時說出「秋春君是在明白一切真實的情況下被無伊實殺死的」是否有些過度浪漫？然而，倘若真是如此，這次的事件中，唯一值得尊敬的存在就是宇佐美秋春。

因為換句話說，

這就等於接納朋友的一切。

「……喏。」

零崎猶如「沉思者」雕像般思考良久，最後鬆開雙手抬頭。

「道理我明白，可是有跟葵井事件一樣的疑問。這是基於貴宮是犯人的前提吧？葵井那件事有遺書也就算了，但貴宮只能做金田一式的推理喔。你不是透過電話，沒有任何證據就察覺真相了嗎？因為嫌犯只剩你跟貴宮嘛。」

「……莫非你不喜歡橫溝（註45）？」

從剛才開始，零崎的態度裡就充滿了對金田一的敵意。「沒有。」可是他搖頭說道：「不過封面太可怕了，我只看過連續劇。老實說既不喜歡，也不討厭。」

「喔……」

45　橫溝正史（1902-1981），日本推理小說家，以金田一耕助為主角的推理小說系列聞名。

「所以，真的是這樣嗎？」
「不是，你仔細想想看，我有問過沙咲小姐吧？」
「啊啊，有沒有『X／Y』這個東西嗎？那又怎麼了？你不是說這沒關係嗎？」
「式子本身的意思沒有關係。秋春君的時候**它**只是單純的符號。**它**只有在智惠的事件具有含意。是故，秋春君的殺害現場出現這個記號，代表一個很奇怪的意義。」
「是什麼？」
「……現場留有『X／Y』的這個情報……是祕密喔。**只有**警察知道的情報。一開始沙咲小姐完全沒有談及這件事。其他知道這件事的，就只有非法入侵的我和你。另外就是——被我問到『X／Y是什麼？』的對象。」
　換言之，就是哀川小姐、巫女子和無伊實三個人。
「不，還有其他人知道吧？例如警方相關人士。」
「正是如此。其他還有很多人。可是啊，認定那是**死亡訊息**的只有無伊實。」
「啊啊，警方的見解認為那不是死亡訊息，而是犯人留下的嗎？這又怎麼了？」
「秋春君的事件時，沙咲小姐說『**有被害者本人書寫的痕跡**』。為什麼只有這次有？我認為這是犯人為了強調這是『第三個事件』，在下手殺害前脅迫他寫下的。」
「……這種想法必須認定那是死亡訊息才會出現嗎？不過貴宮不知道嗎？『X／Y』的意思。」
「或許吧。」

倘若她知道那個**意思**，即便想要強調事件的連貫性，大概也不會使用那個式子了。

「……光憑這點，你就知道犯人是貴宮？」

「嗯，當然不只這些，其中也包含我的推測。覺得這很像無伊實的行徑之類的。因為無伊實對巫女子的誠摯友情，就連我都大為感動。」

「騙子。」

零崎嗤笑。

「我已經不相信你說的話了。說什麼旁觀者，我看你根本就是大騙子。」

「你之前已經說過了。」

「別將錯就錯。」

「是啊，你說得沒錯。」我若無其事地說：「你好像沒有其他問題了，這件事就到此結束吧？」

「雖然稱不上功成圓滿……啊……該怎麼說呢？這樣子聽完一個謎團，就好像——」

「傑作？」

「不，是戲言。」

零崎如此說道，彷彿真的聽了一個極度無趣的笑話。

我也有類似的感覺。

十分怪誕，非常扭曲，極度無情，猶似笑話，宛如滑稽，彷若無情，令人不忍目睹的那種形狀。

結果，

不得不去想。

縱使意志再三拒絕思考，

腦髓依然自動繼續思考。

誰是壞人？做了什麼壞事？

這件事本身或許很簡單吧。誰都可以理解，誰都可以感同身受，誰都可以為之同情的切身問題。

因此才令人作嘔。

不明白。

倘若能夠放棄，是多麼美好的一件事。

「我不會問你詳細情況……」零崎別開臉孔，不耐煩地說：「因為就算再如何逼問，你也只會隨便敷衍。關於這方面……姑且就算了。」

「怎麼了？這麼輕易撤手。」

「我也有很多考量哪。不過戲言玩家，你就讓我問一個問題。」

「什麼事？殺人鬼。」

「你的感想呢？」

「嗯？什麼意思？」

「你身旁死了三個人，我想問你對此有何感想。」

零崎語氣忽然顯得興味盎然。

態度就像窺視鏡子而欣喜不已的天真少年。「殺死朋友、殺死自己、為了朋友殺人、為了朋友被殺，最後連你本人也差點被殺。有什麼感想？」

「……」

直截了當，我完全無法模仿的詢問方式。

我正想雙手抱胸做出沉思的姿態，爭取一點時間，可是手指骨折，連抱胸的動作都做不好。

「零崎，我對這一連串的事件是這麼想的。」

「喔——你說說看吧。」

「這次說太多話了，手指很痛，喉嚨也很痛。」

「……」

零崎靜止。表情一陣痙攣，但接著「哈哈哈哈哈！」一陣大爆笑，然後說：「我想也是。總之你……即使朋友死了也沒有任何感想？」

「不，即便是我，朋友死了還是很震驚的。可是，我跟他們畢竟才剛認識。」

跟我最接近的是江本智惠，

但正因為最接近，

亦是最遙遠的吧。

對於葵井巫女子的情意，我既無法回報相同的情意，也沒有貴宮那種積極的感情。

甚至沒有宇佐美秋春的清高情操。

「你還真是不自由哪。」

「倒也不會。」

「不自由啦。你不自己束縛著自己嗎？」

「至少比被他人束縛好。基本上，零崎你就自由了？對你來說的自由，就是殺人嗎？」

「啊……對我來說的自由啊。」零崎意有所指地嗤嗤笑了。「老實說，我很討厭自由這個字，最討厭了。雞皮疙瘩都起來了。」

「我也不是很喜歡。」

「這個字聽起來很廉價哪，在這個國家。這種東西俯拾皆是。根本就是藉口。就像染金髮是老子的自由之類的。真是愚蠢。不過我向來為所欲為，自由云云怎樣都無所謂。被他人束縛也好，被自己束縛也好，都礙難從命。」

「原來如此。」我嘆了一口氣，點點頭。「那麼，如果我沒有忍耐的話，就會變成你這樣了。」

「意思是我沒有忍耐的話，就會變成你囉？」

這個。

這個未免太。

「唯獨這件事敬謝不敏哪。」

「嗯啊，敬謝不敏。」

零崎笑了，我沒有笑。

在我們閒扯淡之際，醫院已在眼前。我和零崎不知何時停步交談。完全沒有察覺，看來我們說太多話了。

我們接著開始討論跟事件毫無關係的事。

只跟我們兩人有關的事。

大概兩小時左右。

對人生沒有任何意義的無謂瑣事，對世界毫無益處或害處的雜事，

時而由零崎提出。

時而由我提出。

如果有三個願望會祈求什麼？如果有一億圓日幣會如何使用？等邊三角形和正三角形哪個比較漂亮？公里和公斤哪個比較大？想加入黃金拂曉團還是薔薇十字團？一百一十五乘一百一十五的幻方（註46）能否成立？88黑白棋（註47）究竟是什麼情況？

---

46 排列著一系列整數的方塊，其中每一列、每一行以及每一條對角線中諸數的和都一樣。

47 普通黑白棋的棋盤是8x8=64大小，88黑白棋的棋盤四角分別缺了三格，大小則是10x10-（3x4）=88。

宛如感情融洽的好友。

但我不是零崎的朋友，

零崎亦不是我的朋友。

這幾乎就像是自言自語。

既沒有意義，也沒有價值的談話。

既不覺得快樂，

也不覺得無聊。

重新檢視自己這十九年來，

究竟過著何種生活的行為。

光的反射。

零崎人識。

我想這本是不可能發生的時間。

但就連這個魔法般的時鐘指針，

也徐徐接近零了。

「……那疑問也冰解了。」於是零崎說道：「差不多該道別了嗎？」

「說得也是。」

我毫無抗拒地表示同意。

「打發了不少時間呢。」零崎從剛才坐著的扶手站起。

「喂！」他瞟了我一眼說：「你接下來會一直住在京都？」

「天曉得，其實我是飄浮不定的人。上大學的期間會在這裡，不過誰知道什麼時候會休學。」

「是嗎？那麼這個世界中，你未來絕對不可能去的地方是哪裡？」

「是啊……最不可能去的地方很多，例如南極或北極這種。」我思忖片刻，說出早已決定的答案。「絕對不想去的地方是美國德州，尤其是休士頓。只有那裡是全身骨折也不想回去的地方。」

「是嗎？」零崎點點頭。

「那我就到那附近去好了。」

「你會說英文嗎？」

「我有上國中喔，而且語言不通的傢伙也可以用刀子捅死啦。不過——」零崎略微挖苦似地說：「你的刀子是捅不了人的。」

我對那句臺詞的嘲諷聳聳肩。

「總之，應該沒機會再見了。」

「無所謂吧？又不是見了會開心的人。」

「那倒也是。」

事實上正如他所言。而我則既不渴望見到零崎，他大概也是一樣。這原本就是不可能發生的邂逅，這個結果比較正確。

我問了最後一個問題。
我重新正視自己的深處、最黑暗的部分。
「……喏，零崎。」
「什麼事？」
「你有喜歡的人嗎？」
「沒有啦，怎麼可能有？順道一提，我最討厭的人是自己。不，是你吧？這又怎麼了？」
「我有。」
零崎先是有些詫異，
接著不懷好意地笑了。
「我上次問你的時候，你不是說不知道嗎？」
「我上次說謊。」
「是嗎？」零崎說。
「那麼，這就是我跟你的不同之處了。」
「應該是吧。」
「機會難得，你就繼續保持吧。你可別變成我這樣哪。」
「你也是。」

零崎背向我朝今出川通走去，我也背向零崎朝醫院櫃臺走去。

兩人什麼都沒說，

不過大概都在想同一件事。

「接下來……」

對我來說，故事這樣就結束了。

然而，就算鏡子彼端的世界解體一、兩個，一想到至少還有兩個不願就此結束的人類，不禁感到有些鬱鬱寡歡。

這亦是一種因果循環。

「真是因果報應的人生哪，人間失格。」

不良製品如此低語。

自言自語。

終章　未完世界

玖渚友
KUNAGISA TOMO
????

除了左手大拇指以外，所有手指都打上石膏，在醫生吩咐「安心靜養的話，兩個星期左右就可以恢復正常生活」的第二天，我前往玖渚位於京都第一的高級住宅區——城咲的大樓。原想帥氣十足地騎著巫女子的遺物偉士牌前往，可是打了石膏的雙手終究無法騎車，最後只好放棄。想要享受偉士牌的兜風快感，看來還要再等一陣子才行。

這個石膏比想像中更為不便。一開始以為「不能彎曲手指而已，根本算不了什麼」，可是才一個晚上，就深深體會日常生活上的諸多不便。就連換衣服都是一大難題。未來日子可能會為鄰居美衣子小姐帶來莫大的困擾，我不禁悲觀地胡思亂想。因為這緣故，交通手段是步行。三小時以上的路程對傷患來說有一點辛苦，其實也可以搭乘巴士或計程車，不過手指的治療費用也很龐大，於是決定節省一下。

「——不過，那個人大概也在吧……」

我一邊喃喃自語，終於抵達城咲，來到玖渚住的大樓面前。奢豪的磚造建築，與其說是大樓，更像是一座要塞。這棟大樓的三十一和三十二兩層樓屬於玖渚友。

輕鬆穿過猶如岩石般盤踞於玄關大廳裡的警備人員（他們都認識我），電梯在一樓。按下按鈕，電梯門開啟，進入電梯。使用鑰匙打開盒子，三十一和三十二樓的按鈕出現，我按下三十二樓的按鈕。

重力狂飆的感覺持續一分鐘左右。

走出停止的電梯，來到正前方的鐵板門扉。雖然跟我的公寓相提並論有些不倫不類，不過玖渚的房間也沒有對講機。造訪玖渚的人屈指可數，也不需要那種東西。使用鑰匙和比對指紋後，房門開啟，我進入室內。

「小友，是我，我要進來囉——」

我邊說邊走在木板走廊（走廊這種說法其實不太恰當，因為這裡已經比我的房間寬敞了）。下方三十一樓的所有牆壁都已打通，放置了一臺極度龐大的電腦，而三十二樓的隔局則宛如迷宮，記憶力欠佳的我微微遲疑。嗯，玖渚是在哪裡呢？

早知道就該先打電話給她，不過我現在的手指也無法使用手機。只有左手大拇指能夠運用自如，努力的話倒也不是辦不到，但我提不起勁做這麼麻煩的事。

「小友，妳在哪？」

我邊喊邊在走廊步行。這一帶的地板開始出現不知所云的電線和莫名其妙的電纜。我當然來過這裡無數次了，不過對完全不懂機械工學、電子工學的我來說，這裡猶如一個魔法王國。一不小心就可能被絆倒，必須時時注意四周。

「小友，是我喔——妳在家吧？」

「喲～～在這裡～～在這裡～～」

回應的聲音並非玖渚所有。

一如預料的紅色聲音。

「……」

不，聲音當然不可能有顏色。

「原本還期待她也許不在這裡啊……」

人生終究沒有這麼簡單嗎？

我朝聲音來源走去，來到一個五坪左右的空盪房間。惡質笑話般過度寬敞的這棟大樓，即使是玖渚友也無法用完，因此也有這種多餘的空房間。不過，這也只是時間早晚的問題。

話說回來，倘若沒有這種房間，也沒辦法招待貴客……

「喲！好久不見。」

「哇哇哇哇，原來是阿伊呀。」

哀川小姐和玖渚友在房間裡面對面，暢飲罐裝可樂。

夏威夷藍色的秀髮、小孩般嬌小的身軀，以及天然純度百分之一百的笑容。好久不見的玖渚友。從黃金週到現在，約莫一個月，卻有一種非常懷念的感覺。

猶如回到該歸去之處。

或者該說是鄉愁？

「哇哇哇，阿伊，你的手怎麼了？怎麼好像變胖了？」

「皮膚硬化了，是思春期心因性皮膚硬化症（註48）。」

48　日本卡通《FLCL》裡的一種疾病，患這種病的小朋友會長角。

「喔～～原來如此～～」

「別隨便當真！遇上一點麻煩，包括臉上的傷，痊癒大概要兩週吧。」

「哇哇哇，好厲害喲～好帥氣耶～阿伊帥斃了！歐耶～這是被念佛之鐵弄的嗎？」

「不，別再提什麼念佛之鐵了。」

我說完，在從兩人位置來看，約莫是等邊三角形的頂點處坐下。接著，朝駭人的對象看去。

「……妳好，潤小姐。」

「哈囉，男主角。」

哀川小姐單手拿著可樂，對我不懷好意地笑了。仍舊是一副壞胚子的模樣，不過難得心情似乎不錯。哀川小姐的心情就像山中天氣般陰晴不定，因此這方面也很難判斷。

「妳在玖渚的祕密基地做什麼？還在套問隨機殺人魔的情報嗎？」

「不不不，不是這樣。事件已經解決了。」

「真的嗎？」

「嗯。」哀川小姐頷首。

「剛才正在說這件事哩，阿伊。阿伊也要參加嗎？三個臭皮匠，勝過一個美嬌娘喔。」

「不，我沒什麼興趣。」

這是騙人的。

話雖如此，零崎不是說他接下來要去美國嗎？也許在機場附近被哀川小姐抓到，終於被她解決了。若是這樣，還真是節哀順變了。走得那麼瀟灑，這種後記實在太悲慘了。太慘不忍睹啦，零崎人識。

「……喏，玖渚，」哀川小姐對玖渚說：「在妳的地盤這樣說很不好意思，妳可以離開一下嗎？我有些話要跟阿伊說。」

「唔咿？」玖渚友頭一歪。「是祕密嗎？」

「對。」

「嗯～人家知道了。」

玖渚說完站起，啪嗒啪嗒地離開房間。她大概是直接到某個房間玩電腦去了。跟只會玩八皇后的我不同，玖渚有用不完的打發時間方法。

兩人獨處後，我向哀川小姐說：「妳這樣好像是把玖渚趕出去一樣。」

「我是把她趕出去沒錯。你也不想在那丫頭面前談正經事吧？」哀川小姐滿不在乎地說：「小哥應該要感謝我才對，別這麼生氣嘛。只要有人不把小友當一回事，你這傢伙就很容易變臉哪。」

「……既然如此，換個地點不就好了？」

「這也不行，我也是非常忙碌的。明天還得去北海道，離開這裡後就要出發了。老實說，我還以為沒機會遇上小哥呢。」

這還真是……倒霉。

「所以……」不可能以道理說贏這個人，我於是放棄辯駁，催促哀川小姐。「這次是什麼事？」

「首件是零崎那件事的報告。」哀川小姐說：「小哥也很想知道吧？我可不准你說沒興趣喔。」

「倒也沒錯，可是已經解決了……是什麼意思？」

「昨天晚上我終於逮到那個小鬼了，然後就是第二回合。」

「……然後呢？」

「和解了。」哀川小姐說：「那小子不會再殺人，我也不再追他。這就是和解的條件。」

「……這樣好嗎？」

「無所謂。我的工作只是阻止京都的攔路殺人魔，對方沒有要求我逮捕他。老實說，我也希望能夠避免與『零崎一賊』相互殘殺，目前這樣就好，目前。」

目前。

我不願去想這個詞彙裡的深意，肯定是不該深入的領域。

「那麼至少今後的京都街頭不會再發生那個隨機殺人魔事件了？」

「就是這樣。如果沒有小哥的幫忙，這件事也不可能有此結果，我很感謝喔。」哀川小姐裝模作樣地說。

「是嗎？那真是太好了，那差不多該叫玖渚回——」

「然後昨晚，」哀川小姐打斷明顯在顧左右而言他的我。「我那時問了人識君很多事情——」

「他告訴妳的嗎？」

「是我問他的。」哀川小姐用膝蓋蹭到我的旁邊。「例如：你的事情、你的事情、你的事情等等。」

「不太好的感覺哪……」

那個臭小子，偏偏就對哀川小姐嘰哩呱啦說了一堆……呃，唉，我也幹過相同的事。他之所以說什麼「我也有很多考量」，原來如此，就是這麼一回事嗎……

「不，雖然如此，」哀川小姐故作欽佩地說：「真是了不起的推理哪——哎呀呀，哀川大師很吃驚喔。沒想到江本智惠在你離開公寓時被殺，巫女子又自殺了，完全出乎意料。」

「妳看起來很假喔，潤小姐。」

「……別這麼認真嘛。我也不是什麼都要跟你作對的，真的很想跟小哥好好相處喔……可是呀，我還是想確認一下。」

「什麼事？」

哀川小姐並未立刻回答。彷彿窺探我的反應般地沉默半晌才道：「就是關於這件事。」

「……總之潤小姐又對我的推理有所不滿嗎？」

「不是，我對小哥的推理沒有任何不滿。可是，對小哥這個人有一堆不滿。」

「……」

「你好像把零崎唬得團團轉的……不過你還有很多事情沒有說明吧？」

「當然有。可是全部都是瑣碎小事。細微末節，怎麼說明都可以，反過來說，就是我甚至無法聽任想像的部分，所以——」

「舉例來說，葵井巫女子殺死江本智惠子的理由啦。」

「這是——」

這是沒有跟零崎說的事。

「還有舉例來說，犯人從現場偷走手機頸繩的理由啦。」

「誰知道——」

「另外，就算說有遺書……像你這種任性妄為的懶散小哥，怎麼可能煞費周章地將女生的自殺布置成他殺呢？不，基本上呀，我最在意的一件事是……小哥究竟是**從什麼時候發現的**？」

「……」我未置一詞。

「根據你的說法，聽起來就像是看見葵井巫女子的遺書才初次察覺真相……不過，當然不可能是這樣。」哀川小姐笑盈盈地說：「所以說，是從什麼時候？」

哀川小姐見我不發一語，於是說：「我不是隨便讚美別人的人，不過我認為你相當了不起。因此實在很難相信你是直到看了葵井巫女子的遺書，才明白事情的真相。」

「……是潤小姐高估我了，我沒有那麼了不——」

「那麼，要我提出具體的證據嗎？對了，例如小哥好像對零崎說『我不可能因為看見朋友的絞殺屍體，就感到身體不適』，可是我發現比這更奇怪的事喔。還有其他這種『不像你的行為』喔。」

「什麼事？」雖然知道哀川小姐會如何回答，我卻毅然反問。「我一點都沒有感覺。」

「你最早被沙咲問話的時候。沙咲問你關於江本的那通電話，你說了什麼？『**絕對是江本**』、『**我不可能忘記聽過一次的聲音**』——之類有的沒的不是嗎……你至今露了這麼多手差勁記憶力，怎麼可能有這種事？」哀川小姐揶揄似的拍了兩下我的肩膀。「小哥那毀滅性的記憶憑什麼做這種保證？透過手機聽見第一次見面的人的聲音，不可能保證這種事。正因為如此，巫女子才想到使用這種詭計，不是嗎？她期待的正是你的差勁記憶力。既然如此，至少你不可能說出『絕對』這種話。」

「……所以？」

「**所以**……你是**故意**對沙咲說謊。這個理由是什麼呢？我是這麼想的……**不知道的事情沒辦法說謊，但知道的事情就可以胡謅**……沙咲告訴你江本被殺的時候，你就已經察覺事件的真相——**葵井使用的詭計和絞殺江本智惠的犯人**——不是嗎？」

不容置喙的口吻。

緘默根本沒有意義。面對這個朱色的全能者，這種行為與其說是無價值，根本就是無意義。「我並非在那時察覺所有答案。」我較為老實地回答。

「那時完全沒有證據，只不過是猜測。只不過是暗自猜想，如果使用這種手法應該可行。稱不上是推斷——但是潤小姐，**假如**真的是這樣，假如我那時真的發現了……又有什麼問題嗎？」

「當然有了，問題可大了。如果你只是『為了包庇朋友』而說謊，我也不打算插手。每個人都會為了朋友說謊，想要幫助朋友。可是問題是**你跟葵井巫女子並不是朋友**哪。姑且不管葵井是怎麼想的，你並不把她當朋友。只不過是認識，只不過是同班同學。換言之你不是包庇她，只不過是單純地保留。」

保留。

為了什麼時間？

這是為了完成決斷的必要時間。

要給予？還是掠奪？

「然後你在那一天，彈劾了葵井巫女子。『**妳能否容許自己的存在？**』之類有的沒有的。」

「——簡直就像是親眼目睹一切，難不成妳真的在場？」

這麼說來，哀川小姐好像看見我和巫女子在一起？倘若在那之後，被哀川小姐尾隨的話……殺氣滿分的零崎和超級外行的無伊實也就算了，要是被哀川小姐跟蹤，就連我亦無從察覺。

然而，哀川小姐卻否定了。

「我沒看見，不過可以推測出你大概會這麼說——我跟零崎的意見相同，徹頭徹尾不相信殺人的傢伙會因為良心譴責而自殺。會後悔的傢伙從一開始就不會殺人。」

「——可是根據統計，有數成的殺人犯會自殺喔。」

「統計？小哥活了二十年，找到的藉口竟然是統計？」哀川小姐嘲諷似的瞇起單眼，以纖鼻對我嗤笑。「我才不相信這種白痴的東西咧——因為機率只有十萬分之一的事，往往在第一次發生。因為最早遇見的對手，就是一百萬分之一的天才。命中率越低，就越容易發生。統計？無聊透頂、無聊透頂……奇蹟這玩意是一錢不值的次級品。」

「……」

亂七八糟的論點。然而，既然是出自於哀川小姐之口，就無法反駁。就我個人的人生經驗來說，完全不是哀川小姐的敵手。

「話題扯遠了嗎？總之葵井巫女子不是因為罪惡感而自殺的。**是因為被你糾彈……**不，**是因為被你追問**，才不得不選擇死亡。」

妳能否容許自己的存在？

我明天再來。十二點左右。那時給我答案。

那時給我答案。

「——只不過被我糾彈？若是這點程度就可以刺激的良心，一開始就不會殺人了。」

我套用哀川小姐的臺詞說：「怎麼可能為了這點小事就自殺——」

「因為呀，葵井是為了你才殺死江本的。」

「……」

「啊啊，『為了你』說得太過分了嗎？因為是葵井自作主張。你沒有任何責任。總之就是單純的嫉妒，簡單來說。」

我未置可否。

哀川小姐續道：

「不對任何人敞開心靈，向來保持最低限度的距離，絕對不肯接近他人的江本智惠……可是，**對你卻是相當親暱嘛**，第一次見面的那天晚上。」

似是而非的東西。

致命傷。不良製品。

如果巫女子是假裝沉睡，偷聽我們那時的對話？就像我跟美衣子小姐對話的時候，如果巫女子那時是清醒的話？

「這樣一想，手機頸繩不見的理由也就昭然若揭了。葵井為什麼需要那種東西呢？明明是宇佐美秋春送的禮物。可是你說溜嘴了嘛，『**很適合**』之類的。很少稱讚別人的你，竟然說出這種臺詞，因此她才搶走了。**根本不需要，只是單純地想要掠奪**，才從現場拿走那種東西。這也是嫉妒嗎？反正葵井巫女子就是看不慣你跟江本智惠好。」

「……所以就殺了她？就這點程度的動機？愚蠢至極。被這種理由殺死，被殺的人怎麼嚥得下這口氣？」

「正是這樣，怎麼嚥得下這口氣。**正因如此**，你才無法原諒她吧？為了這種無聊的理由殘殺另一個人類的葵井巫女子。所以你才要她負責。」

「妳認為我會做這種事嗎？」

「不認為，假使這只是臨時起意的犯行，假使是『無技可施』的犯行，你大概會睜一隻眼閉一隻眼吧……大概會原諒她吧；但事實並非如此。那是計畫性犯罪，絕對不是『酒喝多了一時衝動』。因為凶器**從一開始**就已經準備好了。」哀川小姐輕輕嬌笑。

「你當然不可能認為她是使用絲帶殺人。你好像對零崎說宇佐美用來包禮物的絲帶是凶器，但實則不然。」

「這可不一定喔。別看絲帶這樣，當成絞首的凶器也——」

「因為現在遺失的東西就**只有**剛才也提到的手機頸繩吧？警方的資料裡是這麼寫的。既然如此，**絲帶並沒有不見**——換言之凶器是其他東西。而葵井用來自殺的布條跟殺死江本時的布條是同一件東西，這是怎麼一回事呢？**葵井造訪江本的公寓以前，就已經準備好凶器了**。」

「——所以呢？」

「所以說葵井預測到了，她感到你跟江本之間有類似的**氣味……氛圍**。因此她從一開始就下定決心——假使自己的預測沒錯，就要殺死江本。說得也是嘛，這種詭計豈可能是一介平凡大學生所能臨時想到的？」

「——如果是這樣的話，真是笑死人了。」我一點也沒有笑。「說什麼朋友朋友的……結果只為了**區區這點理由**就痛下殺手，而且還是真心把對方當成朋友。這是真的喔，潤小姐，巫女子真的很喜歡智惠。」

然而，沒有喜歡到殺不了她的地步。

阻撓的話，就義無反顧地殺死。

殺死。

請為我而死吧。

發自內心如是想，這還真是了不起的神經。

「你雖然有些猶豫，最後還是將葵井定罪了。」

「定罪嗎……為免誤解……潤小姐，我並沒有勸她自殺。為了不讓巫女子『一時衝動』自殺，我還一直等到她可以冷靜討論這件事為止……我至少向她提了三個可能性：一是自殺，一是自首，另一個則是假裝什麼事都沒發生，再也不要跟我有所牽扯。或者……也可以選擇殺死我。」

「我看你大概是希望她選擇殺死你吧？」

「怎麼可能？」我聳聳肩。

「我原本預測她會自首……可是她沒有。我進入房間時，她已經自盡了。所以我

——」

「**所以**你才布置成他殺的樣子嗎……果然根本沒有什麼遺書啊？在現場留下『X／Y』的也是你吧？」

正是如此。巫女子根本就沒有拜託我做這種事。那個「吞食」全是我個人的決定。之所以沒有選擇自首，是不想被他人發現罪行。既然如此，至少幫她一點忙吧——這只是我的心血來潮。

老實說，也是因為感到責任。

「責任啊……我認為這是在完全沒有預測到事情發展時所用的字眼。」

「確實是出乎預料喔，出乎預料……事實上完全沒想到。嗯，我也跟零崎和潤小姐一樣，其實完全不認為殺人犯會因為良心譴責而自殺。因此，看見巫女子自殺真的很吃驚。身體不適究竟是因為肚子裝了無法消化的東西，還是其他原因，老實說我也不知道。我是真的不知道，潤小姐。」

「……可是，葵井也許不是因為罪惡感而死的喔。搞不好是被你逼到絕境、真的被你厭惡、變成你的敵人，才喪失希望選擇死亡。」

「如果真是如此，那我更加生氣了。明明殺死了一個人，卻因為這點程度就煩惱尋死，她甚至沒有當犯人的資格。」

「……啊啊，感到責任是這個意思嗎？不是對葵井，而是對江本……是這個意思嗎？原來如此、原來如此，是這種概念呀……可是，你對他人的好意沒有任何感覺嗎？儘管方向異常扭曲，不過葵井喜歡你是千真萬確——」

「因為我喜歡你，所以你也要喜歡我，這只不過是單純的脅迫。可惜我並非公平主義者……也很討厭基於個人情慾殺人的傢伙。」

「——你也對貴宮說了相同的話嗎？」哀川小姐略顯欽佩地說：「……我最感到佩服的，是你一開始就對這個結果——**就已經設想到這樣的結局了**。因此才故意對貴宮輸入『那是死亡訊息』的錯誤情報。你跟零崎說是『貴宮誤會了』，但**其實是你讓她誤會的哪**。這樣一來，只要貴宮在葵井自殺**之後**繼續發展事件，你就可以立刻察覺。就連潛入江本的公寓一事，其實只是為了取得『一般人不可能知道的情報』，而不是為了推理。」

「只不過是一點保險……我沒有這麼精明。這種『一切盡在我的掌握中』的說法，實在消受不起。」

　畢竟殺人的是她，被殺的是他，自殺的是她。我最後什麼也沒做，甚至沒有操弄。完全不瞭解他人心情的我，又怎能操縱他人呢？

　這真是戲言。

「沙咲和數一啊，聽說昨天**保護**貴宮無伊實了……貴宮好像正準備自殺。正要從屋頂一躍而下時被警方攔住了。聽說她整個人完全錯亂，目前呈現語無倫次的狀態喔。能否恢復原狀也很難說。」

「……是嗎？」

「你跟她說了什麼嗎？」

「沒說什麼。」我立刻回答。「我不是說了？我對基於個人情慾殺人的傢伙沒興趣。」

「你剛才好像是說討厭哪。」

「妳聽錯了吧？」

「……」哀川小姐默不作聲地瞪視我，良久後「唉——」地嘆了一口氣。「不論如何……這就是你將分別只殺一個人的她們定罪，卻又放過男女老幼通殺的零崎的理由嗎……給予？或者掠奪嗎？喂……你果然很殘酷哪。」

「經常有人這麼說。」

哀川小姐喝完最後一滴可樂，接著「嘿咻」一聲站起，俯視坐在地上的我。

「塵歸塵、土歸土……嗯，也罷。不管說什麼、做什麼，你的罪與罰都是你自己的。雖然不曉得你自己怎麼想，不過你沒有錯。倘若你有什麼不是，就只有你是你這件事而已。你是你這件事是罪，你是你這件事是罰。我完全不打算發表意見喔。只不過是有一點興趣罷了……那麼，最後一個問題。」

語氣倏地變得非常輕佻，哀川小姐開玩笑似的說。可是我早已明白，這個人就是這種時候才開始發揮本領。

「什麼事？」

我略顯緊張地問。

「葵井的遺書裡究竟寫了什麼？」

「……」

我沉默一會兒後說：

「只有一句話。」

「喲，是哪句話？」

「我忘了，因為記憶力不好。」

「……」

「……原本希望你可以救我。」

「這真是討厭的話哪。」哀川小姐噗嗤一笑。「不論多麼厭惡都會留在心上。如果告白是最後的記憶，那就很美麗了，最後一句話竟是怨言啊？我看你一生都忘不了葵井囉。或許這正是葵井的期望吧？」

「沒什麼……反正不出三天就忘了吧。」

儘管聽來像在鬧彆扭，不過這是真心話，結果多半亦是如此。我內心的討厭記憶已達飽和狀態。增加一個、兩個、三個、四個必須揹負的十字架，也不用多久就埋沒了。只不過如此而已。

「我想也是。」哀川小姐說。接著眺望我一會兒，神情譏諷地一歪，說道：「你啊……**其實哪種都無所謂吧？**」

「……」

她是在說什麼跟什麼呢？

因為想得太多，我已經分不清是哪個了。

但無論那是什麼。
無論是何種意圖的質問。
答案都只有一個。
「對。」
我靜靜點頭，「我想也是。」哀川小姐說。
「沙咲那裡由我處理……小哥不必擔心被責怪。」
「責怪？什麼事？」
「責怪你對江本的事件謊報事實、建議葵井自殺還煙滅證據，加上隱瞞真相對貴宮多嘴。正常來說絕對不可能放過你，你可能也沒有被放過的打算，不過就讓我替你擦屁股吧。我不做的話，玖渚大概也會做……不過還是讓小哥欠我一個人情比較妥當。」
「沙咲小姐也說過類似的話。」
「我想也是，因為是我教她的臺詞。」
「……是嗎……」
總覺得我在各種地方欠了許多人的人情，簡直快被債務壓得抬不起頭來……回日本不到五個月就這樣，究竟能不能在死前還清呢……
不過對方大概會主動追討吧。
「那下次再見囉。」
「應該沒機會再見了吧？」

「沒這回事，我覺得馬上就能再見喔。」
「妳這樣說，該不會打算明天又來玩吧？」
「我就說明天要去北海道嘛……好像是不太妙的工作。能不能活著回來還不清楚。所以相當興奮呢。」
「妳就算被殺也死不了的。」
「你也是哪。」
哀川小姐最後留下一句：「那掰了。」就離開房間。非常簡單，彷彿明天見面也不奇怪的告別。
「……」
而且大概還會再見。
而且我大概又會懾於她的氣勢，吐露真言吧。她想必又會伴隨諷刺的招牌微笑，將既已結束的故事重新完結一次吧。
解決業已完結的事實，
完結早已解件的事件。
因為這正是那個紅色承包人的職責。
真是的，這真是。
這真的是。
「……最後結束一切的人是妳喔，哀川小姐。」

若是死在那個人手裡，倒也不壞啊，我不由得如是想。

「接下來……」

我抬頭看著天花板。就算我伸手跳躍，還高了一倍的天花板。從空間容積來說，這個房間恐怕是我房間的五倍到十倍大。

這先姑且不提。

「差不多可以出來了吧，小友？」

「啊唔。」

雖然不慎洩漏聲音，可是，玖渚並未現身。似乎是打算這樣裝傻到底。這丫頭腦筋這麼好，為何卻又如此少根筋呢？唉，至少比少根筋兼腦筋差的我好多了。

「……」

「現在不出來的話，就真的沒有出場的機會囉——這樣好嗎？」

「……唔咿~這種時機真的很難拿捏呢。」

聲音響起的同時，一片天花板突然掀了開來。那裡蹦出一張藍髮少女的臉孔。接著「嘿嘿嘿嘿嘿」羞怯怯地笑了。

「發現了嗎？」

「早就發現了，我想哀川小姐也發現了。」

「唔～人家好不容易發現的祕密通道耶，這樣不就沒有意義了？」

接著不知她在想什麼，彷彿躍下游泳池般，從那個位置對著我一潛而下。我再說一次，天花板的高度是我伸手跳躍的一倍長。話雖如此，我也不能閃避，只好用肚子承受玖渚的攻擊。

「阿伊，沒事嗎？」

「怎麼可能沒事……」因為手指骨折，甚至沒辦法防禦。根本就是人體肉墊。「小友……拜託妳讓開。我的肋骨可能斷了——」

「這個要求否決喲。」

小友就這樣抱著被推倒在地的我。上次哀川小姐也做過相同的事，可是不同於上次，這次是堪稱為全心擁抱的溫柔感觸。

緊密貼合。

「嘿嘿嘿～好久沒這樣了！人家最喜歡阿伊了！」

「……幸好是好久沒這樣……」

一派天真無邪的玖渚。

聽過剛才的所有對話，

然而還擁抱我的玖渚。

對於殘酷地將兩個人類逼至絕境，

卻置殺人鬼不顧的我。

沒有任何責難的感情。

「……」

哀川小姐只弄錯了一件事。

不過這是無法避免的，因為她恐怕並未徹底理解我的本質。我一點也不認為自己是精明之人，可是我知道自己的罪孽深重到無法看透。要看穿這個底端，縱使是承包人亦不可能。

我之所以不想在玖渚面前說那種事，絕對不是害怕被玖渚輕蔑。正因為絕對**不可能被輕蔑**，我才不想對玖渚展露自己的醜陋、自大。

宛如包容一切的愛情。

永遠無法撼動的絕對密度的好意。

玖渚或許，

就連我直接殺人都可以容許。

不論我做什麼都可以愛我。

這種，

愛情，

對我來說有一點。

太過沉重。

彷彿即將被擠碎。

開放、解放的情意。

我並非無法對他人產生好感，只不過無法忍受他人對我具有好感。

不管巫女子對我投注多少愛情，我能夠回報她的，也只有對殺人者的怨恨。即使巫女子的行動都是為了我，我也只能將之視為殺人行為。

因此才是不良製品。

因此才是人間失格。

「……真是戲言。」

「嗯？」玖渚微微抬起身體，一臉不可思議。「阿伊，你說了什麼？」

「沒什麼，什麼都沒說。」

「嗯～～啊，對了，阿伊，要不要一起去旅行？」

「旅行？真難得，家裡蹲的妳要去旅行。」

「嗯～～人家其實也覺得很麻煩呢，不過既然是為了救人，就沒辦法囉。」

「原來如此……好，去吧。而且最近都沒來看妳。」

「嗯！」玖渚喜不自勝地笑了。

玖渚不知道其他表情。

可是我連這種表情都不知道。

無法以笑容回應他人笑容……

這的確是自卑感哪，智惠。

我有些自嘲地想著。

「什麼時候出發？」

「要準備很多東西……因為卿壹郎博士的地方很遠喔～～不過是為了救小兔嘛。等阿伊傷勢痊癒比較好，人家想七月初左右出發。」

「是嗎？知道了。」

「要在月曆上畫圈圈喔。」

玖渚「嘻嘻嘻」地笑了。

我這時忽然想起一件事，「喏，玖渚。」於是說道。

「妳知道『X／Y』是什麼嗎？」

「嗯？」玖渚脖子一歪。「那是什麼？算式？」

「不是死亡訊息……不過也可以這樣想。」

「嗯～」玖渚想了一秒鐘左右。「啊，莫非是草書？」

「對。」

「那就很簡單囉。就是對著鏡子嘛，然後回轉處理！」

草寫的X／Y

對著鏡子

翻轉90度

玖渚說得非常簡單。

「沒錯。」我回答。

巫女子是以可種心情留下這個記號的？宛如死亡訊息，在智惠的身體旁邊留下這個記號嗎？這件事真的只能猜測，但也猜得出來。

巫女子大概是，

不想殺智惠吧。

而無伊實也是，

不想殺秋春吧。

「可是我……」

可是我或許真的想要殺死，

巫女子和無伊實也未可知。

畢竟鏡子彼端的我是殺人魔。

「……」

無論如何，她所留下的這個充滿矛盾的記號，我確實收到了。既然如此，這樣就夠了吧？可惜這個記號必須透過鏡子彼端，然而就連那面鏡子都已破碎。

一個世界崩塌了。

若然——

我看著玖渚。

若然，我又何時會毀滅呢？

那個可恨的超越者說過「再兩年」，可是比我更愛說謊的那個人，實在難以相信她會說實話。縱使她並未說謊，我也不認為自己的精神狀態可以撐那麼久。

姑且不管精神，我根本就沒有心靈。

無論如何，時刻終將到來。

應該比喻為最終審判的時刻。

「唔咿？阿伊怎麼了？」

玖渚杏眼大睜。

純真的大眼睛。

藍色秀髮。

跟五年前完全一樣。

而今是那時的五年後。

時刻終將到來。

無法忍受多個重擔，

這名少女尋求毀滅的時刻。

那個衝動。

「……」

——即使如此，玖渚依舊會原諒我吧。

不論是被殺死，或者被毀滅，她都會原諒我吧。就像五年前一般，若無其事地，對我展露天真無邪的笑容吧。

原諒不等於救贖。

儘管充滿了戲言。

在那種事情發生之前。

不是基於個人情欲，而是基於極端原始的私利私欲，猶如將一切導向正軌般。

將我。

快點將我……

「小友。」

「嗯？」

「我喜歡妳。」

只是隨口說說。

這是，

沒有內容，

非常空洞的話語。

誰都說得出來，

對誰都說得出來。

沒有質量，

純粹的單字。

玖渚友。

「人家也最喜歡阿伊了。」

笑著回應。

僅只如此。

結局僅只如此

「我最喜歡這樣的伊君」。

是故，「原本希望你可以救我」。

我對此抱持的答案只有一個。

想送給巫女子的話語只有一句。

這大概，

跟智惠對我說的話一樣。

而這句話，

確實非常適合我。

「別撒嬌了。」

《Easy Love, Easy No》 is BAD END……（註49）

49 模仿諺語「Easy come, Easy go」，意指來得容易去得快。

後記——

不知道為什麼「為求目的不擇手段」這句話雖然常常聽到，但在實際狀況上，只要決定好目的，達到目的的手段根本是無法選擇的，我發現這才是現實狀況。為了達成某個目的的手段，至少一、兩個，多的話三個就了不起了，也就是說，一開始便沒有選擇的餘地。在決定目的的時間點上，等於也選好了手段，順序應該是這樣吧？因此我發現，以不選擇手段這樣緩慢的步調，盡可能在期限內都不去決定目的的，做好無論遇到何種狀況都能因應的準備才是最適合的作法。或者準備好幾個目的的作法，應該也有效吧，雖然這樣的生存方式可能有一點卑鄙或狡滑。好比說在跌了一大跤的地方堅持說「很好，目標達成！」。「其實跟計畫的一樣」、「也會有這種事嘛、」這種話我是很想說說看，但先不管這個，意思就是似乎不能輕易就決定作為人生指針的目的。若一個不小心就無法選擇手段了！反正每個方法步驟都講求正確無誤的現代社會裡，說到奢侈的話，感覺似乎沒有比「選擇」這個行為更奢侈的了。雖然這是很個人的想法。在陷入無法挽回的境地上不落人後的戲言玩家第二起事件的本書，書名是《絞首浪漫派》，不，其實還不算是第二起，只是關於殺人的故事。硬要說的話，就是迷失目的的殺人鬼和找不到手段的殺人犯的故事。沒什麼意義的話說得再多只會讓人覺得不解風情，所以廢話不多說了，身為作者的我試著想了想殺人鬼與殺人犯究竟哪裡不同，而有五味雜陳的感想。人世間會遇到走不下去的狀況，而走到盡頭時大部分都是束手無策的時候，面臨到這狀況就猶如被絲線絞首般痛苦，然而一旦習慣這狀況後會做出什麼樣的行動，或許是更重要的問題。《絞首浪漫派　人間失格・零崎人識》就是這樣的感覺。

本書付梓之際，跟前作《斬首循環》一樣，從多到無以數計的人們那裡得到協助。不厭其煩耐心地支持這個如此莫名奇妙的作者的講談社文庫出版部，以及插畫的竹老師，在此獻上誠摯的謝意。再會。

西尾維新

浮文字

絞首浪漫派 人間失格・零崎人識

（原名：クビシメロマンチスト 人間失格・零崎人識）

作者／西尾維新　插畫／take　譯者／常純敏、李惠芬
發行人／黃鎮隆
副理／洪琇菁　副總經理／陳君平
執行編輯／呂尚燁　國際版權／黃令歡
企劃宣傳／邱小祐　美術編輯／李政儀
發行／英屬蓋曼群島商家庭傳媒股份有限公司城邦分公司　尖端出版
台北市中山區民生東路二段一四一號十樓
電話：（〇二）二五〇〇—七六〇〇（代表號）
傳真：（〇二）二五〇〇—一九七九
中彰投以北經銷（含宜花東）／楨彥有限公司
電話：（〇二）八九一九—三三六九
傳真：（〇二）八九一四—五五二四
雲嘉經銷／威信圖書有限公司　嘉義公司
電話：（〇五）二三三—三八五二
傳真：（〇五）二三三—三八六三
客服專線：〇八〇〇—〇二八—〇二八
南部經銷／威信圖書有限公司　高雄公司
電話：（〇七）三七三—〇〇七九
傳真：（〇七）三七三—〇〇八七
一代匯集／香港九龍旺角塘尾道六十四號龍駒企業大廈十樓B＆D室
電話：（八五二）二七八三—八一〇二
傳真：（八五二）二七八二—一五二九
馬新經銷／城邦（馬新）出版集團　Cite(M)Sdn.Bhd.
E-mail：Cite@cite.com.my
法律顧問／王子文律師　元禾法律事務所
台北市羅斯福路三段三十七號十五樓
二〇二〇年八月二版一刷

■中文版■

郵購注意事項：
1. 填妥劃撥單資料：帳號：50003021戶名：英屬蓋曼群島商家庭傳媒（股）公司城邦分公司。2. 通信欄內註明訂購書名與冊數。3. 劃撥金額低於500元，請加附掛號郵資50元。如劃撥日起 10～14日，仍未收到書時，請洽劃撥組。劃撥專線TEL：(03) 312-4212 ・ FAX：(03) 322-4621。E-mail：marketing@spp.com.tw

國家圖書館出版品預行編目資料

絞首浪漫派 人間失格・零崎人識 / 西尾維新 著 ;
譯. --1版. --臺北市：尖端出版, 2020.08
面 ; 公分. --(浮文字)
譯自:クビシメロマンチスト 人間失格.零崎人識
ISBN 978-957-10-8933-1

861.57　　109004976